기억하는
소설

재난의 시대를 살아가는 우리에게

기억하는 소설

재난의 시대를 살아가는 우리에게

초판 1쇄 발행 2021년 5월 21일
초판 7쇄 발행 2024년 5월 30일

지은이 • 강영숙 김숨 임성순 최은영 조해진 강화길 박민규 최진영
엮은이 • 이혜연 김형태 김선산 김동현
펴낸이 • 김종곤
편집 • 김나은
조판 • 이주니
펴낸곳 • (주)창비교육
등록 • 2014년 6월 20일 제2014-000183호
주소 • 04004 서울특별시 마포구 월드컵로12길 7
전화 • 1833-7247
팩스 • 영업 070-4838-4938 | 편집 02-6949-0953
홈페이지 • www.changbiedu.com
전자우편 • contents@changbi.com

ⓒ 강영숙 김숨 임성순 최은영 조해진 강화길 박민규 최진영 2021
ISBN 979-11-6570-065-2 43810

기억하는
소설

강영숙
김 숨
임성순
최은영
조해진
강화길
박민규
최진영

창비

머리말

오늘 하루 무사하셨나요?

요즘처럼 재난이 일상이 되어 버린 팬데믹 시대에는 서로의 안부를 묻는 것조차 미안할 때가 있습니다. 누군가는 감염병의 고통을 온몸으로 겪으며 이 시간을 견디고 있고, 누군가는 일터를 잃거나 생계의 위협을 느끼며 하루하루를 힘겹게 버티고 있기 때문입니다. 사회 전반적으로도 다양한 문제가 드러나고 있습니다. 양극화는 더욱 심해졌으며 배제와 차별, 혐오 역시 넘쳐 나고 있습니다. 감염병이 지나간 자리마다 소외되고 힘없는 사람들의 한숨은 더 무겁게 쌓여 갑니다.

감염병 이전에도 우리 사회에는 끊임없이 재난이 발생했습니다.

성수 대교 붕괴, 삼풍 백화점 붕괴, 대구 지하철 화재, 서해 기름 유출 사고, 가습기 살균제 참사, 세월호 침몰 등 규모와 시기가 다를 뿐

사회적 재난은 늘 우리의 생명과 안전을 위협했습니다. 폭우와 폭설, 지진과 해일 같은 자연재해 또한 끊이지 않았지요. 최근에는 지구 온난화, 이상 기후 현상과 맞물려 자연재해를 예측하는 것이 더욱 어려워지고, 그 피해 또한 눈덩이처럼 불어나고 있습니다.

반복되는 재난을 겪으면서도 왜 우리 사회는 나아지지 않을까요?

재난의 속살을 더 깊이 들여다보기 위해 재난을 다룬 단편 소설을 찾아 읽었습니다. 소설을 읽는 것만으로도 마음이 무거워지는 힘든 시간이었습니다. 그럼에도 재난을 주제로 한 소설집을 엮을 수밖에 없었던 이유는 팬데믹 이후 삶에 대한 고민 때문입니다. 언젠가는 팬데믹이 끝나고 모두가 원하던 일상으로의 복귀가 가능할 것입니다. 하지만 재난을 통해 무언가 배우지 못한다면, 우리는 오히려 더 무너진 일상을 맞이하게 될지도 모릅니다.

재난으로 상처받은 우리의 슬픔에 공감하고 무너져 내린 우리의 삶을 기억하기 위해, 오늘보다 더 안전하고 행복한 내일을 고민하기 위해 이 선집을 세상에 내놓습니다.

2021년 5월
재난의 시대를 살아가는 우리에게

차
례

강영숙

1998년 『서울신문』 신춘문예에 단편 소설 「8월의 식사」가 당선되며 작품 활동을 시작
했다. 소설집 『날마다 축제』, 『아령 하는 밤』, 장편 소설 『리나』, 『라이팅 클럽』, 『슬프고
유쾌한 텔레토비 소녀』, 『부림지구 벙커X』 등을 썼다. 한국일보문학상, 백신애문학상,
김유정문학상, 이효석문학상 등을 수상했다.

재해지역투어버스

섭씨와 화씨를 구별해 인식하지 못하는 나는 온도계를 보며 고민하다 그냥 거리로 뛰쳐나와 버렸다. 아침부터 목덜미가 따끔거리는 날씨였다. 한낮엔 몹시 더웠고 밤에는 낮보다 더 뜨거운 바람이 불었다. 그런데도 자다 깨면 소름 끼치도록 추웠다. 어느 겨울, 누군가 내 목 뒷덜미에 손을 넣어 눈덩이를 미끄러뜨리고 달아났다. 왼쪽 유방 옆 겨드랑이 어디쯤 아직도 차가운 눈덩이가 박혀 있는 것만 같다. 어제도 엄마에게 전화를 걸지 못했다. 손목에 찬 듀얼 시계 한쪽 시간이 새벽이었다. 엄마가 신문지 위에 시금치 더미를 펼쳐 놓고 뿌리에 묻은 흙을 털어 내고 있을 시간이었다.

거리 화가들이 화구와 그림을 진열하며 지나가는 사람들에게 아침 인사를 건넸다. 화려한 머리 장식을 한 투어 전용 말들이 길에 서서 졸고 있었다. 오래전, 농담이라고는 할 줄 모르는 한 친구가 나에게 물었다. 만약 동물로 태어난다면 무슨 동물? 난 서슴없이 말이라고 대답했다. 질문은 이어졌다. 식물로 태어난다면 뭐? 그때도 난 서슴없이 대답했다. 브로콜리. 지난해 여름에는 말이나 브로콜리가 되었으면 싶었다. 햇볕에 탄 얼굴은 기미투성이였고 내 가방 속에 든 현상하지 못한 슬라이드 필름들은 하나같이 황폐한 그림들로 가득했다. 사람들은 일과가 끝나면 약속이나 한 듯 거리로 쏟아져 나왔다. 여고생들은 경찰차에 올라타 브이자를 그리며 디카를 들이댔고 나는 그들을 따라다니며 셔터를 눌렀다. 어느 날 누군가가 내 등 뒤에 대고 쏘아붙였다. 이봐 총각, 저기 좀 찍으슈. 그가 가리키는 쪽을 돌아봤다. 경찰에게 매를 맞고 있는 사람들이 보였다. 사람들이 몰려가려고 하자 물대포차가 먼저 달려가 거센 물줄기를 뿜어 대어 인파를 양쪽으로 갈랐다. 사람들이 팔다리를 잡힌 채 경찰한테 끌려가고 물대포차는 몰려 서 있는 사람들을 향해 끊임없이 물줄기를 뿜어 댔다. 모두들 지하철역으로, 후미진 건물 뒤편으로 도망치기 시작했다. 나도 지하철역으로 따라갔고 화장실에서 거울에 비친 내 얼굴을 봤다. 티셔츠는 물에 젖어 축 늘어져 있었고 운동화는 때에 절어 몹시도 흉물스러웠다. 나더러 총각이라니, 기분 나빴지만 몰골이 말이 아니었다.

그렇게 여름 내내 나는 거리에 있었고 온 도시 사람들이 모두 거리에 모인 어느 날 밤, 알 수 없는 뭔가에 머리 한쪽을 맞아 광장 한 귀퉁이에 쓰러졌다. 앞에 서 있는 사람들이 경찰과 몸싸움을 하긴 했으나 몽둥이가 오갈 정도로 심한 싸움은 아니었다. 그런데 갑자기 내 머리 위로 뭔가가 떨어져 내렸다. 택시를 잡을 수가 없어서 광장을 지나 저만치 터널 입구까지 걸어갔다. 집으로 돌아가 며칠이나 구역질을 했다. 내가 한 마리 말이었다면 재빠르게 뛰어다니며 마음대로 발길질을 날려도 되고, 브로콜리라면 어차피 똑같이 생겨 개별성이라고는 없는 다른 브로콜리 뒤에 숨어 버리면 그만일 것 같았다. 이게 다 무슨 이상한 농담인지 모르겠다. 어쨌든 여름이 지나가긴 했다. 그리고 금세 겨울이 왔다.

이 나라 최고의 관광 도시라는 이곳에 온 지 하루. 오래된 성당 주변의 도로 바닥은 갈색으로 바짝 말라붙어 있다. 어디서나 독한 시가 냄새와 찝찔한 굴 냄새가 진동을 했다. 17, 18세기까지 거슬러 올라가는 이 도시의 역사를 나는 아직 아무것도 모른다. 스페인 땅이었다가 다시 프랑스 땅, 또다시 스페인 땅이 되었다는 것 정도만 알고 있다. 보도블록에 떨어져 부서진 아이스크림콘, 파티용 가면에 붙어 있던 색색의 깃털, 담배꽁초, 구겨진 광고지 들을 밟으며 지나갔다.

홈리스들은 작은 비닐봉지 여러 개를 손에 말아 쥐고 제자리에서 뱅글뱅글 돌았다. 그러다가 불쑥 다가와 어깨를 들이밀며 말을 붙였다. 지금 나한테 뭐라고 했어요? 나는 얼굴에 주름이 잡히도록 인상을 쓰며 힘을 주어 대답했다. 그러나 어차피 나는 그들의 말을 알아듣지 못한다. 지나고 보니 담배가 있느냐고 물었던 것 같다. 금세 돌아봤지만 홈리스의 흰색 비닐봉지는 보이지 않았다. 동양인이 많지 않아 사람들의 눈에 잘 띄는 걸까. 깊고 검은 입속에서 쏟아져 나오는 그들의 말은 한없이 느리거나 몹시 빨랐다. 그들의 말은 가끔 의미 없는 리듬처럼 들렸다. 금세 또 다른 홈리스가 내게 뭐라고 말을 붙였다. 내가 아침을 먹었느냐고 물었더니 한 손을 들어 가로저었다. 어차피 그들도 내 말을 알아듣지 못했다. 지폐 한 장을 꺼내 주었다. 고마워하지도 미안해하지도 않으며 받아 그냥 웬일이냐는 듯 비닐봉지에 집어넣었다. 붉디붉은 흙을 가진 동남아의 한 나라에 갔을 때 발걸음을 옮기기만 하면 어린 여자애들이 돈을 달라고 줄줄이 따라왔다. 책 한 권을 사라고 먼 길을 걸어 따라오던 어린 남자애들의 눈빛엔 결국 한 가닥 노여움이 엿보였다. 거긴 가난한 나라고 여긴 부자 나라다. 그런데 여기도 거지들 천지. 건너편 노천카페에서부터 진한 커피향이 몰려와 골목으로 퍼졌다.

그냥 무단 횡단을 해 버렸다. 카페에 앉은 관광객들이 아무에게나 아침 인사를 건넸다. 인사를 받긴 했으나 정말 싱거운 사람들 다 보겠다는 표정을 지을 수밖에 없었다. 모두가 방긋방긋 웃는 얼굴로 이른 아침 노천카페에 앉아 안녕 잘 잤니, 날씨 정말 좋지 않니, 오늘도 행복하게 지내 따위의 말들을 지껄이며 즐겁고 밝게 하루를 시작할 수 있다니. 최소한 내가 아는 사람들은 그러지 못했다. 내가 사는 곳에는 봄이면 늘 황사 바람이 불었다. 재해도 아닌데 늘 재해처럼 들끓고 사람들은 앓고 자살하고 분노했다. 겨울이 와도 눈이 내리지 않았고 모두들 흰 눈 따위는 까먹고 산성비를 맞으며 크리스마스를 보냈다. 분통 터지는 일을 당한 사람들은 새해 해돋이를 보러 바다로 갔다. 그리고 차에 가족들을 태운 채 바닷속으로 질주해 들어갔다. 끝없는 자학, 모멸감, 자기 비하로 어린 학생들도, 노인들도 저 높은 고층 아파트 꼭대기에 올라가 스스럼없이 몸을 던졌다. 자학은 가학으로 바뀌고 나날이 새로운 사건이 터져 앞의 일들은 금세 잊혔다. 얼마나 다이 내밀한지 제대로 숨을 쉴 수조차 없었다. 광장에 사람이 많아질수록 길 위에 쌓은 거대한 시멘트 장벽이 높이 올라갔다. 사람들은 장벽에 대고 낙서를 했다. 이게 뭐야, 장벽은 깨진 지 오래잖아. 이게 뭐냐고.

　그런데 정말로 큰 재해를 당한 이 도시는 왜 이렇게 유쾌할까. 스페인풍의 건물을 감싸고 돌아 불어오는 바람에서 막 녹기 시작한 갈색 설탕 냄새가 났다. 베이스 트롬본 소리가 프렌치 시장 골목 쪽에서 들려왔다. 달고 진한 설탕이 입속에서 녹고 있는 것 같았고 내 몸조차도 갈색으로 녹여 버릴 듯한 공기가 후텁지근하고 끈끈했다. 셔츠에 검은 조끼를 입은 남자가 걸어왔다. 우유를 잔뜩 넣은 커피와 흰 가루에 파묻힌 도넛 두 개가 담긴 접시를 탁자에 놓고 갔다. 한바탕 바람이 불고 식탁보가 뒤집히고 흰 도넛 가루가 사방으로 흩어져 날아갔다. 일시에 작은 새 떼가 몰려와 시멘트 바닥에 떨어진 도넛 가루를 쪼아 먹었다. 새 떼가 부러웠다. 나도 새 떼처럼 머리를 땅에 박는 연습을 해 보고 싶어졌다.

　카페 건너편을 봤다. 백 년 전에 지었다는 호텔 문 앞에 관광객들이 몰려 서 있었다. 레이스 모양을 한 철제 발코니가 아름다웠고 붉고 화사한 문 안에 있는 사람들은 이른 아침부터 카드를 돌리고 있었다. 문밖에 서 있는 사람들은 공항 셔틀버스가 도착했는데도 버스에 관심을 보이지 않고 앞사람과 떠들기만 했다. 한 여자가 버스에 타기는 했지만 그렇다고 버스가 금세 출발하지도 않았다. 드럼과 색소폰, 베이스와 건반이 버스를 지나 카페 앞으로 이동하는 중이었다. 모두 한 가족, 생계형 재즈 악단이었다. 아들은 아버지를 닮았고 딸은 오빠를 빼

닮은 것 같았다. 그들이 연주할 무대를 세팅하는 걸 쳐다보는 사이 무섭게 큰 까마귀 한 마리가 카페 안으로 날아들었다. 여행자들이 비명을 질렀고 연이어 한바탕 바람이 들이쳤다. 어느새 내 옷과 가방 모두 흰 도넛 가루 천지가 되었다. 물휴지로 닦아도 지워지지 않고 입김으로 불어도 날아가지 않고 점점 더 깊이 옷 속으로 침투하는 기분 나쁜 도넛 가루.

항구를 끼고 달리는 붉은색 전차가 종소리를 내며 달려왔다. 내리는 사람도 없고 타는 사람도 없다. 전차 정류장 위쪽 공터에 버스가 한 대 서 있다. 내가 타야 할 투어버스가 분명했다. 항구 쪽에 붙어 있는 작은 매표소에서 표를 샀다. 항구에 정박 중인 유람선에서 음악이 흘러나왔다. 하룻밤 식사와 공연, 환상적인 밤경치 속에서 펼쳐지는 잊지 못할 아름다운 순간들, 유람선은 과장된 광고 문구를 매단 채 아주 조금씩 흔들리고 있었다. 왜 배만 보면 어지러운 걸까. 한 흑인 남자애가 자전거를 타고 기차 건널목을 건너고 있다. 처음으로 큰 도시에 갔던 때가 생각났다. 손에 주소를 들고 누군가를 찾아가고 있었다. 지금 이 도시에도 주소를 들고 누군가를 찾아 나선 어린애가 있을까. 고개를 돌렸다. 그때 횡단보도 앞에 서서 도시 한가운데로 약속이나 한 듯 동시에 밀려 나오는 많은 사람들이 보였다. 그리고 심한 멀미를 했다. 누군가 내 입속에 팔다리의 힘을 일시에 다 빼 버리는 약을 꾹꾹 쑤셔 넣은 것 같았다. 나는 잘못한 게 없다고 비명을 질렀지만 아무도 듣지 못했다. 정박된 배만 봐도 목구멍을 타고 넘어오는 흐릿한 신물, 그때 본 도시도 지금 내 눈앞에 있는 배처럼 그렇게 위태롭게 흔들렸다. 자전거를 탄 소년이 항구에 자전거를 세운 채 물끄러미 나를 쳐다봤다.

오늘도 저희 재해지역투어버스를 이용해 주시는 관광객 여러분께 진심으로 감사드립니다. 이 투어는 앞으로 총 세 시간 동안 진행될 예정입니다. 그러나 아마 절대 지루하지는 않으실 겁니다. 화장실, 생수, 휴대 전화 충전, 어떤 문제든 저에게 말씀해 주시면 다 해결해 드립니다. 이 순간부터 여러분은 저와 함께 재해 지역 투어를 떠나게 됩니다.

버스 안은 다양한 연령대의 관광객들로 빈자리 없이 꽉 차 있었다. 흑인 운전기사는 일일이 자리를 돌아다니며 어느 나라에서 왔는지 친절하게 묻고 그 나라 말로 인사도 했다. 그가 자리에 앉아 시동을 걸고, 마이크를 통해 안내 멘트가 나오면서 투어는 시작되었다. 시티투어버스를 타는 건 나의 오래된 여행 습관 중 하나였다. 나는 어디를 가나 일단 그 지역의 시티투어버스가 있는지를 알아봤다. 똑같은 지역이라고 해도 밤과 낮은 천지 차이였다. 절대 잊을 수 없는 버스는 유럽의 어느 나라에서 탔던 게이들만의 시티투어버스였다. 차에 오르자마자 잘생긴 남자들이 꽉 들어차 있어 깜짝 놀랐지만 이내 그들이 게이라는 걸 알 수 있었다. 매표소 직원이 괜찮겠느냐고 하면서 뭔가를 설명했는데 그 말이었다는 걸 나중에 알고 웃었다. 황홀한 게이 청년들과 탔던 시티투어버스는 정말 근사했다. 바깥 풍경은 하나도 기억나지 않고 오로지 오뚝한 콧날의 멋진 남자들 얼굴만 기억에 남았으니 돈만 버린 셈이었다. 소설책에서 읽은 대로 한번은 자살관광버스를 찾아본 적도 있었다. 그러나 진짜 자살관광버스는 없었고 자살관광버스의 원작을 흉내 낸 모의 자살관광버스만 운행했다. 웃고 떠들고 키스하고 자살은커녕 모두들 신이 나서 좋아 죽겠는 얼굴들이었다.

버스는 금세 널찍한 외곽 도로로 접어들었다. 길옆으로 대형 마트와 익숙한 이름의 햄버거 가게들이 휙휙 지나갔다. 저만치 시선 끝에 거대한 공장 지대를 둔 채 다리를 건넜다. 다리를 다 건너도 공장 지대는 차창 프레임 안에서 사라지지 않았다. 운전기사의 멘트가 거듭되었다. 지독한 방언이었다. 지난여름 광장에서 들었던 소리들도 방언이었다. 얼굴을 보고 말하는데 서로 무슨 말을 하는지 알아듣지 못했다. 다들 화가 나서 가슴을 치고 자기만 아는 언어로 주문을 외우고 또 외웠다. 유모차에 탄 아기들이 촛불을 손에 쥐고 흔들었다. 방언, 지독한 방언이었다. 다들 똑같은 언어로 자기주장을 하고 있었지만, 그 똑같은 언어로 한여름의 전쟁을 막을 수 없었다. 다들 집으로 돌아가지 못했고 길거리를 뱅글뱅글 돌며 밤을 새웠다.

그날은 8월의 마지막 월요일이었죠. 이른 아침 이 도시의 광장에 그것이 들이닥쳤습니다. 새벽 잠결에 환한 빛을 본 저는 깜짝 놀라 침대에서 벌떡 일어났습니다. 물론 그전부터 내린 폭우로 이미 많은 사람들이 대피하긴 했었죠. 그러나 그때까지 사람들은 그냥 도시에 남아 있었어요. 너무 가난해 자동차가 없는 사람들은 대피할 수가 없었거든요. 그게 다 자동차 때문이었다면 믿으시겠습니까. 이 나라에 자동차가 없는 사람들이 있다는 걸 상상해 보셨습니까. 그런데 정말 우리한테는 짐을 싣고 떠날 자동차가 없었어요.

귀신이었습니다. 광장 전체가 빵빵한 바람에 둘러싸여 터질 듯이 부풀어 오르고 있었으니까요. 귀신이 아니었다면 이 도시를 이 지경으로 만들지는 않았을 겁니다. 아, 잠깐 오른쪽을 보시죠. 저기가 바로 그 유명한 항공 우주국 건물입니다. 저런 최첨단의 중요한 건물이 우리 도시에 있다는 것이 아이러니 아닙니까. 어쨌든 그날 아침 빠른 드럼 소리처럼 거친 비바람이 휘몰아쳤습니다. 그때 문득 옛날에 할머니가 해 주었던 얘기가 떠올랐습니다. 이 세상에서 가장 무서운 건 성난 바다가 뿜어 내는 기침이다. 할머니도 아마 무서운 일을 겪었던 모양입니다. 할머니가 살아 계셨다면 온몸으로 허리케인의 냄새를 느꼈겠죠. 아, 우리 할머니가 보고 싶군요.

거대한 비바람을 빨아들여 빵빵해진 도시는 여름 한철만 보는 재난 영화의 한 장면처럼 삽시간에 물에 잠겨 버렸습니다. 왼쪽에 주 경기장 건물 보이십니까. 바로 저곳이 우리의 마지막 대피 장소였습니다. 나중에 여기저기 신문에서 말하길, 저곳을 대피 장소로 지정한 것 자체가 큰 실수였다고 했습니다. 관광객 여러분, 저 앞에 말을 타고 있는 사람의 동상 보이시죠. 이 지역 출신의 유명한 군인이었어요. 저 동상도 그때 댕강 부러져 버렸습니다. 바로 지금부터 여러분이 가시게 될 지역은 그때 허리케인의 피해를 가장 많이 입은 곳입니다. 오늘 정말 날씨가 환상적입니다. 하늘 좀 보십쇼.

넓고 나른한 바다가 버스 차창 앞에 성큼 다가와 있었다. 바다는 해안도 없이 그냥 바로 길옆이었다. 차 문을 열어 둔 채 키스하는 연인들, 벤치에 앉아 유모차에 발을 걸치고 책을 읽는 여자들, 의자 세 개를 나란히 놓고 다리를 올린 채 바다를 바라보는 노인들의 뒷모습. 하도 평온하고 고요해서 현실이라고 믿기 어려운 풍경이었다. 나는 평온한 풍경을 볼 때도 불행한 장면을 겹쳐 놓는 유전자를 갖고 있는 것 같다. 행복하고 느긋해 보이는 풍경 위로 온통 황폐한 그림들이 겹쳐졌다. 깨진 유리 조각들, 시멘트 바닥과 흰 운동화에 점점이 떨어진 피, 소금을 끼얹은 듯 따끔거리는 피부, 버둥거리며 죽어 가는 소들, 암 환자의 등을 비추는 긴 거울, 불에 타 죽는 사람들, 여자들의 통곡 소리, 내리는 산성비 그리고 천지 사방으로 흩어지려는 내 몸뚱이. 지난여름, 몸이 사방으로 터져 나갈 것처럼 아팠다. 그러나 그것도 어쩌면 나만의 나쁜 습관이었던 건 아닐까. 실제로는 아프지 않으면서 아프다고 통각을 호소하고 소리를 질러 대야 살아 있는 듯 느끼는 오래된 습관.

관광객 여러분, 오른쪽을 봐 주십시오. 저기 호수가 보이십니까? 저 호수로 이어지는 운하가 시내까지 뻗어 있습니다. 시내가 물에 잠긴 지 일주일쯤 되었을 때 지원 병력은 운하에 모래주머니를 쌓아 차올랐던 물을 저 호수로 빼냈습니다. 운하가 넘치고 맨 먼저 물에 잠긴 것은 성당 수녀원 마당에 세워 둔 성모 마리아 조각상이었어요. 가장 낮은 곳에 있었으니까요. 또 그다음에 잠긴 것은 제기랄, 바로 자동차들이었습니다. 그리고 기타도 트럼펫도 피아노도 식탁도 농기구도 다 물에 잠겼습니다. 아주 삽시간에, 땅콩버터 빛깔의 누런 물이 광장을 통해 우리 마을로 몰려들었습니다. 단층짜리 집들은 말할 것도 없고 대부분 이 층 건물인 작은 교회들까지 다 물에 잠겼죠. 제가 좋아하는 친구들, 약하고 힘없는 흑인들을 도와준 성당의 백인 수녀님들, 제가 사랑했던 여자들이 그 시간에 모두 두려움에 떨며 전화기를 찾았겠죠. 지금도 저는 제가 사랑했던 친구들의 목소리를 잊지 못합니다. 그 공포, 아무도 듣지 못하는 절규, 다리를 움직일 수조차 없이 밀려드는 땅콩버터 빛깔의 물, 사라진 희망…… 그러나 여러분은 저처럼 슬퍼하실 필요는 없습니다. 이 버스는 그냥 재해지역투어버스니까요. 투어가 끝나면 고통도 끝나는.

지독한 방언이 랩처럼 쏟아졌다. 관광객들은 운전기사에게 압도되어 오! 아! 하는 탄식을 쏟아 내며 귀를 기울였다. 간신히 빠져나왔습니다. 간신히 빠져나왔다고밖에는 다른 말을 할 수가 없습니다. 도시의 팔십 퍼센트가 물에 잠겼어요. 모두 지붕으로 올라가 담요를 뒤집어쓴 채 물이 빠지기만 기다렸습니다. 가족이, 친구가 지붕으로 올라가다가 발을 헛디뎌 떨어져 누런 물 속에서 허우적거려도 소리를 지르며 울기만 할 뿐, 아무것도 할 수 없었습니다. 일주일을 우리는 그렇게 버텼습니다. 너, 이 나쁜 개자식, 허리케인. 우리는 그 말만 되풀이했습니다. 그런데 여러분, 정말 슬픈 일이 뭔지 아십니까? 말도 할 줄 모르는 개들, 고양이들이 한날한시에 단체 소풍이라도 간 것처럼 모두 사라져 버렸다는 겁니다. 물론 머리 좋은 녀석들은 화장실 세면기에 들어가 앉아 있다 목숨을 구하기도 했지만 말입니다. 자, 이제부터 본격적으로 피해 지역으로 이동할까요. 북유럽에서 온 어떤 할머니는 손수건으로 조용히 눈물을 찍어 냈다. 다들 진지한 얼굴로 운

전기사의 랩을 경청하고 있었다.

버스는 해안가의 주택 밀집 지역으로 이동했다. 단층집들이 가지런히 줄을 맞추어 서 있었고 버스는 집들 옆으로 바싹 붙어 천천히 달렸다. 대규모 주택가이고 대낮인데도, 좀처럼 왔다 갔다 하는 사람을 볼 수 없었다. 집 앞에 내놓은 다리 부러진 의자들, 외벽에 쓰인 일련번호들, 현관에 걸린 검은색 해골바가지, 그리고 날아가 버리고 없는 지붕들, 반파된 창틀, 아예 통째로 날아가려다 만 듯한 기우뚱한 집 모양. 그때 제가 신문에서 읽었던 자료를 말씀드릴까요. 허리케인이 지나가고 많은 사람들이 이사를 갔습니다. 아무리 돌아오라고 해도 돌아오고 싶지 않다고 했죠. 도시 전체 인구의 삼분의 일이 죽었거나 이사를 갔거나 실종되었던 겁니다. 집들은 그렇게 버려졌고 아무도 고치려 하지 않았어요. 그 황폐한 기억은 사람들로 하여금 이곳을 영원히 떠나게 만들었습니다. 다들 그냥 버리고 떠났어요. 절대로 뒤돌아보지 않았죠.

버스는 각각 다른 모양으로 훼손된 채 버려진 집들 앞에 멈춰 섰다. 각각의 집들마다 이야기가 많았다. 운전기사의 직업적인 상상으로 만들어진 이야기라 해도 상관없었다. 관광객들은 몸을 일으켜 차창 가까이 대고 카메라 셔터를 눌러 댔다. 나도 가끔 카메라 셔터를 눌렀다. 셔터 소리가 들릴 때마다 몸이 조금씩 흔들렸다. 여름 이후 나는 더 이상 사진을 찍지 않았다. 사진으로 돈을 버는 것도 싫었고 사람들에게 사진을 찍는다고 말하는 것도 싫었다. 그러나 그는 사진 찍는 나를 좋아했고 나는 유일하게 그에게만 내 사진을 보여 줬다. 사랑을 나

눈 후 확대경 루페를 들고 내가 찍은 필름들을 같이 들여다보는 게 우리만의 의식이었다. 타이완의 시골길들, 뉴질랜드의 끝없는 목장 풍경, 영국 공장 지대의 섬뜩하게 차갑고 툭 트인 풍경들을 봤다. 그리고 광장 사진이 나왔다. 사람들이 줄줄이 경찰에 맞으며 질질 끌려가고 있는 필름들이었다. 그가 내 엉덩이를 끌어당겨 무릎 위에 앉히며 말했다. 이런 인간들은 확 쓸어 버려야 하는데, 정말 시끄러워서 못 살겠다.

얼마 후 나는 그와 헤어졌다. 그가 이유를 물었고 나는 우리의 언어가 서로 다르기 때문이라고 말했다. 그는 나에게 좀 더 성인답게 행동하면 좋겠다고 충고했다. 성인들은 그런 이유로 헤어지지 않는다고 덧붙이면서. 머리는 괜찮았는데 몸이 아팠다. 몸이 부서질 것처럼 아파서 하루 종일 이불로 온몸을 친친 감고 다녔다. 비행기 안에서나 길에서나 심지어 목욕탕 안에서도 온몸을 꼭 조여야 했다. 그리고 그 후로 사진 찍기가 싫어졌다. 루페도 어딘가로 던져 버렸다. 술을 마셨고 폭언을 했고 사람들과 싸웠다.

개 두 마리, 고양이 한 마리, 그리고 도와 달라는 글자가 적힌 빈집의 바람벽이 맨 먼저 눈에 들어왔다. 제가 이 집에서 있었던 일에 대해 말씀드릴까요. 운전기사가 차를 조금 움직여 앞과 뒤가 뻥 뚫려 있는 집 앞으로 이동했다. 지금 저기 뒷벽이 뚫려 있는 거 보이시죠. 한 흑인 여자가 아들 둘을 데리고 이 집에 살고 있었어요. 일을 하지 않으면 아이들을 가르칠 수 없기 때문에 그녀는 하루 종일 일했습니다. 피신은커녕 일자리를 잃을까 그것만 걱정했죠. 그녀는 밖에 나간 아이들이 자기를 걱정할까 봐 지붕 위에 글을 남겼습니다. 엄마는 살아 있다. 그러나 그녀는 죽었습니다. 물에 퉁퉁 불어 오른 그녀는 저 뒷 문에 허리가 끼인 채 죽어 있었습니다. 여러분 그거 아십니까. 우리 는 대대로 노예였습니다. 한 달에 이십 달러를 받는, 이름과 나이만 간신히 기억되는 노예였어요. 작은 키, 중간 키, 큰 키, 그게 우리를 부르는 이름이었죠. 지금 저기 성당 옆 박물관에 가 보십시오. 그 당시 노예를 사기 위해 낸 신문 광고들이 즐비합니다. 도대체 이 집에 살던 가난한 흑인 여자는 무슨 잘못을 했을까요.

버스는 일정한 속도로 움직였다. 버스 안은 출발할 때와 달리 이상 하게 고요해졌다. 운전기사의 멘트는 점점 더 빨라졌다. 몸으로 그때 의 모든 시간을 매번 재현해야 하는 그는 얼마나 고통스러울까. 나는 운전석 앞에 달린 거울에 비친 그의 얼굴을 쳐다봤다. 그러나 웬걸, 그는 아주 신이 나 보였다. 보트가 지나다니면서 지붕 위에 있는 사 람들에게 물과 담요를 주는 게 다였어요. 군용 헬리콥터는 시계와 물, 방수 샌드백을 떨어뜨려 주었죠. 그러나 몹시 부족했어요. 일부 물이 빠진 시내 거리에 전 세계 미디어가 총집결해 있다는 소리를 듣긴 했 지만 우리를 도와주러 오는 사람은 많지 않았어요. 다 아시지 않습니 까. 우리 대통령은 그때 우주 정거장에서 보내온 허리케인 위성 사진 이나 들여다보며 여름휴가 중이었습니다. 만약 귀신이 찾아온 게 이 도시가 아니라 다른 곳이었다면 어땠을까요. 그는 휴가 중 질 좋은 뉴 질랜드산 양고기를 뜯어 먹으며 돈 많은 친구들과 오랜만에 골프를 치며 농담을 하고 있었을 겁니다. 아, 여러분 혹시 그거 아십니까. 뉴

질랜드의 수많은 동물들이 1080이라는 치명적인 독극물에 노출되어 있다는 거. 운 나쁘게 그걸 먹은 양이 도살되어 휴양지에 있는 우리 대통령의 식탁에까지 놓였다면 어떻게 되었을까요. 생각만 해도 식은땀이 나는군요. 어쨌든 이 나라는 위대한 나라임에 틀림없습니다.

허리케인이 강타한 지 일주일이 지나면서 조금씩 물이 빠지기 시작했습니다. 도시 전체에서 물이 다 빠져나가려면 길게는 석 달이 더 걸릴 거라고 했습니다. 물이 빠진 도시는 카오스 그 자체였죠. 길거리를 그냥 걸어 다닌다는 것 자체가 고통이었어요. 박살 난 집들, 질서가 깨진 스카이라인, 부러진 전신주들, 길에서 나뒹구는 식민지 시대의 앤티크 소품 시계들, 깨어진 간판, 들쑤셔진 보도블록, 모든 게 다 땅바닥에 납작 엎드려 있었어요. 우리 딸들이 다니던 학교가 무너졌고 트럭이 땅에 처박혀 집 기둥을 뿌리째 뽑아 버렸죠. 화장터도 묘지도 비석과 꽃 들도 다 뒤집어지고 길거리엔 어찌해 볼 수 없이 모래가 가득 찬 자동차가 즐비했어요. 도시는 균형을 잃었어요. 우리의 마지막 피난처였던 주 경기장도, 도시의 자랑거리였던 대규모 롤러코스터도 절묘한 균형감을 잃고 흐물흐물 무너져 버렸죠. 운하 근처에 매어 놓은 보트들은 뒤범벅이 된 채 종잇장처럼 구겨지고 물고기들은 허연 배를 드러낸 채 죽어 버렸어요. 길은 온통 버려진 냉장고, 자동차, 가구 들의 무덤이었죠. 그리고 또 하나, 지금 여러분이 지나가고 있는 이 거리, 이 거리는 음악가들의 작업실이 많기로 유명한 곳입니다. 저희 투어버스는 여기서 잠깐 멈추겠습니다.

희미하긴 했지만 바람벽에 쓰인 글자들이 보였다. 고양이 여덟 마리, 개 두 마리, 너 나쁜 허리케인 미친 자식, 지옥에나 가라. 그리고 서툴게 그린 트럼펫 그림. 물이 빠지고 우리 눈앞에 드러난 게 뭔지 아십니까, 여러분. 바로 우리 이웃들의 처참한 시신이었습니다. 시체 보관소로 임시 지정된 천막으로 옮겨지는 시신들이 눈앞으로 지나갈 때마다 사람들은 일어서서 울었습니다. 바로 이 지역에서 작업을 하다가 살아남은 음악가들은 담요를 뒤집어쓴 채 하루 종일 연주를 하며 울었습니다. 시신들이 옮겨질 때마다 우리의 설움을 그렇게 표현했고 그게 우리의 기도였고 주문이었습니다. 우리가 할 수 있는 일이라고는 노래를 부르며 울거나 강을 따라 줄지어 이 도시를 떠나는 행렬에 동참하는 것뿐이었습니다. 나중엔 정말 눈물도 안 나오더군요. 우리는 사랑하는 사람이 떠났을 때 늘 마지막에는 신나는 재즈를 연주하며 깔깔거리고 웃습니다. 웃으며 보내는 거죠. 그러나 그때는 아무도 신나는 재즈를 연주하지 않았답니다.

수많은 사람들이 아직도 그때의 고통에서 벗어나지 못하고 덜덜 떨고 있습니다. 저기 시내 거리로 나가 보십시오. 그때의 충격으로 머리가 돌아 버린 사람들이 길거리를 배회하고 있을 겁니다. 제 친구 중 하나는 버려진 냉장고 숲을 뒤지고 다니며 자기 냉장고를 꼭 찾겠다고 소란을 피우기도 했습니다. 많은 노인들이 호흡기 질환, 피부병, 백내장에 걸렸어요. 그러나 어쩌면 그런 건 중요한 문제가 아닙니다. 아이들은 말을 잃고 여자들은 웃음을 잃었어요. 수많은 사람들이 그때 본 시체들의 모습을 여전히 잊지 못하고 불안과 우울 증세에 시달리고 있습니다. 아, 제가 너무 무거운 얘기들을 했군요. 우리 버스는 이제 공원에서 좀 쉬다가 가겠습니다. 여러분, 버스가 공원으로 우회전을 하는데요. 지금 눈앞에 보이십니까. 늙은이의 수염 같은 나뭇잎이 매달린 저 커다란 나무들, 저게 바로 우리 도시의 명물인 스페인 나무입니다. 저희 투어버스는 이 공원에서 잠시 쉬도록 하겠습니다.

흰 수염처럼 늘어진 나뭇잎을 단 나무들이 빼곡한 숲은 동화 속인 것처럼 반짝반짝 빛나고 있었다. 호숫가에 몰려 있는 오리 주변에서 노는 인형 같은 백인 아이들의 모습이 보였다. 스페인풍의 기둥이 늘어선 건물 바닥에 앉아 등과 가슴을 포갠 채 사랑을 속삭이는 노인들도 보였다. 할 일 없이 손에 든 물건을 공중으로 던져 올리며 수다를 떠는 남자애들도 보였다. 바람이 불면 흰 수염 같은 나뭇잎이 고개를 떨군 채 천천히 흔들렸고 나는 왠지 흰 나뭇잎들이 머리로 떨어져 내릴 것만 같아 자꾸만 위를 쳐다보았다. 할머니와 인형처럼 예쁜 여자애가 손을 잡고 나무 아래서 놀고 있었다. 나무에서 흰 손이 내려와 너를 잡아간다. 할머니가 말하자 아이가 무섭다고 소리 지르며 도망을 쳤다. 공원 담장 저쪽 끝으로 서늘하게 툭 터진 하늘이 보였고 그곳이 바로 바다였다. 저 멀리 있는 그림 같은 바닷속에서 커다란 해일이 일어 비를 만들고 운하를 넘치게 하고 도시를 빨아들였다는 것이 잘 믿어지지 않았다. 갑자기 목이 말랐다. 가슴이 뛰고 목 주위가 뻣뻣해졌다. 할머니와 함께 있던 아이가 내 쪽으로 뛰어오고 있었다. 순간 아이를 향해 뭐라고 말을 건넸지만 아이는 나를 잠깐 돌아보는 듯하다가 금빛 머리카락을 휘날리며 재빠르게 호숫가로 달아났다. 눈이 시리고 피곤이 몰려왔다. 휴게소 쪽에 있던 투어버스 승객들이 하나둘 버스로 오르는 모습이 보였다.

자, 여러분 우리 도시의 명물인 아이스크림 맛보셨습니까. 정말 끝내주는 아이스크림이죠. 아마 여러분이 평생 맛보지 못할 최고의 아이스크림일 겁니다. 자, 그럼 일단 버스는 다시 공원을 빠져나가 아까 돌아보신 주택가의 반대편 쪽으로 이동하겠습니다. 아, 스페인 나무 가지가 버스 지붕에 걸렸군요. 자, 제 운전 실력을 믿으시고 조금만 기다려 주십시오. 아, 이제 안전하게 빠져나갔습니다. 잠깐만 공원을 다시 돌아보실까요. 바로 저기에 저희를 도와주러 온 자원봉사자들의 캠프가 있었습니다. 엄청나게 많은 사람들이 우리를 도와주러 왔었죠. 우리보다 가난한 나라 사람들이 더 많은 걸 보내 줬습니다. 그러니까 우리를 도운 건 우리의 정부나 군인들이 아니었습니다.

어느 토요일 아침, 물이 어느 정도 빠지고 아무 일 없던 것처럼 태양이 떠올랐어요. 온몸이 걸레처럼 너덜너덜해진 사람들은 할 일 없이 광장 계단에 모여 있었죠. 도시 주변 도로는 다시 개통되었고 도로 곳곳에, 해안 근처 산책로 바닥에, 전차 유리에 '우리는 살아남았다.'라는 글귀가 넘쳐 나기 시작했습니다. 상점 유리창에 적은 글귀들도 드러났습니다. '9월 11일, 건물 안에 한 여자가 있었다. 금요일까지 있었다. 여자가 자기 개를 끓여 수프를 만들어 먹는 걸 봤다.' '우리는 모든 고통을 잘 참아 냈다.' '건드리지 마라, 나는 지금 자고 있다.' 다양한 글귀들이 넘쳐 났어요. 아주 간결하고 명료한 문장들이었죠. 마치 시처럼요.

자, 이곳 주택가가 보이십니까. 여기가 바로 가장 많은 피해를 입은 곳입니다. 그때 이쪽을 향한 교차로의 표지판들은 모두 부러져 있었어요. 동쪽으로 가면 위험하다는 표시였죠. 지금은 집들이 아주 말짱해 보이죠. 주 당국에서 새로 지었습니다. 저기 보이는 저 전신주들이 모두 쓰러졌고 공터마다 천막들이 들어차 있었죠. 집집마다 렌트를 한다는 플래카드가 붙어 있었지만 역시 집들은 텅 비어 있었다. 그때 누군가 운전기사에게 질문했다. 다시 집으로 돌아오는 사람들은 없었나요? 운전기사는 고개를 여러 차례 저을 뿐 별다른 대답은 하지 않았다. 가끔씩 지나다니는 고양이들, 한 손에 다른 자전거를 쥔 채 자전거를 타고 달려가는 남자 한 명을 본 게 전부였다. 생뚱맞게 주택가 골목에 세워진 보트가 한 대 보였다. 그때 이곳까지 흘러온 보트 같았다. 온통 누런빛이 나는 녹슨 보트가 바다처럼 적막한 주택가에 이상한 각도로 놓여 있었다.

도시 한가운데서 구호품을 서로 가지겠다고 언성을 높이다가 싸움이 벌어진 건 그날 밤이었습니다. 모두들 러시아에서 보내온 커다란 담요를 하나씩 뒤집어쓴 채 시내 중심가 구호 물품 지급 센터 앞에 서 있었죠. 그날 저는 운 좋게 참치가 가득 든 상자 하나를 발견했고 아는 사람들과 같이 나눠 먹고 있었기 때문에 그곳에 가지 않았습니다. 만약에 갔다면 제가 지금 어떻게 되어 있을지 모를 일입니다. 물건은 금세 동이 났고 흑인들이 서로 몸싸움을 벌였다는 얘기를 듣긴 했습니다만 누구도 그렇게 심각한 상황이 벌어질 거라고는 예상하지 못했죠. 그런데 정말 일이 커졌습니다. 바로 다음 날 아침, 엄청난 수의 주 방위군이 약탈을 막겠다며 트럭을 타고 도시로 진입해 왔으니까요. 그중에는 남의 나라에서 벌어지는 미친 전쟁에 참가하고 막 돌아온 병사들도 있었습니다. 그 전쟁에 돈을 쏟아붓느라 이 도시를 복구할 비용이 없었다는 건 사실이었습니다. 그들은 검은 선글라스를 낀 채 군복을 입고 도시 중심부로 걸어 들어와 눈에 보이는 대로 흑인들의 목덜미를 잡아끌었습니다.

자, 이제 신흥 주택 단지에서 조금 더 나아가 볼까요. 사태는 점차 이상하게 흘러갔습니다. 어느 대낮, 엄청나게 더운 날씨에 도심에서 큰불이 났습니다. 펑 소리와 함께 시내 중심부 쪽 하늘로 거대한 불기둥이 치솟았고 소방차와 방위군이 사이렌 소리를 내며 달려갔습니다. 더위에 지친 주 방위군들이 화재를 진압하다 기진해 쓰러졌어요. 흑인들은 미친 듯이, 성난 불처럼 방위군들에게 덤벼들었어요. 병을 던지고 쓰레기를 던지고 육박전도 마다하지 않았죠. 흑인들은 재해 지역에서 약탈을 일삼는 악당들로 규정되었고 다음 날부터 도시는 주 방위군의 점령지가 됐죠. 우리는 우리 마음대로 아무것도 할 수 없었습니다. 그때부터 도시의 벽면에 붙는 모든 문구의 주제는 약탈과 죽음으로 바뀌기 시작했지요. 정말 지옥이 따로 없었어요.

아까와는 반대편 측면에서 바다를 보고 계십니다. 바다는 언제 봐도 아름답죠. 주 방위군은 흑인들을 미친 듯이 때렸습니다. 흑인들은 절대로 굴하지 않았죠. 흑인들은 심지어 총을 쐈습니다. 백인들은 주 방위군을 향해 총을 쏘는 흑인들을 이해할 수 없다며 정부 편을 들었죠. 허리케인은 더 이상 이슈가 되지 못했고 흑인 폭동만이 이슈가 되었습니다. 흑인들은 모두 가난했어요. 대피도 못 할 정도로 가난했죠. 오랫동안 억눌려 온 분노가 허리케인보다 더 강렬하게 폭발했어요. 심지어 허리케인조차도, 자연재해조차도 우리 흑인들에게 이토록 가혹한가. 그들은 울다가 웃다가 결국 절규했어요. 수년 전부터 이 도시에 허리케인 발생 가능성이 있다는 보도가 여러 차례 나왔지만 아무도 대책을 세우지 않았죠. 대통령은 골프를 쳤고 정부는 미친 전쟁을 치르느라 돈이 없었어요. 신문 기사에서 본 걸 말씀드릴까요. 한 정부 당국자가 그런 말을 했답니다. 이 정부의 재정 상태로는 이 도시의 허리케인 피해 복구 비용을 감당하기 어렵다는 것이 솔직한 나의 판단이다.

우리가 그때 어떻게 그 시간을 견뎠는지 지금 생각해도 잘 모르겠습니다. 몇 달이 지났습니다. 사람들은 항구에 모여 앉아 서로의 머리를 잘라 주기도 하고 구급차 앞에 늘어서서 피부병 약을 받았습니다. 심리 치료도 같이 받았죠. 모두들 멍하니 하늘만 쳐다봤어요. 시간이 지나고 크리스마스가 되었죠. 날씨는 추워졌고 우리는 구호 식품을 받기 위해 담요를 뒤집어쓰고, 아까 이 버스가 갔던 공원에서부터 이곳 바닷가 앞까지 엄청나게 긴 행렬을 이루어 줄을 섰습니다. 바로 여기 여러분의 눈앞에 우리가 서 있었습니다. 바닷가에는 빈 접시들만이 가득했죠. 뭔가를 원하는 듯한 표정의 빈 접시들, 켜켜이 쌓여 있는 빈 접시들만 보였어요. 끔찍했습니다. 흙이 묻은 신발들, 아무데나 나돌아 다니는 아이들의 가방, 배가 홀쭉한 채 죽어 버린 불쌍한 개와 고양이 들, 슬픔만을 간직하게 된 가여운 사람들. 우린 그때 아무것도 원하지 않았습니다. 다만 누군가 우리를 도와주길 바랐을 뿐이죠. 우리를 억누르지 않고, 우리를 때리지 않고, 우리를 그냥 조용히 도와줄 손길을 기다렸습니다. 어쨌든, 해가 바뀌어 1월이 되었습니다. 시간은 계속 흘러갔죠. 언제 허리케인이 왔었느냐는 듯 바다도, 운하도, 호수도 모두 철면피처럼 맑기만 했습니다.

투어버스는 어느새 시내 진입로로 들어가는 다리 위를 지나고 있었다. 졸고 있는 승객도 보였고 어쩌다 눈이 마주치는 사람들도 조금은 멍해 보였다. 다리를 건너고 시내 진입로에서부터 차가 조금씩 막히기 시작했다. 버스는 수많은 앤티크 숍과 화랑과 레스토랑 들의 거리로 들어섰다. 운전기사는 이제 아무런 안내의 말도 하지 않았다. 그리고 이내 특유의 갈색 설탕 냄새가 도시에서부터 풍겨 오기 시작했다. 버스는 관광객들을 도시 한가운데 내려놓았고 사람들은 아주 천천히 흩어졌다.

해산물을 잘게 썰어 걸쭉하게 끓인 수프에 밥이 곁들여져 나오는 요리가 이 도시의 대표적인 음식이었다. 나는 거리 지도를 손에 든 채 구획을 따라 시내를 뱅글뱅글 돌다가 비교적 한가해 보이는 레스토랑에 들어갔다. 음식이 나오기까지 거의 한 시간이 걸렸지만 화가 나지는 않았다. 레스토랑에서 나와 어둠이 들기 시작하는 시내 거리를 멀뚱히 내다봤다. 잔돈 좀 바꿔 달라는 사람, 라이터 있느냐고 묻는 사람, 중국 사람이냐고 물어보는 사람, 이 도시에는 유난히 말을 시키는 사람이 많다. 나도 시장에 가면 할머니들에게 뭘 많이 물어봤다. 할머니 왼손에 긴 반지의 내력을 묻기도 하고 치마폭 앞에 내놓은 나물이며 잡곡을 사기도 했다. 늦여름의 삼청동 길을 좋아했고 정독 도

서관 앞길과 청국장 집과 실핏줄처럼 갈라졌다 다시 이어지는 작은 골목들을 좋아했다. 한 백인 남자가 다가와 말을 시킨다. 아시안 걸을 좋아한다며 시간 있느냐고 묻는다. 시간은 있는데 결혼했다고 말했더니 반지를 보여 달란다. 반지를 집에 두고 왔다고 둘러대자 거짓말하지 말라며 자기네 집으로 가자고 조른다. 나는 잘생기고 멋있고 집도 있거든. 그가 침을 튀기며 말한다. 나는 피식 웃으며 돌아선다. 그의 몸에서 달착지근한 알코올 냄새가 풍겼다.

갈색 어둠이 더욱 짙어졌고 불빛은 몹시 희다. 사람들은 모두 즐겁고 유쾌하다. 성인 숍 앞으로 몰려가 고함을 치는 남자들, 그 남자들에게 벗은 몸을 휙 보여 주고는 얼른 가게 안으로 들어가 숨어 버리는 여자들. 길거리에서 오줌을 싸고 경찰에 끌려가는 취객, 몸과 얼굴에 납칠을 하고 부동자세로 서 있는 피에로들. 가게들은 모두 문을 활짝 연 채 문가로 삐져나오는 웃음과 춤을 주체하지 못한다. 거리의 모든 음악이 뒤섞여 엇박자가 되고 길도 사람도 다 뒤섞인다.

1901년에 태어나 이 도시에서 음악을 시작한 재즈 뮤지션의 옛 공연장을 찾아가는 중이다. 마치 불에 탄 자국처럼 머리 위 건물 입구에 찍힌 설립 연도. 사람들이 벌써부터 허름한 공연장 입구에 모여 서 있다. 티켓을 산 뒤 홀 안으로 들어간다. 어둡고 천장이 낮은 홀이 하나 있고 긴 의자가 몇 줄 놓여 있다. 피아노 위에 놓인 목 부러진 선풍기, 덕지덕지 스티커를 붙인 낡은 악기 네 개가 보인다. 아직 공연은 시작 전이다. 복도로 나가 주변을 돌아본다. 출입 금지 팻말이 붙은 철조망 너머에 뮤지션들이 서 있다. 그들은 물을 마시기도 하고 전화를 걸

기도 한다. 잠시 후 어린아이가 흑인 남자의 손에 매달려 철조망 문을 열고 무대 쪽으로 걸어 나온다. 많은 사람들이 의자에 앉고 그보다 더 많은 사람들이 뒤에 서 있다. 관객들은 국적도 관계도 연령도 다른 것 같다. 입심 좋은 사회자가 나와 밴드를 소개한다. 연주자들은 이 홀처럼 하나같이 다 늙었다. 딱 한 사람, 아까 그 아이를 데리고 나온 검은 셔츠의 흑인만 나이가 어려 보인다.

연주가 시작되고 사람들은 숨죽인 채 어깨를 들썩인다. 서서히 박수를 치고 흥에 겨워 머리를 흔든다. 연주가 이어질수록 홀의 색깔은 점차 붉어지고 깊어진다. 연주는 매번 그 맛이 다르고 연주자들의 표정도 시시각각 다르다. 내가 CD로 들었던 익숙한 선율도 여기서 연주되는 순간 전혀 다른 음악이 된다. 카메라 플래시가 터지고 누군가는 연주자들 앞으로 나가 지폐를 꺼내 놓는다. 다리를 저는 한 노인은 무대 앞으로 걸어 나가 스윙 댄스를 춘다. 밤은 깊어 가고 공연은 계속되고 사람들은 음악에 빠져든다.

뮤지션들의 연주를 지켜보던 어린아이가 결국은 밴드 리더의 무릎에 올라앉아 드럼을 치기 시작한다. 아무렇게나, 자기 마음대로 친다. 이빨이 몇 개 빠져 조금은 우습게 보이는 밴드 리더가 어린아이의 드럼 소리에 맞춰 자기의 드럼을 친다. 완벽한 어울림의 시간이다. 뮤지션들은 그냥 웃는다. 바보처럼 웃고 노래한다. 언제 우리 조상이 전일제도 아닌 파트 타임 노예였느냐는 듯이, 언제 우리가 허리케인 같은 재해를 당했느냐는 듯이 그냥 입을 벌리고 웃는다. 슬프고 장중한 장례식 뒤에, 깔깔거리는 웃음이 나오는 밝은 재즈곡을 연주한다는 사람들이었다. 나도 그냥 그들처럼 입을 벌리고 웃어 본다.

　공연의 막바지, 어린아이를 데리고 걸어 나온 뮤지션이 자리에서 일어난다. 그의 굵은 입술이 트럼펫을 불기 시작한다. 나직하고 부드럽다. 1963년에 내가 사는 도시에 왔었다는 유명한 재즈 연주가, 어린 시절 부모의 이혼 후 홀로 소년원에 들어간 그는 소년원 밴드에서 처음으로 음악을 시작했다. 마흔 살이 되도록 자기만의 크리스마스트리를 가져 본 적이 없는 사람, 모든 사람을 행복하게 해 주고도 흑인 광대라는 말을 들어야 했던 사람, 그가 불렀던 노래 「What a Wonderful World」.

김숨

1997년 『대전일보』 신춘문예에 단편 소설 「느림에 대하여」가 당선되며 작품 활동을 시작했다. 장편 소설 『L의 운동화』, 『한 명』, 『떠도는 땅』, 소설집 『국수』, 『당신의 신』, 『나는 나무를 만질 수 있을까』 등을 썼다. 동리문학상, 이상문학상, 현대문학상, 대산문학상, 김현문학패 등을 수상했다.

02

구덩이

터는 볕바른 곳이었다. 언 수도 배관 같은 몸이 볕을 쐬니 좀 풀리는 듯했다. 히터가 고장 난 남 씨의 왜건에 짐짝처럼 실려 이곳까지 온 탓에, 그의 몸은 한기가 잔뜩 들어 있었다.

그는 서너 모금 빤 담배를 휙 던지고 오른쪽 레버로 손을 가져갔다. 바스켓을 오므리면서 그것에 달린 발톱들로 땅을 긁기 시작하자 굴착기가 요동쳤다. 굴착기를 통째로 재봉틀 위에 올려놓고 마구 페달을 밟아 대는 것만 같았다. 굴착기 조종석 위 그는 뿌리까지 썩은 어금니처럼 불안하게 흔들렸다. 푸슬푸슬 흙먼지가 날리지만 구릿빛 땅은 단단히 얼어 있었다. 영하 10도를 밑도는 한파가 이 주 넘게 이어지고 있는 데다 간밤 기온이 영하 18도까지 떨어졌던 탓에 터 아래 응달진 곳에는 며칠 전 내린 눈이 녹지 않고 백설기처럼 두껍게 쌓여 있었다.

오후 서너 시까지 그와 남 씨는 터에 교실 크기쯤 되는 구덩이를 파

놓아야 했다. 굴착기라면 이골이 났는데도 그는 벌써부터 골이 흔들리고 엉덩이가 쑤셨다. 굴착기 조종석에 앉아 본 게 근 아홉 달 만이어서일까. 묘 이장이 마지막이었으니까…… 절에서 받아 왔다는 이장 날, 하필이면 비가 억수로 쏟아졌다. 땅이 수제비 반죽처럼 질퍽질퍽 무른 데다 가파른 산턱이라 굴착기를 운전하는 게 쉽지 않았다. 그때 그 터에 비하면 오늘 구덩이를 팔 터는 양반이었다. 물 반, 흙 반 퍼 올려 겨우 파 놓은 구덩이에는 반백 년도 더 전에 죽은 송장이 묻혔다.

그는 어째 구덩이가 전날보다 더디게 파지는 듯했다. 양손으로 레버를 쉴 새 없이 움직여 흙을 퍼내는데도 구덩이가 넓어지지도, 깊어지지도 않고 그대로인 듯했다. 혼자 구덩이를 파는 게 아닌데도 그랬다. 그의 맞은편 남 씨의 굴착기는 조급해 보일 만큼 부지런히 흙을 퍼 올리고 있었다. 그러잖아도 아내의 수술이 있는 날이어서 남 씨는 조급증이 날 것이었다.

"내일 수술받아."

지난밤 여관방에서 소주를 마시다 남 씨는 아내가 서울 x. 병원에 입원 중이라고 털어놓았다.

"대장에 암 덩어리가 생겼지 뭐야. 생전 감기 한번 크게 안 앓아 본 사람이 하루아침에 중환자가 됐지 뭐야. 진행이 꽤 됐다나 봐."

"올라가 봐야 하는 거 아니야?"

"수술비 대려면 돈을 벌어야 하니 별수 있어? 하루 병원비가 얼만데…… 서둘러 일 끝내고 밤에나 올라가 봐야지. 가을에는 두 달 내

내 죽어라 일해 주고 칠백만 원이나 떼였지 뭐야?"

"칠백만 원이나?"

"오백 년 된 소나무를 옮겨 심는 일이었는데 그게 보통 일이 아니더라구."

구덩이가 더디게 파지는 듯해 지루해서 그렇지, 솔직히 그는 급할 게 없었다. 서둘러 마쳐 봐야 소주 두어 병 사 들고 여관방에 기어들 일밖에 더 있나.

언제 다 파나 싶지만 구덩이는 어느 순간 보란 듯 패어 있을 것이었다.

남 씨가 불쑥 그에게 연락을 해 온 건 닷새 전이었다. 십 년 넘도록 감감무소식이던 사람이었다.

"일거리가 있는데…… 어떻게, 여유가 되나?"

"얼마나……?"

"짧으면 닷새, 길면 보름."

"보름이나?"

보름이 길어서가 아니라, 닷새와 보름의 차이가 커 그는 대뜸 그렇게 물었다.

"보름 더 할 수도 있고……."

뜻밖의 반가운 연락이었지만 어째 반갑지 않았다. 일이 씨가 말라 근 넉 달 백수건달로 지내고 있었다. 겨울철 비수기인 데다 몇 해 전부터 그를 기억해 불러 주는 업자가 거의 없었다.

"어떻게 내일 당장 내려올 수 있겠나?"

"무슨 일인데?"

"무슨 일은…… 구덩이 파는 일이지."

바스켓에 고정돼 있던 그의 눈길이 무심결에 살림집을 향했다. 흰 방수복과 방독면, 흰 운동화, 흰 장갑으로 중무장한 사람들이 돈사 주변과 살림집 마당을 점거하고 있었다. 머리부터 발끝까지 흰색으로 무장해서 마치 유령들 같았다.

신물 나도록 구덩이를 팠지만, 어저께야 그는 처음으로 구덩이가 짐승처럼 느껴져 진저리를 쳤다. 땅이 움푹 팬 자리가 아니라 살아 꿈틀거리는 한 마리의 짐승…… 죽은 돼지 산 돼지 가리지 않고 집어삼키고 보는…… 뼈, 살, 피를 모조리…… 그 짐승 곁을 떠나지 않고 맴도는 것은 깻잎장아찌처럼 쪼그라들고 거뭇한 새들이었다. 구덩이가 돼지를 한 마리라도 더 삼키려 가두리를 한껏 벌려 대는 걸 그는 똑똑히 봤다.

하긴, 그때…… 팔 년 전이었다. 강화도 농가 주택을 전원주택으로 개조하는 공사였다. 재래식 화장실을 수세식으로 바꾸면서 정화조를 넣을 구덩이를 파야 했다. 늦봄이라 땅이 갓 찐 시루떡처럼 다습케 풀려 있어 흙이 잘 떠졌다. 싱겁도록 후딱 파인 구덩이 바닥을 편편히 고르고 있는데, 구멍이 갑자기 푹 꺼지면서 둘레가 허물어져 내렸다. 당황한 그는 굴착기 바스켓을 재빨리 들어 올렸다. 후진해 구덩이에서 달아났다. 그가 파 놓은 것보다 두세 배쯤 더 깊숙이 안으로 꺼져 든 구덩이는 목구멍만 같았다. 순식간에 벌어진 일이라 기겁했지만,

그는 대수롭지 않게 넘겼다. 그때 현장에 있던 일꾼들이 이구동성으로 말했듯 제대로 메우지 않고 덮어 버린 우물이 구덩이와 만나 허물어져 내린 것이라고…… 특별히 지반이 약한 곳도 아닌 데다 주저앉듯 꺼졌으니까. 그런데 그는 이제서야 그때 그 구덩이가 저 스스로 내려앉으며 커진 게 아닐까 하는 의문이 들었다.

그는 고개를 흔들고 바스켓으로 흙을 퍼 올렸다. 펫장처럼 두툼히 뭉친 흙덩어리가 바스켓에 담겨 왔다.

자신들을 통째로 집어삼킬 구덩이가 패고 있다는 걸 아는지 모르는지 돼지들이 조용했다. 허공으로 들어 올려진 바스켓 저 아래로 내려다보이는 돈사는 웅달져 있었다. 잎이 전부 떨어져 싸리비 같은 잡나무들에 둘러싸여 있어서 을씨년스러운 분위기를 풍겼다. 그는 돈사를 향해 바스켓 발톱들을 한껏 쳐들었다.

오늘 팔, 고작 십분의 일밖에 패지 않은 구덩이는 그가 여태 파 온 구덩이들 중 크기로만 보자면 중간쯤에 해당했다. 그리고 그 구덩이에는 돼지 오백 마리가 내던져질 것이었다. 굴착기 기사로 살아온 세월이 그럭저럭 삼십 년 안짝, 별별 구덩이를 다 파 왔지만 돼지들을, 더구나 산 채로 파묻기 위한 구덩이를 판 적은 없었다.

굴착기 소리, 떼 지어 날아다니는 참새 소리에도 농장에는 적막한 평온이 감돌았다.

구덩이는 다른 곳에서도 패고 있을 것이었다.

전국적으로 구제역이 무섭게 퍼지고 있었다. 짐을 꾸려 이곳에 내려오기 전 그는 티브이 뉴스를 통해 그 소식을 지긋지긋하게 들었다.

살처분이라고 했나…… 땅속에 매몰된 가축이 전국적으로 이백만 마리가 넘는다느니, 남아나는 소 돼지가 없을 거라느니, 도축장마다 일거리가 끊겨 도산 위기라느니, 이러다 한우 씨가 말라 버릴 거라느니…… 구덩이로 돼지를 내던지는 뉴스 화면을 보기도 했다. 부옇게 모자이크 처리 했지만, 구덩이 속으로 던져지는 게 소나 개가 아닌 돼지임을 알 수 있었다. 모자이크로도 가려지지 않는 돼지 특유의 살빛 때문이었다.

그의 점퍼 주머니 속 휴대 전화가 보채듯 자지러진 것은 욕탕만 한 구덩이가 팼을 때였다. 어째 잠잠하다 싶더라니…… 십중팔구 아들 재구에게서 걸려 온 전화이리라. 잠잠해질 때까지 기다렸다 그는 휴대 전화를 꺼내 들었다. 부재중 전화 열여섯 통. 그는 치미는 짜증을 억눌렀다. 지난 이십오 년 동안 부재했던 자신…… 아니, 이십칠 년 인가? 아들이 초등학교에 입학하던 바로 그해부터였으니까. 그는 통화 버튼을 누르려다 말고 휴대 전화를 도로 주머니 속에 넣는다. 돈사 쪽에서 날아오른 산비둘기 두 마리가 낫처럼 휘어진 곡선을 그리면서 날아갔다.

첫 부재중 전화는 새벽 두 시에 걸려 왔다. 큰일이 난 듯 휴대 전화가 발작적으로 울릴 때 그는 여관방에서 세상모르고 곯아떨어져 있었다. 잠이 홀딱 깨 버렸지만 그는 휴대 전화를 받지 않고 베개 밑으로 밀어 넣었다. 부재중 세 통이 찍힐 때까지 베개에 얼굴을 파묻고 버텼다. "급한 전화면 어쩌려고 그래?" 남 씨가 짜증만 내지 않았어도 그는 끝까지 전화를 받지 않았을 것이었다. 발신인 이름이 뜨지 않는 걸 보고 혹시나 했는데 역시나 아들 재구였다. 오 년여 만에 듣는 목소리였지만 그는 아들이란 걸 단박에 알아차렸다. 아들은 앞뒤 없이 다짜고짜 날이 밝는 대로 서울로 올라오라고 소리 질렀다. "이혼장 만들어 놨으니까 올라와서 도장 찍어." 아들은 숫제 반말이었다.

성질머리가 날 꼭 닮았다더니…… 부자지간임을 아무리 부정하고 싶어도 부정할 수 없게, 아들은 겉뿐 아니라 속까지 그를 꼭 닮아 있었다.

오 년여 전에도 아들은 제 부모를 이혼시키지 못해 안달이었다. 아무리 자식이라지만…… 괘씸한 생각에 휩싸여 있다가도 그는 막상 아들의 전화를 받으면 빚쟁이가 된 듯 전전긍긍했다. 그도 그럴 것이, 아들이 초등학교에 입학하던 그해 그는 집을 나왔다. 아버지인 그가 부재중인 동안 아들은 무섭게 자라 청년이 되었다. 전문대를 나온 아들은 변변한 직장에 자리를 못 잡고 떠도는 눈치였다. 친구 두 놈과 대학교 앞에서 호프집을 차렸다 엎었다는 소식을 전해 들은 게 벌써 삼 년도 더 전이었다. 소식을 전해 준 사람은 아이들 엄마의 팔촌쯤 되는 친척 오빠이자 그의 군대 동기였다. 아이들 엄마와 그를 중매해 준 장본인이기도 했다.

흙을 열대여섯 바스켓 퍼내도록 휴대 전화는 잦아들 줄 몰랐다. 그는 아예 전원을 꺼 버리려다 폴더를 열고 통화 버튼을 눌렀다.

"올라오고 있는 거야? 내가 이혼장 들고 내려갈까? 내가 난리 치는 거 보고 싶어?"

설마 이혼장 들고 이곳까지 오지는 않겠지. 여기가 어딘 줄 알고…… 여기가 어디지…… 내가 뭘 하고 있지…… 그는 바스켓을 들어 올리다 말고 새삼스레 주위를 둘러보았다.

구덩일 파고 있었지…….

그의 시선이 돈사 회색 슬레이트 지붕에서 하늘로, 까치집을 떠받든 나무로, 살림집 붉은 기와지붕을 미끄러지듯 내려가 마당으로, 수돗가를 지나 고운대처럼 뻗은 길 쪽으로 옮겨 갔다. 차 한 대가 겨우 지나다닐 만큼 좁고 구불거리는 비포장도로였다. 무심결에 그 길을 따라 뻗어 나가던 그의 시선이 움찔 멎었다. 외부인 출입을 통제하기 위해 길에 쳐 놓은 바리케이드에 시선이 가로막혔기 때문이다. 바리케이드 근처를 유령 둘이 지키고 서 있었다. 천지 사방이 뚫려 있었지만, 이곳 농장으로 이어지는 길은 그 길 하나였다. 고립무원인 외진 데까지 구제역이 퍼졌을까…… 아, 아니지…… 예방 차원의 매립이라고…… 어저께 돼지 천오백 마리를 땅속에 파묻은 것도 순전히 예방 차원에서…… 알 게 뭐람.

내가 지방에 내려와 있다고 재구에게 말했던가. 그럴 리가 없는데…… 그는 자신이 있는 곳을 아내에게든, 아이들에게든 제대로 알려 준 적이 없었다. 그가 두 해 전부터 경기도 오산에서 자리 잡고 살고 있다는 사실조차 아들은 까맣게 모르고 있었다.

두 달 전쯤 그는 불쑥 아내와 아이들이 살고 있는 집 근처까지 찾아갔었다. 속 빈 비닐봉지처럼 이리 날리고 저리로 쏠리면서 살아온 그와 달리, 아내는 말뚝을 박은 듯 수색을 떠난 적이 없었다. 그 안에서 이사를 다니면서 살았다. 그렇다고 수색에 일가친척이 살고 있는 것도 아니었다. 강원도 홍천이 고향인 데다, 처녀 시절 내내 동대문 쪽에서만 산 그녀에게 수색은 아들이 두 돌 지났을 즈음 값싼 전셋집을 구하다 굴러든 장소일 뿐이었다. 비현실적으로 느껴질 만큼 오랜만에 다시 찾은 그를 맞은 것은 '축 주택 재건축 정비 구역 지정'이라고 쓴 플래카드였다. 버스에서 내려 그 플래카드를 보는 순간, 그는 심장이 발목까지 내려앉는 듯했다. 늦었다는 후회와 자괴감이 공복에 찾아오는 현기증처럼 밀려들었다. 수색 주민 센터 근처 식당에 들어가 소주 두 병을 비우고 허탈하게 발길을 돌린 것은 그 때문이었다.

그전에 그가 수색을 마지막으로 찾아간 것은 구 년도 더 전이었다. 무작정이던 지난번과 달리, 그때는 단단히 각오를 하고 찾아갔었다. 집에는 마침 아내뿐이었다. "당신하고 긴히 상의할 게 있어서……." 죄인처럼 쩔쩔매는 그를 아내는 순순히 집에 들였다. 목포에서 새벽 첫차를 타고 왔다는 그의 말에 아무 대꾸 없이 부엌으로 가 밥상을 차렸다. 하지만 그는 밥숟가락을 들다 말고 쫓겨나다시피 집을 나와야 했다. 때마침 집에 돌아온 아들 때문이었다. 그를 보자마자 눈이 뒤집힌 아들은 밥상을 뒤엎었다.

구덩이를 십분의 이나 팠을까. 두 다리가 나른히 풀리면서 배 속이 부글부글 끓었다. 휴대 전화가 어린애 경기하듯 떨어 대 잠을 설친 데다 묵고 있는 여관 옆 시장통 해장국 식당에서 사 먹은 돼지머리 국밥이 속에서 탈을 일으켜 하품과 트림이 번갈아 났다. 정작 돼지머리 국밥을 먹을 때는 괜찮았는데 뒤늦게야 욕지기가 치밀었다. 바로 전날 돼지 천오백 마리를 구덩이 속에 파묻고 아무렇지 않게 돼지머리 국밥을 먹다니…….

그는 결국 설사기를 느끼고 굴착기에서 내려왔다. 살림집 쪽으로 조급히 발을 내디뎠다.

웬 노인이 마루에 웅크려 앉아 담배를 피우고 있었다. 노인의 얼굴은 곶감처럼 쪼그라들어 있었다. 담뱃재가 자신의 얼굴로 날아들자 노인네는 눈을 가늘게 하고 뻐끔뻐끔 담배를 빨았다.

유령 둘이 어디선가 나타나 그 앞으로 지나갔다.

"저기…….."

그는 유령 하나를 붙잡아 세웠다.

"화장실이……?"

흰 방독면으로 얼굴을 거의 다 가려 두 눈동자만 빼꼼 내놓은 유령이 그의 뒤쪽을 가리켰다. 그는 유령이 가리키는 곳을 바라보았다.

"어디……?"

그가 다시 고개를 돌렸을 때 유령은 가 버리고 없었다. 그는 긴가민가하면서 합판으로 대충 짠 쪽문 쪽으로 걸어갔다. 배 속은 부글부글 끓다 못해 뒤틀리고 있었다. 쪽문 앞에서 기웃거리는데 마침 아까 그 유령이 지나갔다.

"화장실이 어디요?"

당황한 유령이 눈을 끔벅이더니 쪽문 안을 손으로 가리켜 보였다. 아까 그 유령이 아니었나? 똑같은 흰색으로 무장해서 유령들은 다 똑같아 보였다. 그는 쪽문 안으로 황급히 발을 내디뎠다. 쪽문 안은 기역자로 꺾인 통로였다. 시멘트로 마감한 통로 바닥은 유령들이 낸 발자국으로 지저분했다. 통로 모퉁이를 돌자 화장실이 나왔다.

대변은 시원히 봐지지 않았다. 그렇다고 화장실에 죽치고 앉아 있을 수 없는 노릇이어서 그는 후들거리는 바지를 끌어올렸다.

통로를 걸어가던 그는 쪽문 옆에 기둥처럼 버티고 서 있는 청년을 보고는 화들짝 놀랐다. 순간적으로 아들 재구가 서 있는 줄로 착각해서였다. 갈색 점퍼에 녹색 추리닝 차림의 청년이 그를 쏘아보고 있었다. 눈빛이 불안하게 흔들리는 데다 오른쪽 눈가 근육이 바르르 떨리고 있었다. 표정은 넋이 반쯤 빠진 듯 어딘가 멍하고 부자연스러웠다.

"개새끼!"

그는 순간 멈칫했지만 못 들은 척했다. 쪽문 안 통로에 자기 말고는 아무도 없었지만 설마 자기에게 한 소리일까 싶어서였다.

"개…… 개새끼……."

애써 무시하고 쪽문으로 서둘러 발을 내딛던 그는 주춤했다. 아까 그 노인이 쪽문을 구부정히 지키고 서 있었다. 노인은 노란 고름 덩어리 같은 눈으로 그를 빤히 응시했다.

"흘려들으소. 소처럼 순해 빠진 놈인데…… 나두 놀랐소. 교통사고를 당해 저리 반병신이 되었지 뭐요."

그는 그제야 청년의 표정이 이상하게 느껴졌던 게 이해되었다.

"사년제 대학교까지 공부시켜 놨더니만 저리 되어서는…… 저놈 때문에 이 늙은이 속이 잿더미가 됐소. 기술이라도 가르쳐 볼까 했는데 말귀나 겨우 알아들으니 그것도 쉽지가 않으니…… 그쪽처럼 굴착기 기사 자격증이라도 따서 먹고살게 하려고 학원에 보냈다 아까운 돈만 날렸지 뭐요."

내가 굴착기 기사인 걸 저 노인이 어떻게 알았을까. 그 역시 유령들처럼 흰색으로 중무장한 차림이었던 것이다. 방독면을 벗고 남색 모자를 머리에 눌러쓰고는 있었지만…… 마루에 앉아 구덩이가 패는 걸 다 지켜보고 있었던 걸까.

"돼지라도 키워 먹고살게 하려고 했는데 그마저 글렀지 뭐요."

"……."

"하루아침에 날벼락이라더니. 이게 다 뭔 짓인가 모르겠네……."

그의 등 뒤에서 청년의 욕설이 또다시 들려온 것은 그때였다. 외려 어눌해서일까. 그는 뒤통수를 얻어맞은 듯한 모멸감을 느꼈다. 욕이라면 이골이 나도록 들으면서 살아왔는데도 그랬다. 저 자식이 근데…… 뒤를 돌아다보려는 그를 노인이 황급히 손을 저어 가면서 말렸다.

"참으소, 참으소. 저놈이 아무래도 이게 다 댁이 벌인 짓이라고 생각하나 보우."

"내가 벌인 짓이요?"

"그래서 저러는 걸 거요."

저 자식 눈에는 다른 유령들은 안 보이고 나만 보인단 말인가. 진짜 유령들도 아니고. 마침 유령 하나가 늙은이의 등 뒤로 지나갔다. 또 하나가, 또…… 그리고 둘이 한꺼번에 지나갔다.

"몹쓸 전염병이 돌아 국가에서 소, 돼지를 깡그리 땅속에 파묻구 있다고 내가 그렇게나 말했는데 알아듣질 못하고…… 나라에서 하는 일이라구 내가 그렇게나…….."

그는 청년을 흘끔 쏘아보고 쪽문 밖으로 나갔다. 매몰지가 될 터를 바라보았다. 유령 서넛이 작동을 멈춘 그의 굴착기 가까이 모여 서 있었다. 유령들은 뭔가를 상의하는 듯했다. 그것밖에 더 있나…… 남씨의 굴착기는 열심히 흙을 퍼내고 있었다. 유령들이 터에서 내려오는 걸 바라보다 그는 고개를 푹 숙이고 터 쪽으로 발을 내디뎠다.

그가 문득 고개를 들었을 때 터에서 내려오던 유령들이 온데간데 없었다. 그는 얼른 뒤를 돌아다보았다. 미간을 찌푸리고 살림집을 내려다보았다. 그런데 살림집 마당 어디서도 유령 하나 보이지 않았다. 증발한 듯 유령들이 한꺼번에 사라져 버린 마당에는 적막만 가득했다. 다들 어디로 가 버린 거지? 그가 중얼거리기 무섭게 유령들이 다시 나타났다. 수돗가에도, 쪽문 앞에도, 경운기 근처에도, 마루 앞에도 유령들이 우글우글 모여 있었다.

그는 정신을 차리려 머리를 흔들고 터 쪽으로 발을 내디뎠다. 그의 점퍼 주머니 속 휴대 전화가 그새 또 자지러지고 있었다.

졸음이 쏟아지면서 그는 무덤 쓸 구덩이를 파고 있는 듯한 기분이 들었다. 상고를 중퇴한 그가 굴착기 기사 자격증을 딴 것은 재구가 태어난 지 두 돌이 지나서였다. 1980년대 초반, 건설 경기가 좋던 때라 일거리가 넘쳐 났다. 그는 몇 달씩 집을 떠나 공사 현장을 돌아다녔고, 밥을 대 놓고 먹던 식당 여자와 그만 눈이 맞았다. 그보다 네 살이나 더 먹은 데다 자식이 둘이나 딸린 과부였다.

내내 한눈 한번 안 팔고 일하던 남 씨가 굴착기에서 내려왔다. 팔을 크게 흔들어 그에게 잠시 숨을 돌리자는 표시를 해 왔다. 굴착기에서 내려온 그는 입속이 까끌까끌해 침을 뱉고 구덩이 앞에 엉거주춤 쭈그려 앉았다. 구덩이 바닥에 난, 바스켓 발톱들이 긁고 지나간 자국을 물끄러미 내려다보았다. 억지로 흙을 퍼 대서일까. 자국은 고르지 못하고 다투듯 어지러웠다.

남 씨가 그의 옆으로 와 앉으면서 담배를 건네 왔다.

"이게 뭐 하는 짓인지 모르겠어."

"그러게…… 수술은 잘 끝났대?"

"아직 연락이 없는 걸 보면…… 수술이 문제가 아닌 것 같아. 수술하고 난 뒤가 더 문제지 싶어. 수술 말고는 달리 도리가 없다니까 어쩔 수 없이 하는 거지만…… 평생 죽어라고 일만 했는데 이 모양이지 뭐야. 환갑이 내일모렌데 마누라는 죽네 사네 하지, 아들놈은 대학원까지 나와 백수건달로 놀고 있지, 딸년은 서른 넘긴 지가 언젠데 시집갈 생각도 않지. 어떻게 된 게 끝날 것 같지가 않아……."

남 씨가 담뱃재를 구덩이에 대고 털었다.

"그래도 자네가 나보다야 처지가 낫잖아."

동갑에 굴착기 기사 경력이 엇비슷하지만, 남 씨는 자신의 굴착기를 가지고 있었다. 그 만만치 않게 젊어서부터 객지로 떠돌았어도 한눈 한번 판 적 없었다. 샌님 같은 데가 있어서 돈도 착실히 모았다. 그도 한때나마 남 씨처럼 자신의 굴착기를 굴리던 시절이 있었다. 할부로 덥석 굴착기를 사들였다 일 년 만에 도로 팔았다. 다달이 갚아야 하는 할부금을 갚지 못해서였다. 그때만 해도 굴착기가 웬만한 집 한채 값이었다. 처자식을 내팽개치면서까지 붙어 살던 여자와 철천지원수가 되어 갈라선 것도, 오 개월을 꼬박 일해 주고 만 원 한 장 받지못한 것도, 이틀이 멀다 하고 고스톱으로 날밤을 새우던 것도 그즈음이었다.

그는 불씨가 살아 있는 담배꽁초를 구덩이로 내던졌다. 불씨가 구덩이에서 허무히 꺼져 드는 걸 지켜보았다. 구덩이가 다 파이면 이 터에는 오백여 마리의 돼지가 산 채로 묻힐 것이었다. '발굴 금지'라는 경고문이 적힌 푯말이 비석처럼 세워질 것이었다. 삼 년이라고 했던가? 사 년? 아무튼 그간에는 이 터에 배추 한 포기 심을 수 없었다.

구덩이는 여전히 더디게 파였다. 서너 시는커녕 날이 어둑해지기전에 끝낼 수 있을까 싶었다. 봉오리가 뾰족한 산이 농가 서쪽에 병풍처럼 서 있어서 다섯 시면 해가 떨어지는 데다, 구덩이를 판 걸로 끝이 아니었다. 구덩이까지 돼지들을 끌어다 파묻고, 흙으로 덮고 하려면…… 가축의 살처분, 매몰 과정은 대충 이랬다. 다 판 구덩이를 이중 비닐로 씌우고 매몰할 가축들을 부려 넣고 복토로 덮는다. 복토 위를 성토로 메우고 비닐로 덮는다. 미생물 용액을 살포하고, 출입 금지를 알리는 안전띠를 매몰지 경계에 두른다. 매몰지임을 알리는 푯말을 세우는 것으로 매몰 작업은 마무리된다.

땅이 흔들렸다…… 전날 돼지 천오백여 마리를 땅속에 파묻고 마무리 작업을 얼추 끝냈을 때였다. 굴착기에서 내려와 두 발을 내딛던 그는 매몰지 일대 땅이 흔들리는 걸 느꼈다. 착각이겠지 했는데 그게 아니었다. 그 혼자만 느낀 게 아니었다. 가까이 있던 유령 둘이 자기들끼리 나직이 주고받는 말소리가 그에게 들려왔던 것이다.

"돼지들이 몸부림을 치는군……."

유령 하나가 매몰지 한가운데 경고 푯말을 세우고 있었다. 그 유령 너머 서쪽 산 낮게 내려앉은 하늘이 핏빛으로 물들고 있었다. 핏빛은 점점 짙어지고 탁해지며 땅으로 깔려 왔다.

나는 구덩이만 팔 뿐이야…… 그 구덩이에 뭘 묻든 내가 알 바 아니야…….

구천 마리라고 했나? 남 씨의 왜건에 실려 이곳 농장까지 달려오는 동안 차창 밖으로 스쳐 지나간 풍경은 단조롭고 황량하기 그지없었다. 비슷비슷해서 똑같은 필름이 반복해서 돌아가는 듯했다. 산, 하늘, 농가, 논밭, 비닐하우스, 축사, 길…… 그리고 매몰지.

"저곳에 돼지가 몇 마리나 묻혔는지 아는가?"

남 씨가 그렇게 물어 온 것은 읍내를 벗어나 이십 분쯤 달렸을 때였다.

오백 평쯤 될까? 일대를 뒤덮은 파란 비닐이 물결처럼 바람에 일렁이고 있었다. 삼사천 마리, 중얼거리면서 그는 남 씨를 흘끗 바라봤다.

"구천 마리."

별별 구덩이를 다 파는군…… 중얼거리는데 휴대 전화가 또다시 자지러졌다. 가라앉나 싶던 설사기가 갑자기 심해져 창자가 끊어지는 것 같았다.

그는 굴착기에서 내려와 살림집 쪽으로 다급히 뛰어 내려갔다. 쪽문으로 향하는데, 살림집 마루 미닫이문이 슬그머니 열리더니, 터진 양말 새로 발가락이 내밀어지듯 웬 여자가 불쑥 얼굴을 내밀었다. 여자는 고개를 쳐들고 매몰지인 터를 바라보았다. 베트남? 캄보디아? 여자는 피부색이 어두웠다. 기껏해야 스물한두 살이나 먹었을까. 외국인 며느리를 들였나 보군. 먼 데까지 시집와 안 해도 될 구경을 하게 생겼네. 그는 자조적으로 중얼거렸다. 여자는 그가 자신을 쳐다보는 것도 모르고 유령들을 호기심 어린 눈으로 바라보았다. 은미보다 어리겠어…… 딸애의 이름이 그의 입에서 깨진 생니처럼 튀어나왔다. 혼인 신고만 하고 살던 남자와 이혼했다는 소식을 끝으로 그는 딸애의 소식을 듣지 못했다. 내가 아버지 노릇만 제대로 했어도 웬만한 남자를 만나 떳떳하게 결혼식도 올리고 잘 살았을까.

여자의 얼굴이 머뭇머뭇 그를 향했다. 소처럼 큼직한 눈을 끔벅끔 벅하더니 미닫이문을 소리 나게 닫았다. 멋쩍어하면서 쪽문 안으로 발을 들여놓는 그를, 아까 그 청년이 쳐다보고 있었다. 유령 대여섯이 안개처럼 우르르 청년 앞으로 지나갔다.

속 시원히 봐지지 않았다. 억지로 몸을 일으키던 그의 눈이 화장실 벽에 뚫린 구멍으로 향했다. 딱 두루마리 화장지만 한 구멍이었다.

바지를 주섬주섬 끌어올리면서 그는 구멍에 얼굴을 들이밀었다. 돈사가 보였다. 유령 하나가 돈사에서 뛰쳐나오더니 돈사 회색 벽에 얼굴을 박고 구역질을 해 댔다. 위를 통째로 토하기라도 하는 듯 유령 의 흰 어깨가 격하게 떨렸다.

먹고살려면 별수 있나.

그는 유령이 자신의 말을 듣기라도 하는 듯 중얼거렸다. 구멍에서 얼굴을 거두려는데, 청년이 그의 눈에 들어왔다. 청년은 누렇게 시든 풀밭에 두 다리를 말뚝처럼 박고 서 있었다. 청년의 고개가 화장실 쪽 을 향했다. 순간 그는, 청년과 자신의 눈이 그만 딱 마주친 것 같은 기 분에 사로잡혔다.

설마…… 구멍은 그의 얼굴보다 작았다. 게다가 구멍과 청년과의 거리는 사오 미터는 되었다. 그런데도 그는 청년이 구멍 속 자신을 쳐 다보고 있는 듯한 기분이 들었다.

욕을 해 와서인지, 그는 청년이 은근히 신경 쓰였다. 그는 어쩐지 청년이 자신에게만 개새끼 어쩌고 욕을 퍼부었을 것만 같았다. 내가 뭘 어쨌다고…….

화장실 문이 덜컥 흔들렸다.

"나가요, 나가!"

그가 나가기 무섭게 유령이 화장실 안으로 뛰어 들어가더니 문을 부서져라 닫았다. 이내 변기 바닥에 오줌 줄기 떨어지는 소리가 들려왔다.

농장을 점거한 유령은 자가 증식하듯 그새 불어나 있었다. 유령들의 움직임은 한없이 굼뜨고 늘어졌다. 생기와 의욕이라고는 찾아볼 수 없지만 클로즈업해 바라보면 초조하고 불안한 기색을 엿볼 수 있었다. 흰색 속에 꼭꼭 숨기고 있지만 유령들의 뼛속 깊숙이까지 불만과 공포, 분노가 들어차 있다는 걸 그는 잘 알았다. 구덩이가 다 패면, 유령들은 살처분할 돼지들을 어떻게든 돈사에서 구덩이까지 몰고 와야 했다. 혼비백산하는 돼지가 있으면 질질 끌고서라도. 구덩이로 던져질 때 돼지들의 발톱이 전부 빠져 있을 만큼 아비규환이었다.

"아마 다들 미치기 직전일 거야."

그것은 전날 남 씨가 한 말이었다.

유령들 속에 서 있는 청년이 그의 눈에 들어왔다. 시든 풀밭에 서 있던 그는 어느새 유령들 사이에 서서 그를 쳐다보고 있었다.

흙을 퍼내는 게 굴착기 바스켓이 아니라 자신의 손만 같았다. 바스켓의 둔중하고 거대한 발톱들이 자신의 손에 매달려 있는 것만 같았다. 손목뿐 아니라 어깨까지 힘이 잔뜩 들어가고 손가락들이 부들부들 떨렸다. 바스켓 발톱들이 땅바닥을 드르륵 긁으면서 파헤칠 때마다 그 진동이 심장까지 전해졌다. 바스켓에 담겨 오는 흙의 무게가 고스란히 느껴졌다.

구덩이는 그가 화장실에 들락거리는 바람에 한없이 더디게 파졌다. 살림집까지 내려가 화장실에 다녀오는 데 십오 분은 소요되었다. 그사이 그는 두 차례 더 화장실에 다녀왔다. 화장실에 다녀올 때마다 작업 흐름이 끊겼다.

남 씨가 그에게 기어이 한마디 해 왔다.

"서둘러 끝내자구. 해 떨어지는 거 금방이야."

말린 무화과처럼 구겨진 남 씨의 얼굴에 그를 그곳까지 불러 내린 것을 후회하는 표정이 스쳤다.

그가 굴착기 운전대에 올라앉기 무섭게 휴대 전화가 울렸다.

정말…… 제 어미와 날 기어코 이혼시킬 작정인가.

"어디야? 어디냐니까!"

"구덩이…….."

"구덩이?"

"구덩이…….."

이혼을 원하지 않았던 쪽은 자신이 아니라 네 엄마였다고 그는 입속말로 웅얼거렸다.

식당 여자에게 미쳐 있을 때 그는 어떻게든 이혼하려고 아내를 들볶았다. 고작 서른 살이던 아내는 아이들 때문에 죽어도 이혼은 할 수 없다고 버텼다. 그의 주먹질을 견디다 못해 맨발로 집을 뛰쳐나가기까지 했다.

한 시가 돼서야 점심 도시락을 먹고 남 씨는 커피를 얻어 마시러 살림집 쪽으로 내려갔다. 십분의 삼이나 팠을까. 구덩이 앞에 버티고 서서 담배를 태우던 그의 오른발이 구덩이 속으로 미끄러진 것은 순식간이었다. 어, 하는 사이 그의 왼발마저 속수무책 구덩이 속에 삼켜졌다.

패대기쳐지듯 든 구덩이를 그는 얼떨떨한 얼굴로 둘러보았다. 깊이가 겨우 그의 가슴팍까지밖에 안 되는데도 구덩이는 위에서 내려다볼 때와 그 느낌이 달랐다. 구덩이 밖으로 나가려다 말고 그는 구덩이 한가운데로 터벅터벅 걸어갔다. 고개를 쳐들고 하늘을 올려다보았다.

저거야말로 영락없는 구덩이군…….

구름 한 점 없이 파래서일까. 하늘은 구덩이였다. 깊이도, 넓이도 가늠할 수 없는 거대한 구덩이. 저 구덩이는 누가 팠을까.

"거기가 어디야!"

"여기가…… 구덩이."

그는 머리 위 구덩이에서 좀처럼 눈을 떼지 못했다. 참새 떼가 그 구덩이 속을 날아갔다. 그는 두 발을 딛고 선 구덩이에서 머리 위, 더 거대한 구덩이 속으로 빨려 들어가는 듯한 착각이 들었다.

"중근이, 거기서 뭐 해?"

62

남 씨가 허리에 두 손을 얹고 구덩이 밖에서 그를 내려다봤다.

"무슨 문제라도 있어?"

"그게 아니라 구덩이가……."

"구덩이가 왜?"

"아니야, 아무것도……."

"서두르자구!"

남 씨가 그를 재촉하고 구덩이에서 돌아섰다. 그는 구덩이 밖으로 나가려 경사가 완만한 곳을 찾아 발을 내딛었다. 구덩이 밖으로 오른발을 내밀려는 찰나 왼발이 쭉 미끄러지면서 구덩이 속으로 떨어졌다. 그는 다시 발을 내디뎠고 역시나 보기 좋게 미끄러졌다. 그렇게 네 번을 연거푸 나뒹굴듯 구덩이 속으로 떨어지자 그는 당혹스럽고 겁이 덜컥 났다. 두 다리가 후들후들 떨렸다. 구덩이가 그의 두 발을 끌어당기고 있었다.

"못 나가겠어. 발이 자꾸 미끄러져서……."

그가 난감해하자 남 씨가 구덩이 안으로 손을 내밀었다. 그는 남 씨의 손을 붙잡고 겨우 구덩이 밖으로 나왔다.

"자네 오늘 왜 그래?"

남 씨가 애써 짜증을 누그러뜨리고 그에게 담배를 건넸다. 자신을 좀처럼 놓아 주지 않던 구덩이를 들여다보면서, 그는 하관이 움푹 꺼지도록 담배를 빨았다.

"자넨 뭘 믿고 사나?"

"뜬금없이?"

"그냥…… 다들 뭘 믿고 사나 싶어서."

"우리 같은 사람들이야 처자식 믿고 사는 거지."

남 씨는 중얼거리고 구덩이에 가래 섞인 침을 뱉었다.

바스켓으로 흙을 퍼 올리다 말고 그는 굴착기에서 내려왔다.

마루 미닫이문 새로 얼굴만 겨우 내밀고 구경하던 여자가 마당에 나와 서 있었다. 여자의 볼록한 배를 보고 그는 자신도 모르게 흠칫 놀랐다. 만삭인가 싶게 여자의 배는 꽤 불러 있었다.

교통사고 후유증을 앓는 아들과 외국에서 얻어 온 어린 며느리. 노인은 일찌감치 자신의 농장에 닥친 불행에 순응하기로 마음먹었는지 자신의 농장에서 벌어지는 일을 방관하듯 잠자코 구경했다. 아무튼 그 덕분에 구덩이가 더디게 패는 것 말고는 매몰 작업이 순조롭게 진행되는 듯했다. 돈사 쪽에서도 별달리 소란스러운 소리가 들려오지 않는 걸 보면……. 전날 매몰 작업을 나간 농장에서는 주인 여자가 돈사에 들어 울고불고 난리를 치는 바람에 몹시 어수선했다.

쪽문 안으로 발을 들여놓으려던 그는 멈칫했다. 누군가 그의 옆으로 지나갔다. 또 그 자식인가 싶었는데 아니었다. 유령도…… 이 농장에 누가 또 있었군. 그런데 누가?

"주, 죽여 버릴 거야!"

그는 기껏 움켜잡은 화장실 문손잡이를 놓고 홀쩍 고개를 돌렸다. 그 자식…… 청년이 통로에 서서 그를 쏘아보았다.

"저 자식이 근데……?"

"죽여 버릴 거야."

똑같은 말을 전에도 들었는데…… 그는 그 말을 아들로부터 들었다는 걸 기억해 냈다. 아들은 그때 중학생이었다. 할부로 사들인 굴착기를 팔아 치우고, 목포까지 내려가 살 때였다. 아내가 용서하고 받아 주기만 한다면 집으로 돌아가고 싶은 생각이 굴뚝같던 때이기도 했다. 염치 불고하고 아내에게 전화를 넣은 것은 그 때문이었다. 설에 다니러 가겠다는 말을 어렵게 건네자마자 아들이 전화기를 빼앗아 들었다. 죽여 버릴 거야. 변성기라 잔뜩 쉰 목소리로 아들은 소리를 질러 댔다. 아들이 크고 있다는 걸, 아버지인 자신을 똑똑히 지켜보고 있다는 걸 그는 그제야 처음으로 절감했다.

"내가 하는 일이 아니야. 나는 구덩이만 팔 뿐이라구."

그가 화장실에서 나왔을 때 청년은 여전히 통로를 지키고 서 있었다. 그는 청년을 밀치듯 지나쳐 마당으로 나왔다.

수돗가에서 손을 씻는데 누군가 그의 옆으로 지나갔다. 역시 누가 있었군. 수도꼭지를 잠그고 고개를 돌리기가 무섭게 그 누군가는 사라지고 없었다. 다급히 찾았지만 유령들만 눈에 들어왔다.

"어르신…… 혹시 이 집에 또 누가 사나요?"

"누가……?"

"어르신하고 아드님 내외 말고 이 집에 또 누가 사나 해서요."

"난 또……."

고개를 주억거리는 노인의 눈이 의뭉스럽게 보일 만큼 가늘어
졌다.

"또 누가……?"

"그러게나, 또 누가 살더라?"

노인은 도리어 수수께끼 같은 질문을 던져 놓고 엉거주춤히 몸을
일으켰다. 미닫이문 안으로 드는 노인을 그는 의아히 바라보았다.

터 쪽으로 발을 내디디려는데 누군가 그 앞으로 지나갔다. 그가 주
뼛주뼛하는 사이에 누군가는 살림집 모퉁이를 끼고 돌아 사라졌다.

어느새 오후 세 시였다. 날이 흐려지면서 양지였던 터가 음지로 바
뀌었다. 그럭저럭 절반쯤 팠을까. 유령 둘이 터로 올라왔다. 유령들
은 그의 굴착기를 지나쳐 남 씨의 굴착기로 다가갔다. 남 씨가 흙을
퍼 올리다 말고 굴착기에서 내려왔다. 남 씨와 유령들은 뭔가를 상의
하듯 이야기를 주고받았다. 유령들이 내려가자마자 남 씨가 그에게
굴착기에서 내려오라는 손짓을 해 보였다. 그를 쳐다보는 남 씨의 표
정이 어딘가 심각했다. 눈치가 어쩐지 방금 다녀간 유령들로부터 뭔
가 좋지 않은 이야기를 들은 것 같았다.

"자네 주인 영감 아들하고 무슨 일이 있었던 거야?"

"일?"

"자네가 주인 영감 아들하고 싸우는 걸 누가 봤다더군."

"누가 봤다는데?"

"욱하는 성질 아직도 못 버린 거야? 다들 얼마나 조심하는지 몰라서 그래? 하여튼 조심해."

남 씨는 더는 말을 섞고 싶지 않은지 그로부터 돌아섰다.

"뭘 자꾸 조심하라는 거야?"

그는 남 씨의 등에 대고 낮게 중얼거렸다.

그는 굴착기에 오르려다 말고 살림집 쪽으로 발을 내디뎠다.

마루 미닫이문은 꼭 닫혀 있었다. 마당에는 유령들뿐이었다. 유령은 오전보다 눈에 띄게 늘어나 있었다. 돼지들을 생매장할 구덩이에 씌울 방수 비닐이 마당 한쪽에 부려져 있었다. 비닐 자락이 펄럭펄럭 바람에 나부끼는 소리가 스산하게 마당에 떠돌았다.

그가 수돗가를 지나가는데, 그 앞에 웅크려 앉아 졸고 있던 유령이 슬그머니 고개를 들었다. 아무 감정이 담기지 않은 흐리멍덩히 풀어진 눈으로 그를 바라보았다.

쪽문에서 나와 청년을 무심히 지나쳐 서너 걸음 내딛던 그는 멈칫섰다.

"지옥에 떨어져라!"

그는 한 발 한 발 도장을 찍듯 내디뎌 청년에게 다가갔다. 꽉 그러쥔 손으로 청년의 가슴팍을 툭 쳤다. 청년이 뒷걸음질 치면서 휘청 흔들렸다.

그를 쳐다보는 청년의 눈동자가 초점을 잃고 어지럽게 흔들렸다. 오른쪽 눈동자 아래 보랏빛 근육이 심하게 떨렸다.

"다시 말해 봐!"

"놔주소."

노인의 목소리가 끼어든 것은 그의 손이 청년의 멱살을 움켜쥐려는 순간이었다.

"미친……!"

그는 혀를 씹듯 내뱉고 청년에게서 돌아섰다. 쪽문으로 발을 내딛던 그는 뭔가가 자신의 뒤통수를 내리치는 걸 느꼈다. 둔중하고 강한 뭔가가 정수리 바로 아래를…… 그는 현기증을 느끼고 비틀거리다 천천히 뒤를 돌아다보았다.

청년의 손에 들린 망치를 바라보는 그의 입에서 피식 웃음이 새 나왔다.

"아이고, 괜찮소?"

우는 것 같은 소리로 물어 오는 노인을 무시하고 그는 굴착기를 향해 휘적휘적 발을 내딛었다.

남 씨가 구덩이 앞에 서서 담배를 피우고 있었다.

망치로 얻어맞아서인지 머리가 무겁고 어지러웠다. 망치가 뒤통수를 내리치던 순간에는 몰랐는데 욱신욱신 통증이 느껴졌다.

"어떻게 됐대?"

"뭐가?"

"잘…… 끝났대?"

"뭐?"

"수술 말이야."

"내 정신 좀 봐."

남 씨는 휴대 전화를 찾는 듯 자신의 점퍼와 바지 주머니를 뒤졌다.

"아까 통화했을 때 회복실로 옮겼다고 했는데……."

굴착기 운전석에 앉아 시동을 걸던 그는, 목덜미를 타고 끈적끈적한 게 흘러내리는 걸 느꼈다. 그는 레버로 가져가던 손을 들어 목덜미를 더듬었다. 손가락에 묻어나는 것은 피였다. 망치에 얻어맞은 뒤통수에서 피가 흐르고 있었다. 그는 엉덩이를 들고 그 밑에 깔고 앉은 수건을 빼냈다. 때 낀 수건을 목덜미로 가져갔다. 그는 수건을 목에 감듯이 두르고 시동을 걸었다.

자꾸만 감기는 눈을 억지로 치뜨고 그는 구덩이 바닥에 바스켓을 내리꽂았다. 허공으로 들어 올려지는 바스켓은 비어 있었다. 정신 차려…… 그는 스스로를 다그치고 바스켓을 다시 구덩이 바닥으로 가져갔다. 굴착기가 들썩들썩 들리도록 바스켓으로 구덩이 바닥을 긁었다.

구덩이지…… 구덩이를 파야지…… 구…… 덩이…… 산 돼지…… 오백여 마리를 파묻을…….

바스켓 발톱들이 절규하듯 긁고 지나간 자국이 구덩이 경사면을 따라 굵은 빗줄기처럼 흘러내렸다.

남 씨의 굴착기가 경사면의 혹처럼 튀어나온 부분을 바스켓으로 긁고 있을 때였다. 검은 고무장화를 챙겨 신은 노인이 터로 난 길을 휘적휘적 올라왔다. 노인이 구덩이 속으로 뛰어든 것은 순식간이었다. 때마침 유령 둘이 구덩이를 살피고 있었지만 말릴 새가 없었다. 말이 뛰어든 것이지, 모양새는 영락없이 굴러떨어진 꼴이었다.

남 씨가 허겁지겁 굴착기에서 내려왔다. 유령들과 남 씨는 노인을 향해 구덩이에서 나오라고 소리를 질렀다. 하지만 구덩이는 노인 스스로 기어 나오기에는 지나치게 깊고 경사가 심했다. 안 되겠다 싶었는지 유령들이 구덩이 속으로 뛰어들었다.

"차라리 날 묻어라." 노인은 아예 구덩이 바닥에 드러누워 버렸다.

"날 묻어……."

유령들이 구덩이로 몰려왔다. 구덩이 속에서 발버둥 치면서 울부짖는 노인과 노인을 끌어내리는 유령들로 구덩이는 그야말로 아수라장이었다. 축사 돼지들까지 아우성을 치는데도 불구하고 그의 두 눈은 몽롱하게 흐려지는 의식과 쏟아지는 졸음 때문에 반쯤 감겨 있었다.

그의 굴착기 바스켓에서 흙이 주룩 흘렀다. 한 줌 될까 말까였지만 흙은 하필이면 노인 위로 떨어졌다. 남 씨가 그를 향해 바스켓을 구덩이 밖으로 치우라는 손짓을 해 왔다. 그는 레버로 더듬더듬 손을 가져갔다. 바스켓이 기울어지면서 흙이 구덩이 속 노인과 유령들 위로 떨어졌다.

취토요! 취토요!

누군가 그렇게 외치는 소리가 들려오는 것 같았다.

구덩이는 아무 일 없었다는 듯 고요했다. 구덩이 어디서도 아수라의 흔적은 찾아볼 수 없었다. 그의 머리 위 깊이도, 넓이도 가늠할 수 없는 구덩이 역시 마찬가지였다.

일군의 유령들이 비닐을 십시일반 나눠 들고 구덩이로 몰려왔다. 유령들은 비닐을 펼치면서 구덩이를 포위하듯 둥그렇게 에워쌌다. 거대한 빙하 같은 비닐이 구덩이에 들러붙었다.

비닐 씌우는 작업을 끝내자마자 유령들은 몇만 남고 서둘러 살림집 쪽으로 내려갔다. 그는 굴착기에서 내려갔다. 남 씨가 굴착기에서 내려와 그에게 다가왔다.

"일곱 시는 넘어야 끝나겠어."

"어떻게 오늘…… 서울에 올라갈 수 있겠어?"

"아무리 늦더라도 오늘 중으로 가 봐야지. 그래도 삼십 년을 넘게 데리고 산 여자가 대수술을 했는데……."

일곱 시에 끝난다고 해도 정리하고 어쩌고 하면 여덟 시는 되어야 출발할 수 있을 것이었다. 서울까지 네 시간은 족히 걸리니까 자정 지나야…….

"마취에서 깨어날 때 날 그렇게나 찾았다지 뭐야. 나 같은 인간 만나 그 몹쓸 병이 들었다고 원망할 때는 언제고 그래도 남편이라고……."

"실은 나도 서울에 볼일이 있어서 올라가 봐야 해."

"자네도?"

남 씨가 그를 쳐다봤다.

"늦더라도……."

"급한 일이야?"

"해결할 일이…… 아무튼 아무리 늦더라도……."

"일이나 끝내고 보자고."

"참, 수술은 잘됐대?"

"그게…… 그냥 덮었다지 뭐야."

"……?"

"암이 다른 데까지 퍼져서 손을 도저히 못 댔나 봐."

남 씨가 울음이 터져 나올 것 같은 얼굴에 애써 허탈한 웃음을 띠며 구덩이에서 돌아섰다. 비닐 냄새가 소독약 냄새와 뒤섞여 구덩이에서 올라왔다. 비닐을 씌워 놓으니 구덩이는 이물스럽기까지 했다.

그냥 덮었단 말이지…… 저 구덩이나 그냥 덮어 버렸으면 좋겠군.

뒤에서 누가 등을 떠밀듯 그의 몸이 자꾸만 구덩이로 기울었다. 그는 간신히 몸의 중심을 잡고 구덩이에서 돌아섰다. 유령 하나가 그런 그를 유심히 지켜보고 있었다. 어스름이 터까지 깔려 와 유령은 더 유령 같았다. 눈앞이 가물가물해지면서 유령이 여럿으로 흩어져 보였다. 머리가 갑자기 바위처럼 무겁게 느껴져 그는 비틀거렸다. 그는 간신히 중심을 잡고 유령 쪽으로 발을 내디뎠다. 그의 굴착기가 하필이면 유령 뒤에 있었다.

지나치다 말고 그는 유령의 흰 방독면을 쓴 얼굴에 자신의 얼굴을 바짝 들이댔다.

"그냥 덮었다지 뭐요."

"······?"

"구덩일······."

서쪽 산에서 바람이 구덩이 속을 훑고 지나가면서 물결이 일듯 비닐이 출렁였다. 어느새 돈사에서부터 구덩이까지 바리케이드로 길이 만들어졌다. 돼지들을 구덩이까지 몰기 위해 유령들이 곳곳에 삼삼오오 무리 지어 서 있었다.

살림집 마당을 살피던 그의 눈가가 떨렸다.

재구 아니야······?

수돗가 가까이 아들이 서 있었다. 아들 뒤로 누군가 지나갔다. 저봐, 누군가 있잖아······ 그가 누군가를 좇는 사이에 아들은 청년의 모습으로 바뀌어 있었다.

그의 눈이 스르르 감겼다. 그의 목에 둘러진 수건이 피로 흥건히 젖어 들었다. 그의 등줄기를 타고 피가 흘러내렸다.

돈사에서 돼지들이 몰려나오고 있었다.

임성순

2010년 장편 소설 『컨설턴트』로 세계문학상을 받으며 작품 활동을 시작했다. 장편 소설 『문근영은 위험해』, 『극해』, 『오히려 다정한 사람들이 살고 있다』, 『자기개발의 정석』, 『우로보로스』와 소설집 『회랑을 배회하는 양떼와 그 포식자들』, 에세이 『잉여롭게 쓸데없게』 등을 썼다. 젊은작가상을 수상했다.

몰 : mall : 沒

03

전역하고 돌아온 집 마당이 낯설었던 건 봉선화가 피었기 때문이리라. 전투화를 벗어 마루 밑에 밀어 넣고, 고무신을 꺼내 신는 동안 슬레이트 지붕은 빗소리로 요란했다. 시멘트 블록 담 밑으로 작은 화단에 모처럼 핀 봉선화는 꽃잎에 맺힌 물방울의 무게로 고개를 자꾸 꾸벅거렸다.

"누나는?"

"일."

"복학 안 했어?"

"다음에. 재개발 시작하면 이사 가야 하고, 너 복학하려면 학비도 필요하고."

"내 학비는 내가 벌어."

"무슨 수로?"

나는 아버지가 남긴 고무신을 구겨 신고 괜히 화단 바깥에 두른 벽돌을 발끝으로 걷어찼다. 마당 한 귀퉁이의 시멘트를 깨고 벽돌을 둘러 화단을 만든 건 아버지였다. 정원을 갖고 싶다는 누이의 소원 때문이었다.

"뭘 하든."

"그래. 그럼 난 가게 가 봐야 하니까 배고프면 부엌에서 알아서 챙겨 먹어. 전역 축하해."

군이 마중 나올 필요 없다는 부대 앞까지 무리해서 왔던 어머니는 저녁 식사 시간 전 일하는 가게로 돌아갔다. 시멘트 블록 담장 사이로 난 샛길로 살이 부러져 삐뚤어진 어머니의 푸른 우산이 갸웃하곤 사라졌다. 처마 밑에 쪼그려 앉아 하릴없이 낙숫물을 손으로 받아 보는 동안 어쩔 줄 모르는 마음에 다시 전투화를 신고 부대로 돌아가고 싶었다. 비에 젖은 봉선화부터 슬레이트를 두드리는 빗소리까지, 이 년 반 만에 돌아온 집은 온통 견딜 수 없는 것들뿐이었다. 이를테면 앞집 진수네 대문 옆 스프레이로 그려진 큼지막한 검은 엑스 표시가 그랬다. 진수네가 떠난, 그래서 철거하면 된다는 것을 철거반에 알리는 표시였다. 여름이 끝나기 전 내가 살던 이 동네는 사라질 예정이었다.

낡은 우비를 입고 언덕배기를 따라 좁은 골목을 내려갔다. 비탈길 중턱에선 귀신 할매라 부르던 담배 가게 할머니 집을 포클레인이 부수고 있었다. 포클레인 팔이 대들보를 밀어젖히는 동안 무한궤도 아래 검게 변색한 슬레이트가 산산조각 났다. 그러고 보니 우비의 주인도 아버지였다. 어머니는 지난 삼 년간 아무것도 버리지 못했구나. 구멍이 나 축축해진 옆구리를 확인하곤 그냥 그런 생각을 했다.

인력 사무소 소장은 등록금 이야기를 하자 플라스틱 재떨이에 침을 뱉은 후 담배를 비벼 껐다.

"학교를 등록금만 가지고 다닐 수 있나. 짧고 세게 벌어야겠네. 전역한 지 얼마나 됐다고?"

"여섯 시간 정도……."

"에이급이네. 기분이다, 씨발! 내일부터 시장 입구에 있는 용덕 약국 앞으로 여섯 시까지 나와. 곰방 일 시켜 줄게. 원래 초짜는 못 버텨서 잘 안 주는데 짬도 안 빠진 신뼁이니까 어떻게든 되겠지. 늦지 마라. 늦으면 파이다."

소장은 큰 인심이라도 쓰는 것처럼 이렇게 말하고는 내 주민 등록 번호를 서류에 적었다.

"삐삐는 있어?"

"삐삐요?"

"하긴, 막 전역한 놈이 있을 리 없지. 신경 쓰지 마. 삐삐라도 있으면 주말에 급한 현장 일을 할 수 있거든. 이게 제법 쏠쏠해. 뭐 나중에라도 생기면 등록하면 되고."

나는 복사한 주민 등록증을 돌려받았고, 그렇게 곰방 일을 시작했다.

곰방은 현장에서 물건을 옮기는 일을 말한다. 벽돌, 타일, 목재, 철근, 모래, 시멘트 포대까지 옮길 것들은 많고 많았으니까. 처음 일했던 곳은 벽돌로 된 빌라 신축 현장이었다. 시멘트 벽돌들이 팰릿에 가득 실려 우릴 기다리고 있었다. 지게의 줄이 살 속으로 파고드는 동안, 몸은 내 뜻과는 달리 휘청거렸다. 한 발 한 발 내딛을 때마다 발판이 울렁거렸고, 몸을 기댄 지팡이도 따라서 흔들렸다. 지고 있는 짐이 너무 무거우면 엉치뼈가 저린다는 걸 그날 처음 깨달았다.

"아시바* 타는 꼴이 똥줄 타는 모양이네."

"아, 젊은 놈이 왜 이리 힘을 못 써!"

"죄송합니다."

굵은 땀방울을 훔치며 나는 떨리는 다리에 애써 힘을 줬다.

"박 소장 말만 믿고 에이급이라고 해서 데려왔는데."

"에이급은 무슨. 찜통에 처앉아 있는 생닭마냥 육수를 질질 뽑는구면."

"더 열심히 하겠습니다."

"열심히 하지 말고 잘해! 잘하라고!"

나를 절망하게 했던 건 아저씨들의 구박보다도 채 열 시도 지나지 않았던 시곗바늘이었다. 어깨는 이미 빨갛게 변했고, 허벅지는 걸을 때마다 사시나무처럼 떨렸다. 그런데 점심까지는 두 시간이나 남았던 것이다. 딱, 점심. 점심까지만 버티자. 군에서 배운 몇 안 되는 쓸만한 것 중 하나는 뭐든 버티면 끝나기 마련이라는 것이었다.

그렇게 하루를 견디고 집으로 돌아와 신발도 벗지 않고 툇마루에

* 비계. 높은 곳에서 공사를 할 수 있도록 임시로 설치한 가설물.

쓰러졌다. 근육통에 달뜬 채 누워 있는 동안 여름의 긴 저녁 햇살이 비추는 집 안은 고요했다. 깨진 사이다병이 박힌 블록 담장 위로 봉선 홧빛 잔광이 반짝 빛나는 동안 꽃은 바람에 하늘거렸다. 문득 왜 봉선화가 낯설었는지 깨달았다. 예전엔 누이가 늘 손톱에 꽃물을 들였기에 화단 봉선화에는 꽃송이가 남아 있지 않았더랬다.

마지막 꽃물을 들였던 게 언제였지?

어린 시절 우린 제법 각별한 오누이였다. 누이는 봉선화 물을 들일 때마다 동생인 내 손가락도 늘 챙겼다. 물론 내 의지와는 무관했지만. 언젠가 비닐봉지가 양손에 칭칭 감긴 채 낮잠에서 깨어난 적도 있었다. 손가락까지 빨갛게 물든 나는 울음을 터뜨렸고, 누이는 금방 지워질 거라고 거짓말을 했다. 손톱은 더디 자랐고, 여름 무더위가 한풀 꺾일 때서야 붉은빛은 희미해졌으며, 또래 아이들은 이런 놀림을 멈췄다.

사내가 손에 꽃물 들였대요!

개구진 누이는 그때마다 나 대신 놀리는 아이들의 머리꾸덩이를 잡아챘다.

그랬던 우리는 이제 소 닭 보듯 변했다. 꽃물을 들이기엔 너무 바쁜 걸까 아니면 이미 너무 나이를 먹은 걸까? 어느 쪽도 슬펐다. 아버지의 3주기. 누이는 아직도 졸업을 위한 마지막 한 학기를 끝내지 못하고 있었다.

"괜찮아. 다음 날 나오면 그걸로 곰방 자격은 충분하니까."

일을 잘 못해서 죄송하다는 내게 소장은 호탕한 웃음 뒤 이렇게 덧붙였다.

"자세가 됐네. 걱정 마. 여름 끝나기 전에 니 학비는 내가 만든다."

그 약속처럼 좋은 날도 궂은 날도 날 현장에 보냈다. 뭉친 근육은 풀릴 날이 없었고 새마을 금고 통장의 숫자도 쑥쑥 올라갔다. 힘들었지만 할 만했다. 군에 있는 것과 다를 바 없었으니까. 생각 따윈 할 필요도 없었다. 현장에 도착해 쌓여 있는 무언가를 옮기라는 곳까지 옮기면 하루가 갔다. 그해 여름, 유난히 많은 일이 있었지만 세상이 어떻게 돌아가든 내 알 바 아니었다. 아침이면 내 한 몸뚱이 일으키기도 버거웠으니까.

"이거 붙여."

잠결에 누군가 내 앞머리를 쓸어 올리는 것이 느껴졌다. 길고 가는 손가락이었다. 선선한 바람이 이마에 닿자 나는 심호흡을 했다. 술과 담배 냄새가 와락 밀려왔다. 그리웠다. 퇴근한 아버지에게서 나던 바로 그 냄새였다. 고개를 들어 보니 누이가 방문턱 앞에 쪼그려 앉아 있었다. 누이의 볼은 발그레 달아올라 있었다.

"이제 왔어? 뭐야?"

"파스! 용덕 약국이 닫았더라고. 시간이 몇 신데 벌써 닫아! 내가 두드려서 셔터 열고 사 왔지."

누이는 악동처럼 개구지게 웃었다.

"취했으면 들어가 자. 난 괜찮으니까."

"괜찮은 놈이 밤마다 끙끙거려? 너 땜에 엄마까지 잠을 설쳐. 괜히 골병들지 말고 복학 준비나 해."

"일이 아직 안 익어서 그래. 다음 주면 괜찮을 거야."

"니 학비는 내가 준다니까."

"누나나 졸업하시지. 한 학기만 더 다니면 되잖아."

"괜찮아. 정말 괜찮아. 이제 중도금까지만. 나머지는 담보 대출 받을 수 있댔어."

괜찮다 말하는 누이의 말끝에는 한숨이 따라왔다.

동네의 재개발이 결정되고, 조합이 결성되고, 개발을 하느냐 마느냐, 누가 주도권을 쥐느냐를 놓고 지난한 과정이 있었다. 조합장은 두 번이나 바뀌었고, 아버지와 어머니는 이웃들과 함께 노란 띠를 머리에 두르고 몇 번이나 구청으로 달려갔다. 정치인의 한마디, 조합장의 한마디에 우리는 천국과 지옥을 오갔고, 그때마다 아버지는 술병을 비웠다. 집 뒤편에 차곡차곡 쌓여 가던 빈 병을 팔기 위해 리어카가 필요해졌을 무렵 아버지는 쓰러졌고, 어머니는 벽제 화장터에서 아버지 이름을 부르며 혼절했다.

"그놈의 아파트가, 아파트가 니 아버지를 잡아먹었다."

상복도 벗지 않고 안방을 걸레로 훔치던 어머니는 토하듯 중얼거렸다. 냉골이 된 안방에 번개탄 불을 붙이려고 불쏘시개를 찾아 우편함을 뒤졌을 때 꽂혀 있던 광고지 사이에서 조합 안내문이 나왔다. 아버지가 그토록 기다리던 시공사가 결정됐다는 소식이었다. 아버지가 없었으므로 입주금과 이사 갈 집을 구할 돈은 없었고, 그토록 원했던 분양권은 결국 떴다방에 팔아야 할 처지였다. 딱지 프리미엄이 아버지의 장례비 정도는 될까? 이렇게 될 일에 아버지는 왜 그렇게 바득바득 매달렸던 것일까? 그때 누이가 나섰다.

어떻게든 해 볼게요. 그냥 팔고 말면 너무 억울하잖아요.

어머니는 말렸지만 누이는 완강했다. 아파트를 분양받지 못하면 아버지의 죽음이 아무런 의미가 없다고 믿는 것만 같았다. 그때 처음 알았다. 너무 큰 희망은 절망만큼이나 무섭다는 걸. 돈을 쓰지 않는 것이 내가 할 수 있는 최선이었으므로 군대로 도망갔다. 금방 될 거라는 재개발은 몇 번의 보상 협의가 결렬되고 시공사가 바뀌고 나서야 철거 일정이 잡혔다. 누이는 어느새 이 집의 가장이 되어 있었다.

"이 누나 걱정도 하고 우리 막내도 다 컸네."

"겨우 한 살 더 많은 주제에 잘난 척은."

"너도 사회생활 하니까 알겠지? 사는 게 이렇게 힘들고 치욕스럽다. 아빠도 그랬을까?"

취한 사람 특유의 높은 톤으로 즐거운 듯 말하는 누이의 목소리는 물기에 젖어 있었다. 힘들다는 건 알고 있다. 하지만 어떤 치욕을 말하는 걸까? 나는 누이가 무슨 일을 하는지 묻지 않았다. 늘 집에서 가장 일찍 나가고 가장 늦게 돌아왔다. 하지만 물을 수 없었다. 무엇을 알게 될지 두려웠으니까. 나는 누이의 손을 바라보았다. 가지런히 겹쳐진 손가락에는 투명한 매니큐어가 발라져 있었다.

"이제 꽃물은 안 들여?"

"무슨 소리야 갑자기?"

"화단에 피었잖아. 봉선화."

누이는 툇마루에서 내려와 플라스틱 슬리퍼를 끌며 화단 앞으로 가 쪼그려 앉았다.

"아, 피었구나. 올해도."

"심은 거 아니야?"

"곧 허물 집에 누가 꽃을 심니. 아빠 죽은 후로 화단은 아무도 안 건드렸어. 근데 꽃도 안 따니까 씨앗이 생겨서 매년 피는 거지."

"이제는 안 들여? 꽃물."

누이는 갑자기 고개를 숙이고 웃음을 터뜨렸다. 그러고는 투명한 매니큐어가 칠해진 자신의 손을 바라보았다.

"중학교 2학년 때였나? 아파트 사는 옆자리 애가 내 손가락을 보고 그러는 거야. 너 되게 촌에 사는구나, 이런 것도 하고. 실은 그때부터 창피했어. 꽃물 들이는 거. 아파트로 이사 가자고 노랠 불렀던 것도 그때부터였나. 근데 아빠는 바보같이 매년 봄이면 딸 손가락에 물들이라고 봉선화 씨를 뿌렸지. 딸이 자라는 건 모르고."

누이의 목소리를 따라 밤공기도 가냘프게 떨렸다.

"진짜…… 내가 창피해서…… 손에는 못하고, 그렇다고 꽃을 안 딸수도 없어서…… 새끼발가락에만…… 했었어. 그럼 친구들은 모르니까."

밤은 조용했고, 누이의 어깨는 들썩였다. 무엇을 할 수 있을까. 누이는 스스로를 감싸 안은 채 웅크리고 있었고, 투명한 손톱만 밤 별처럼 반짝였다. 방문을 닫았다. 구석에선 파스가 든 비닐봉지가 조용히 고개를 숙이고 있었다. 어두운 밤 서울 하늘 아래 우리 가족만 남겨진 것 같았고, 아버지의 그림자는 짙고 길었다. 그리고 이제 누이는 매니큐어를 바른다.

"아이고, 민증 사본까지 복사해 둔 확실한 사람들이라니까!"

이상한 날이었다. 원래 약국 앞에 사람들이 모이면 공사장 사람들이 찾아와 필요한 인원수를 불렀고, 갖고 있는 기술별로 팔려 나갔다. 하지만 그날 아침은 소장이 직접 나와 다른 일은 받지 않았다. 미리 연락을 돌렸는지 자주 본 낯익은 아저씨들이 모두 보였고, 다들 삼삼오오 모여 담배를 피웠다.

"신분증 사본은 이따 우리 애들이 받으러 올 테니까 잘 전달해 주시고요. 저는 소장님만 믿습니다."

"믿어 주시면 저야 영광이죠."

인력 사무소야 원래 아쉬운 쪽이지만 현장 사람들에게 소장이 굽실거리는 일은 좀처럼 없었다. 젊은 시절 주먹 좀 썼다는 소장은 거친 현장 사람들을 상대해야 하기에 나름 강단이 있었다. 그런 사람이 무슨 이유에선지 이 대 팔로 가르마를 탄 검은 양복에게 연신 허리를 굽혔다. 오른손에 호두 두 개를 쥔 검은 양복은 소장에겐 눈길조차 주지 않은 채 모인 사람들의 얼굴을 하나하나 노려보며 우두둑우두둑 소리가 나도록 호두를 굴렸다. 승합차들이 나타난 것은 바로 그때였다.

봉고와 그레이스란 이름의 승합차 여섯 대는 약국 앞에 모여 있는 오십여 명의 사내를 삼키듯 태웠다.

"씨벌. 어디 허벌나게 큰 현장으로 가나."

하루 벌어 하루 소주를 마시는 것으로 유명한 덕팔 아저씨는 붉은 코를 유리창에 바짝 디민 채 창밖으로 스쳐 지나는 한강의 풍경을 바라보고 있었다.

"아이고, 우리야 일당만 받으면 우찌 안 되겠나."

칠용 씨는 코를 파 딱지를 자동차 시트 아래에 붙이며 이렇게 답했다. 둘 다 곰방 일을 했기에 몇 번인가 같은 현장에 간 적이 있었다.

"아야, 날도 허벌나게 더븐데, 저번처럼 설치지 말레이. 오늘 니가 몬한 일은 내일 노가대가 한다 안 하나."

코딱지를 붙이는 모습을 들킨 것이 멋쩍은지 칠용 씨는 내게 이빨을 보이며 미소를 지었다. 팔도를 떠돌았다며 늘 요령을 피우는 그는 같이 일하기 좋은 사람은 아니었다. 하지만 탈수에 걸리지 않으려면 소금을 먹어야 한다고 알려 준 것은 칠용 씨였다.

"썩을 놈, 그래서 너랑 사람들이 일을 안 하는 거야. 벽돌 같은 건 장당 돈을 받는데, 맨날 삐대기나 하니까 푼돈이나 챙기지."

페인트공이었지만 냄새가 싫다고 곰방 일을 하는 만수 아저씨는 칠용 씨의 낡은 전투화 앞코를 툭 걷어찼다.

"성님은 그카니까 하나만 알고 둘은 모른다 카는 기라. 노가대는 골병들면 지만 손해지."

"임마, 내가 뺑끼칠*을 왜 안 하는데. 담배 피우는데 뺑끼 냄새까지 맡으면 폐에 빵꾸 난다드만."

"성님아! 곰방질 데마찡* 땡긴다고 렝가* 삼만 장씩 올리믄 늙어가 관절염으로 걷지도 몬합니다."

"하이고. 그래. 니 똥 굵다. 벽에 똥칠할 때까지 살아라."

그사이 덕팔 아저씨는 앞뒤로 몸을 흔들었다. 술 생각이 간절하면 나오는 버릇이었다.

"어딘지 모르지만 참 때 탁배기 한 사발만 나와라. 그럼 내가 현장 소장 똥꾸멍도 빨아 준다."

아저씨들이 떠드는 동안 조수석에 앉아 있던 검은 양복은 아무 말이 없었다. 호두 굴리는 소리만 우두둑우두둑 반복될 뿐이었다.

"씨벌, 이게 뭐꼬?"

코를 움켜쥔 칠용 씨는 승합차에서 내리며 대뜸 이렇게 말했다. 다들 말은 없었지만 같은 생각이었다. 차 문을 여는 것과 동시에 쓰레기 썩는 냄새가 코를 찔렀다. 승합차가 멈춰 선 곳은 다름 아닌 거대한 쓰레기 산의 정상 한가운데였다. 누르고 누른 쓰레기는 모여서 마치 단단한 산처럼 변해 있었다. 이곳이 어딘지는 금방 깨달았다. 얼마 전 매립 종료를 선언한 난지도의 정상이었다. 더는 어쩔 수 없는 이 거대한 쓰레기 산을 처리하는 문제를 놓고 전문가들이 모여 논의하

* 페인트칠.
* 일당.
* 벽돌.

88

고 있다는 뉴스를 부대에서 얼핏 봤었다. 검은 양복은 앞으로 나섰다.

"내려서 5열 종대로 집합!"

하지만 아저씨들은 무슨 되도 않는 소리냐는 표정으로 적당히 무리 지어 담뱃갑부터 꺼내 들었다. 그러고는 심란한 표정으로 담배를 한 대씩 입에 문 채 오늘 현장에서 무슨 일을 할 것인가를 놓고 심오한 논쟁을 벌였다.

"개념을 밥 말아 먹었나. 쓰레기 일에 곰방을 불러?"

"그럼 일당도 파이 아니야? 잡부 일당 받고는 일 못 하지."

"쌍놈들. 곰방도 기능공이라고! 이 씨부럴 놈들!"

가장 흥분한 것은 만수 아저씨였다. 벽돌을 하루에 몇만 장씩 나르는 그는 현장에서 곰방 재벌로 통했다. 날씨 좋으면 한 달에 돈 천은 우스웠다. 그러면서도 담배는 늘 빌려 피웠다.

"어허, 돛대는 마누라도 안 준다 안 합니까."

만수 아저씨가 칠용 씨에게 담배 구걸을 하는 동안 검은 양복은 미간을 찌푸린 채 무언가 싫은 소리를 하려다 입을 다물었다. 괜히 쓸데없는 일로 힘을 빼기 싫은 눈치였다. 그저 손목시계로 시간을 확인하고 혼잣말로 중얼거렸을 뿐이다.

"왜 안 와. 이 자식들은."

이 자식들이 모습을 드러낸 것은 담배 한 대가 다 타기도 전이었다. 주차된 승합차 뒤쪽으로 경찰 버스 두 대가 요란한 엔진 소리를 내며 나타났다. 아저씨들 얼굴엔 당황한 기색이 역력했다. 난지도, 경찰 버스, 검은 양복, 노가다, 곰방. 도무지 이해가 안 가는 조합이었으니까. 지금 무슨 일이 일어나고 있는지 알고 있을 검은 양복은 미간을 찌푸린 채 호두만 굴렸다. 버스 문이 열리기 무섭게 나보다 서너 살쯤 많아 보이는 전경 소대장이 검은 양복 앞으로 튀어나왔다.

"충성! 과장님, 죄송합니다. 버스가 길을 잘못 들어서……"

순간 빡 소리가 났다. 소대장은 얼굴을 감싸 쥔 채 바닥에 쓰러졌다. 삽시간에 아저씨들 목소리가 조용해졌다.

"이 새끼야! 내가 우스워? 우습냐고? 포클레인 기사들도 아직 안 왔고, 경찰이란 놈들은 나보다 늦게 나타나고."

"죄송합니다. 시정하겠습니다."

경찰 소대장은 후다닥 일어나 머리를 숙이고 차려 자세로 섰다. 얼마 전 부대에서 흔히 보던 익숙한 광경을 사회에서 다시 보니 묘한 기분이었다.

"이 새끼들. 그쪽에선 삼십 분 후부터 차들을 보낸다는데, 여긴 준비가 하나도 안 됐잖아! 나서서 준비해야 할 새끼는 나보다 늦게 처오고! 포클레인은 니네 계장이 담당한댔지?"

"제가 바로 확인해 보겠습니다."

"지금 시국이 어느 땐데 정신 상태가 썩어 빠져서……. 빨갱이 같은 새끼들. 일단 애들부터 준비시키고, 니네 계장은 오자마자 나한테 튀어 오라고 해."

주위를 살피자 어느새 아저씨들은 모두 담배를 끄고 있었다. 소대장이 지시를 내리기도 전에 경찰들은 눈치 빠른 분대장들의 지시에 따라 열을 맞췄다. 소대장과 용무를 마친 검은 양복은 아저씨들을 향해 돌아섰다.

"너, 기준. 5열 종대!"

고개를 돌렸을 때 이미 아저씨들은 열을 맞추고 있었다.

우리는 그렇게 쓰레기 산 위에 앉았다. 우리 왼쪽으로는 같은 수의 경찰이, 오른쪽으로는 포클레인이 있었다. 쓰레기 산 위에 열을 맞춰 늘어선 십여 대의 포클레인은 어찌 보면 장관이었다. 어디서 구해 왔는지 모를 우유 상자를 전경들이 붙여 단상을 만들었고, 검은 양복은 그 위에 올라 발을 툭툭 두 번 털었다.

"에, 다들 알겠지만, 지금 국가적 위기 상황이다. 이런 국난의 때에 나라에서 여러분들의 도움이 필요하다. 다들 대한민국 국민으로서 오늘 하는 위대한 국가적 책무에 충실해 주길 바란다. 그리고 오늘 일은 어디서 떠들지 마라. 혓바닥 삐끗 잘못 놀리면 남산에서 날 만날 테니까. 너희들 민증 번호는 이미 복사 떠서 남산에 있다. 딴생각하지 말고."

대학에 입학한 뒤 다들 민주화니, 통일이니, 민족을 떠들었지만, 그런 건 시간 있는 친구들이나 하는 일이라고 생각했다. 그런 나도 남산 이야기는 알고 있었다. 쌍팔년 학생회장이 남산에 갔다가 반병신이 됐네, 삼 년 전 단대장은 똥오줌을 못 가리네, 하는 풍문은 흔하다 못해 식상한 레퍼토리였다. 현장에서 술 취해 싸우는 아저씨들조차 걸 핏하면 남산에 있는 오촌이나, 기무사나 보안사에 있다는 육촌을 들먹였다. 그런 남산이, 남자들이 호기 부릴 때나 신화처럼 불쑥 튀어나

오는 남산이, 실제로 내 앞에서 호두를 굴리고 있었다.

"십 분 후 트럭이 온다. 거기엔 무너진 백화점 잔해들이 실려 있다. 니들이 할 일은 거기서 시신을 찾는 거다. 지금부터 포클레인 한 대에 노가다 둘, 경찰 둘이 붙어서 소대장 지시에 따라 구역을 나눠 시신을 찾는다. 시신만 찾는 게 아니야. 신분을 증명할 소지품. 민증, 학생증, 사원증, 지갑, 시계, 안경, 입고 있는 옷가지, 잘 챙겨라. 백화점이니까 여러 물건들이 섞여 있을 테니 시신하고 함께 있는 신분을 입증할 소지품을 챙기란 말이다. 알았나?"

"네."

"씨발! 목소리 좆같네. 알았냐고!"

"네!"

"질문은 소대장에게 해라. 경찰 지시에 따라 조를 나누고, 조 편성이 끝나면 분대장 통제하에 트럭이 올 때까지 담배 한 대씩 피워."

검은 양복은 우유 박스에서 내려갔다. 그 뒤 전경 소대장과 쥐색 점퍼를 입은 계장의 지시에 따라 우리는 조를 짰다. 아침 햇살이 쓰레기 산 위로 쏟아졌다. 볕을 등지고 멀리 덤프트럭들이 뽀얀 흙먼지를 일으키며 다가오고 있었다.

무너진 백화점에서 무슨 일이 있었는지는 뉴스도 보지 못하던 나조차 알고 있었다. 한동안 현장에 오면 아저씨들은 그 이야기밖에 하지 않았다.

"씨벌, 그 회장 새끼 면상이 아주 철판이드만. 그 씹새끼가 지껄이는 거 봤어.”

“응. 뭐, 나한테 뭐라고 하지 말라고, 백화점이 무너져서 자기 손해
도 막심하다고 했었나?”

“그 정도 되니까 기둥에 철근도 빼먹고, 건물이 무너져도 지만 도
망가지.”

“지만 도망간 거면 괜찮게. 마지막 지시가 물건을 빨리 빼라는 거
였다며. 밑에 놈들한테는 아직 괜찮으니까 영업 끝날 때까지 사람들
대피시키지 말라고 시키고.”

아저씨들이 가장 분노했던 건, 도망치기 직전 회장이 내렸다는 기
다리라는 지시였다. 그들은 화를 냈지만, 내겐 그조차 낯설었다. 어
쨌든 부자들이 사는 동네였으며 나와는 무관한 일이었으니까. 아저
씨들처럼 TV 화면으로라도 직접 무너진 건물을 봤다면 다른 감정을
느꼈을지도 모르겠다. 하지만 우리 동네는 난시청 지역이라 TV도
제대로 나오지 않았고, 철거를 앞두고 유선 방송국도 철수해 TV를
켜면 화면엔 비만 내렸다. 무너진 백화점은 내게 세계 반대편에서 일
어난 비극과 다름없었다.

며칠이 지나자 아저씨들도 변했다. 무너진 백화점보다 관련된 중
견 건설사와 하도급 업체들이 연쇄 도산할 것이라는 소문이 더 걱정
이었다. 그렇게 되면 당장 현장의 일용직 노동자들부터 먹고살 길이
막막해질 터였다.

“까놓고 말해 복권 당첨된 거 아이가.”

"그리 말하는 거 아니다. 사람이 죽었는데."

작업에 들어가기 전 화제가 된 것은 유가족들이 받게 될 보상금 이
야기였다.

"보상이 삼 억이라 카든데예."

"확정된 것도 아니라고 하더라고."

"우예 됐든 그란 목돈을 언제 만져 봅니꺼."

"모르죠. 우리 같은 사람한테야 큰돈이지만, 그 백화점은 부자들이
가는 곳이라면서요."

"그래도 그긴 아이다. 부자들이 단돈 십 원에 더 벌벌 떠는 기라. 만
수 성님 봐라! 지 돈으로 담배도 안 산다."

"어허. 말본새 봐라. 담배랑 사람 죽는 거랑 같아? 돈이 목숨보다
소중하냐고?"

"하모요. 돈 없어가 죽는 놈이 천지삐까립니데이."

그사이 덤프트럭은 쓰레기 산 위로 무너진 백화점 잔해를 부려 놓
았다. 트럭들은 열을 맞춰 끊임없이 몰려왔고, 쓰레기 산 위에서는 잔
해가 쏟아지며 나오는 먼지와 트럭이 일으키는 먼지가 뒤섞여 앞도
제대로 볼 수 없었다. 우리는 조별로 부려진 잔해 앞으로 갔다. 쓰레
기 산 위에 흩뿌려진 회백색의 콘크리트와 철근 덩어리들은 위태하
고 기이해서 일종의 설치 미술처럼 보였다. 전경 소대장이 호루라기
를 불었다. 작업 시작을 알리는 소리였다.

덥고 냄새 나는 일이라는 것을 빼면 다른 현장보다는 수월했다. 다

른 곳은 무언가를 짓는 일이었지만, 여기선 무너진 것을 헤집을 뿐이었으니까. 수백 명이 죽은 무너진 건물이라 했지만 막상 눈에 들어오는 것은 콘크리트와 철근들뿐이었다. 짊어져야 할 짐도 없었고, 올라가야 할 계단이나 비계도 없었다. 물론 잔해들을 조금 파내자 다른 것들도 보이기 시작했다. 내가 일하던 구역에서는 무너진 벽체를 포클레인이 밀어젖히자 옷가지들이 쏟아져 나왔다. 불어로 된 큼지막한 이니셜이 박힌 고급 여성복 브랜드였다.

"피 껍데긴 줄 알았더니 광이네. 이거 새건데 우리 마누라나 하나 챙겨다 줄까?"

만수 아저씨는 밍크코트를 들어 보였다.

"이런 거는 함부로 손 타믄 동티 납니데이."

나는 옷 하나를 집어 들었다. 가격표에 유난히 0이 많은 빨간 블라우스였다. 레이스에서는 희미하게 그을음 냄새가 났다.

"으어어, 씨발! 이게 뭐야!"

하얀 무언가를 발견하고 자리에 주저앉은 것은 덕팔 아저씨였다. 옆에서 부서진 철근을 치우던 전경이 서둘러 달려왔다. 덕팔 아저씨가 발견한 것은 팔이었다. 부러진 하얀 마네킹 팔. 근처에 있던 아저씨들이 한바탕 웃었다. 다들 지나칠 정도로 웃었다. 너무나 쾌활해서 이 웃음 아래 두려움이 서려 있다는 걸 둔감한 나조차도 알 수 있었다.

어느 정도 체계가 잡히자 포클레인의 작업 소리만 요란했다. 말은 하지 않았다. 다들 이곳에서 무슨 일이 일어났는지 실감하기 시작했던 것이다. 핏자국이 남아 있는 철근 콘크리트 덩어리도 있었고, 알 수 없는 검붉은 얼룩이 있는 한 짝의 신발과 터진 쇼핑백도 나왔다. 옆 조에서는 처음으로 짓이겨진 누군가의 허벅지를 발견했다. 포클레인이 거대한 팔로 끊어진 기둥을 들어내자 뭉그러진 시신의 나머지가 모습을 드러냈다. 고개를 돌렸지만 끔찍한 광경은 눈꺼풀에 새겨진 것처럼 선명했다. 쓰레기 냄새 사이로 처음 맡아 보는 역한 악취가 마치 머릿속에 달라붙을 것처럼 파고들었다. 팔다리에 소름이 돋았다. 동시에 짊어진 것 하나 없는 어깨가 자꾸 아래로 처졌다. 기둥을 들고, 시멘트를 파헤치고, 철근을 끊고, 무너진 잔해 위를 오가고……. 사방은 소음으로 가득했지만 동시에 고요했다. 누군가 유류품이나 시신의 일부를 발견하면 조용히 손을 들었다. 그러면 담당하는 경찰 분대장이 검시 팀을 불렀다. 그들이 달려와 찾아낸 시신을 수습하는 동안 쉴 수 있었지만 말하는 사람은 없었다. 그저 담배만 연신 빨아 댈 뿐이었다. 다들 줄담배를 피워 댔으므로 점심이 되기 전에 계장은 추가로 담배를 돌렸다.

정오가 되자 우리는 밥을 먹기 위해 비탈을 내려갔다. 비탈 아래엔 흰 천막이 쳐져 있었고, 병원 소독약 냄새가 모든 것을 지워 버릴 기세로 밀려왔다. 머릿속까지 크레졸로 소독되는 기분이었다. 그 안에선 흰 가운이나 국과수 조끼를 입은 아저씨들이 우리가 발견한 시신 조각들을 말 그대로 퍼즐처럼 짜 맞추고 있었다.

"뉴스로 볼 땐 이 정돈 줄 몰랐는데."

"거기엔 그냥 무너진 잔해만 나오잖아."

"성님, 지는 몬 먹겠는데예."

"안 들어가도 먹어야지, 일하려면. 안 그러냐? 막내야."

"네."

밥을 먹을 수 없다는 이들을 이해할 수 없었다. 위에서 긴장한 탓에 배는 너무 고팠고 밥도 맛있었다. 쓰레기 산 앞이었지만 악취와 뒤섞인 소독약 냄새에 코는 마비되어 버렸다. 후루룩 한 그릇을 비운 나는 마음 같아선 한 공기 더 먹고 싶었지만 눈치가 보여 수저를 내려놓았다. 많은 아저씨들은 뜨는 듯 마는 듯 수저 자국도 안 남은 밥공기를 내려놓고 나보다 먼저 일어났다. 원래 아저씨들은 현장에서 식사를 마치면 등을 댈 수 있는 곳 어디나 누워 눈을 붙였다. 그런데 다들 원래 자리로 돌아가기 시작했다. 오후 일과가 시작되고 나서야 가장 늦게 엉덩이를 떼던 칠용 씨마저 이미 무너진 백화점 잔해 주변을 서성이고 있었다. 유족을 위해 저렇게 노력하는 게 옳은 일이겠지. 이 모든 것이 남 일처럼 생경했던 나도 무딘 죄책감에 떠밀려 올라갔다. 그리고 그들이 무엇을 하고 있는지 보았다.

아저씨들은 무너진 잔해에서 귀금속과 금시계 따위를 줍고 있었다. 동티가 난다고 싫은 소릴 했던 칠용 씨는 금가락지를 챙기고 있었고, 만수 아저씨는 그새 무얼 챙겼는지 앞뒤 주머니가 불룩했다. 나는 눈앞에 펼쳐진 광경을 어떻게 받아들여야 할지 몰라 황망했다. 칠용 씨는 나와 눈이 마주치자 예의 이빨이 보이는 미소를 지으며 변명했다.

"이기는 동티 안 난다. 금이라 카는 기가 원체 부정을 안 타는 기라. 녹도 안 슬고. 난리통에는 죽은 놈 금니도 떼 간다 안 카나."

나는 대답 대신 반사적으로 고개를 끄덕였다.

"싸게 챙기라! 지나 뿔면 후회한데이."

그랬다. 내 주제에 이렇게 구경만 하는 것은 주제넘은 짓일지도 몰랐다. 운 좋게 다이아몬드 반지라도 줍는다면 누이는 더는 일을 하지 않아도 될 터였다. 운까지는 필요하지도 않았다. 눈앞에 당장 보이는 금붙이 몇 개만 주워도 방학 내내 짊어져야 할 벽돌이 수만 개는 줄어들 터였다. 주인은 없었다. 이제 매몰되어 사라질 것이었다. 불편한 것은 얄팍한 양심과 알량한 자존심뿐이었다. 그럼에도 차마 낄 수 없었다. 달아올라 화끈거리는 얼굴로 몸을 돌려 달아날 수밖에 없었다. 돌아서며 검은 양복과 마주쳤다. 아지랑이가 피어오르는 쓰레기 사면에 서 있는 검은 양복은 땀조차 흘리지 않았다. 그저 모든 걸 알고 있다는 표정으로 호두를 굴릴 뿐이었다. 그 순간 이해할 수 있었다. 저기서 줍게 되는 금붙이들은 공짜가 아니었다. 그것은 침묵의 값이었다. 오늘 보고 겪을 일에 대한 비밀을 묶을 오랏줄이었다. 평생 따라다니겠지. 아무것도 줍지 않은 내게까지. 비밀은 무거웠으므로 갑자기 손목이 저렸다.

손을 발견한 것은 오후 작업이 끝나 갈 무렵이었다. 쓰레기 산 위로 포클레인과 작업 인원들의 그림자가 길어졌고, 이미 수색이 끝난

조는 모여 앉아 담배를 피우고 있었다. 우리 조도 마지막 한 무더기의 잔해만을 남겨 놓고 있었다. 포클레인의 팔이 무너진 기둥을 들추자 깨어진 천장 구조물이 나왔다. 석고 보드 잔해가 뒤섞인 으깨진 환기구와 전선을 걷어 내자 화장품 매대였을 나무 판들이 박살 난 병 조각들과 함께 나왔다. 나는 별것 없다는 수신호를 보냈고, 포클레인은 아마도 상판이었을 꺾어진 콘크리트 판을 젖혔다. 그 아래 손이 있었다. 무너진 벽체 구조물 세 개가 겹쳐진 틈 사이로 마치 인사라도 하는 것처럼 사람의 손이 삐죽 나와 있었다. 나는 혹시나 마네킹일까 싶어 가까이 다가갔다. 유심히 보자 분명히 알 수 있었다. 새끼손가락과 약지에 누이처럼 봉선화 꽃물을 곱게 들인, 사람의 손이었다. 아름다운 그 빛깔에 뜨겁고 붉은 무언가가 아랫배부터 차올랐다.

늦지 않았을지 몰라.

초조한 마음이 입안에서 타들어 가고 발걸음이 빨라졌다.

어쩌면 늦지 않았는지도 몰라.

땅 밑에서 보름을 넘게 버티고 살아남았다는 광부의 이야기가 떠올랐다.

지금까지 살아온 삶을 송두리째 거는 심정으로 나는 틈 사이로 나온 손을 향해 손을 뻗었다. 그리고 그 손에, 틈 사이로 내민 손에 있는 힘껏 깍지를 꼈다. 깍지 낀 손가락 마디마디 사이로 시간이 얽혔다. 앞으로 없을 간절한 마음으로 나는 잡은 손을 당겼다.

손만 쑥 올라왔다.

너무나 이상하게, 아니, 어쩌면 당연하게도 그것은 잘린 손이었다. 내가 발견한 것은 그러니까 오직 손뿐이었다. 거짓말처럼 팔목에서 잘린, 그저 손뿐이었다.

누이의 손 같았다. 누이의 손가락처럼 가늘었으며, 누이의 손처럼 아름다웠다. 심지어 누이의 손처럼 보드라웠다. 다만 차갑고 끈적끈적할 뿐이었다. 조금의 온기라도 전하고 싶은 마음에 움켜잡았다. 움켜잡자 분명히 알 수 있었다. 검지와 맞닿은 중지에 굳은살이 있었다. 너무 오래 글을 쓰면 생기는 볼펜 굳은살이라 부르던 바로 그 살이었다. 식도를 타고 올라왔던 안타까움이 갈 곳을 잃어 목울대에 퍼덕거리는 동안 머리가 어지러웠다. 검시반을 불러야 했는데 목소리가 나오지 않았다. 나는 잡은 손을 들고 비틀거리며 콘크리트 잔해들 사이로 나왔다. 바람 빠지는 소리만 목구멍에 맺혔다가 흩어져 버렸다. 오후의 열기로 달아오른 쓰레기 산에서는 아지랑이가 피어올랐고 때문에 쓰레기장 풍경은 자꾸 이지러졌다. 흩어지고 짓이겨진 풍경 속에서 오직 차가운 손만이 너무나 선명했다.

손은 말하고 있었다. 상고를 졸업하고 얻은 첫 직장이었다. 하루에 아홉 시간씩 매대를 지켜야 했고, 나처럼 힘들었으며, 누이처럼 치욕을 느끼는 때도 있었다. 그 순간에도 미소를 지어야 했다. 백화점이니까. 손님은 왕이니까. 그렇게 집에 돌아가도 펜을 놓을 수 없는 꿈이 있었던, 나 같은, 누이 같은, 어쩌면 누이였을지도 모를 한 사람의 손이 구해 달라며 내 손을 꽉 움켜잡고 있었다.

"막내야. 그거 놔라."

"그래."

"아가 더위 먹은 모양인갑네."

고개를 돌리자 다가오는 아저씨들의 모습이 보였다.

"잡았어요! 손을 내밀어서 내가 잡았다고요!"

"그래. 잡았어."

"근데…… 구할 수가 없어요……. 손을 잡았는데…… 왜? 왜?"

절망감이 뜨겁게 뺨을 타고 흘러내렸다.

"잡았다고요. 분명히…… 이렇게 잡았어요."

"그래. 잘했어."

"그런데…… 왜…… 그런데 왜?"

칠용 씨가 움켜잡은 손가락을 억지로 벌렸다. 덕팔 아저씨가 그 손을 빼앗아 검시반을 불렀다. 차가운 손이 떠난 자리를 움켜쥐자 내 손이 느껴졌다. 따뜻한 손이었다. 그 따뜻함이 너무 미안해 더 뜨거운 눈물이 쏟아져 나왔다. 만수 아저씨는 고개 숙인 내 머리를 와락 안았다. 알고 있었다. 난 그저 죽은 이의 손을 발견했다. 내 일이었고, 할 일을 했을 뿐이었다. 그럼에도, 그럼에도 이 죄송하고 부끄러운 마음은 철거된 담배 가게나, 무너진 백화점처럼 산산조각 나 버린 채 쓰레기 섬 아래로 서서히 가라앉고 있었다.

"사내였을까?"

승합차 안의 침묵을 깬 건 덕팔 아저씨였다. 칠용 씨가 미간을 찌푸렸다. 한강에 반사되는 햇살이 따가웠다. 황혼에 물든 돌아오는 길은 퇴근 차량들로 꽉 막혀 있었다.

"손만 보고 우예 알겠습니까?"

"여자일 거예요. 꽃물 들였잖아요. 손에."

나는 누이처럼 붉던 그 손끝을 떠올렸다.

"꽃물?"

"봉선화요."

"아이다."

"네?"

"니가 잘몬 본 기다. 그기 꽃물이 아이라 멍든 기다. 손끝에 피멍이 들어가 불그죽죽하게 된 기라 안 카나."

"아."

나는 고개를 돌렸다. 아, 피멍이었구나. 피멍 같은 노을이 서쪽 하늘에 펼쳐져 있었다. 쓰라린 붉은빛과 함께 아린 보랏빛이 멍든 검청빛 하늘 아래 욱신거리고 있었다.

"막내야. 백화점이 왜 무너졌는지 아냐?"

만수 아저씨가 갑자기 물었다.

"부실 공사 때문예요?"

"아니야. 무너진 쇼핑몰을 쓰레기장에 버리는 놈들이 있는 나라니까, 그러니까 백화점이 무너지는 거야."

인과가 뒤바뀌어 있었지만 어쩐지 납득할 수 있었다.

"그라믄 뽀사진 건물은 어데 버립니까? 쓰레기장에 버려야지."

"쓰레기장에 버리면, 흙으로 덮어 버릴 거 아니야. 그러면 잊어버린다. 사람은 간사한 동물이라 잊어버린다고. 봐라, 또 무너진다. 분명히 또 무너진다고."

손을 펼쳐 보았다. 백화점이 무너졌다. 무너진 건물 아래 사람들이 있었다. 정말 막을 수 없었을까? 정말 구할 수 없었던 걸까? 누구도 구하지 못한 손이 거기 있었다. 침묵의 오랏줄에 묶인 채 쓰레기 산 아래서 영영 돌아오지 못할 이들을 함께 묻었던 공범의 손이 거기 있었다. 나는 흔들리는 승합차 창에 기대어 눈을 감았다.

한 섬이 보인다. 섬의 이름은 난지(蘭芝) 혹은 동거차(東巨次)이리라. 그곳에서 누군가 손을 뻗는다. 살고 싶은 간절한 마음에 내민 고운 손이다. 기다리라 해 기다렸고, 잡았으나 구하지 못한, 내 누이였고, 가족이었고, 내 아이, 혹은 나 자신이었을지 모를 꽃 같은 손이다. 움켜잡았으나 스르르 빠져나가 버린 차가운 손이다. 그리고 깨닫는다.

망각했으므로 세월이 가도 무엇 하나 구하지 못했구나.

최은영

2013년 『작가세계』 신인상에 중편 소설 「쇼코의 미소」가 당선되며 작품 활동을 시작했다. 소설집 『쇼코의 미소』, 『내게 무해한 사람』 등을 썼다. 허균문학작가상, 김준성문학상, 이해조소설문학상, 문학동네 젊은작가상, 한국일보문학상, 구상문학상 젊은작가상을 수상했다.

04

미
카
엘
라

1

그녀는 창밖의 사람들을 내려다봤다. 평소 같았으면 버스와 자동차들이 지나갈 찻길에서 천주교 신자들이 앉아서 미사를 보고 있었다. 교황은 저 멀리 보이는 광화문 광장에서 미사를 집전하고 있었고, 미사를 드리는 인파가 광화문과 종로 일대에 가득 들어찼다.

"우린 새벽 다섯 시에 모여 출발해. 서울에 도착해서도 자리 잡으려면 시간이 꽤 걸린대."

엄마는 소풍 나가는 어린애마냥 들떠 있었다. 어쩌면 그녀가 일하는 건물 쪽에서 미사를 드릴지도 모른다면서 창밖으로 자기를 잘 찾아보라고도 했다. 그녀는 창에 이마를 대고 사람들을 관찰했지만, 십오 층 아래로 보이는 거라곤 흰 미사포의 물결뿐이었다.

"교황 얼굴도 제대로 볼 수 없을 텐데, 차라리 텔레비전으로 보는 게 더 잘 보이겠다. 새벽부터 무슨 고생이야."

"네가 아직 뭘 모르는구나. 그렇게 많은 사람들이랑 같이 교황님이 집전하시는 미사를 드리는 거야. 어쩌면 엄마 인생 마지막이 될지도 몰라. 얼마나 감사한 일이니, 미카엘라야."

이십오 년 전, 그녀는 엄마를 따라 폴란드 출신 교황이 집전했던 미사를 보러 서울에 왔었다. 지금은 사라진 여의도 광장에서 열린 그 미사에는 육십오만 명의 신자들이 참석했었다고 한다. 그날에 대해 그녀가 기억하는 건 엄마가 그녀의 입속에 넣어 준 자두 사탕의 맛이다. 엄마는 사탕이 행여 그녀의 목에 걸릴까 봐 이로 사탕을 깨물어서 그 조각조각을 그녀의 입속에 넣어 주었다. 따뜻하면서도 선선한 가을 날씨였고, 그녀는 엄마의 가슴팍에 달콤한 침을 흘리면서 잠들었다. 볼에 닿은 엄마의 공단 한복은 꺼슬꺼슬했다.

엄마는 그날 찍은 기념사진을 거실 벽에 걸어 놓았다. 사진 속에서 엄마는 꽃분홍색 한복을 입고 흰 미사포를 쓰고 웃고 있는데 그녀는 그 옆에서 얼굴을 잔뜩 찡그리고 서 있다. 엄마가 동네 친구들에게 일일이 연락해서 겨우 빌린 흰 드레스를 입고 하얀 타이츠를 신고서, 잠에서 덜 깬 채로 엄마의 치맛자락을 붙들고 있다.

엄마는 그 사진을 보면서 그날 날씨가 얼마나 좋았는지, 흰 예복을 입은 신부님들의 행진이 얼마나 아름다웠는지, 그녀의 가족이 받은 은총이 얼마나 컸는지에 대해서 말했다. 가고 싶어도 가지 못한 사람이 많았다면서 하느님이 그녀를 얼마나 사랑하시는지 알아야 한다고도 했다. 그녀가 하느님으로부터 받은 것들이 얼마나 많은지 알아야 한다면서 슬픈 일에도 감사하는 마음을 가져야 한다고 했다.

엄마는 매사가 그런 식이었다. 김치가 잘 익었다고 감사, 돼지고기

가격이 내려 마음껏 먹을 수 있음을 감사, 발가락에 난 사마귀 치료가 잘된 것을 감사, 일을 할 수 있는 건강을 허락해 주심에 감사, 외식할 수 있다는 것에 감사, 일이 잘 안 풀리면 일이 잘 풀릴 때에 감사해야 한다는 것을 알게 되었음을 감사.

엄마의 감사 타령 속에서 그녀는 오히려 엄마의 초라한 현실을 봤다. 언제든 외식할 수 있는 사람이라면 굳이 그런 일에 감사할 필요가 없을 테니까. 언제든 양껏 돼지고기를 먹을 수 있는 사람이라면, 돼지고기 가격이 내렸다고 감사할 필요가 없을 테니까. 돈이 있다면, 부유한 부모나 남편이 있다면 통증을 견뎌 가며 매일 열 시간씩 서서 일할 수 있음을 감사할 필요가 없을 것이므로. 그녀는 차라리 엄마가 스스로의 처지에 솔직해져서 불평하기를 바랐다. 초라한 현실에 대한 엄마의 감사가 얼마간은 기만처럼 느껴졌기 때문이다.

일을 마치고 창밖을 보니, 사람들은 다 사라지고 차들만 다니고 있었다. 그녀는 인도를 지나가는 사람들을 가만히 쳐다보다가 문득 엄마가 어디에 있을지 궁금해졌다.

"아는 언니네 갈 거야. 우리 동네 살다가 서울로 올라간 언니가 있거든. 넌 말해도 몰라. 얼마나 감사한 일이니."

엄마는 2박 3일 동안 미용실 문을 닫고 서울을 구경할 계획이었다. 토요일엔 교황이 집전하는 미사를 드리고, 일요일과 월요일엔 명동이며 남산 타워, 63 빌딩에 가능하면 한강 유람선도 타 보고 싶다고 했다. 그녀는 바쁜 자신의 처지는 생각하지도 않고 무턱대고 서울에 올라온 엄마가 원망스러웠다.

그녀는 엄마가 언급한 '아는 언니'라는 말에 희망을 걸었다. 어쩌면 아는 언니와 함께 구경을 나갈지도 모른다. 엄마가 그녀에게 같이 다니자고 말한 것도 아니니까. 미사가 끝나고도 전화가 오지 않은 것으로 봐서는 이미 아는 언니와 만나서 그 집으로 갔을 공산이 컸다.

엄마가 서울의 그녀 집에 온 건 한 번뿐이었다. 스물일곱이 될 때까지는 같이 사는 룸메이트가 있어서 오지 못했고, 그녀가 혼자 살게 되자 그때야 그녀의 집을 보러 온 것이었다. 엄마가 가지고 온 아이스박스에는 재운 고기, 코다리조림, 깻잎장아찌, 고춧가루, 열무김치, 참기름이 들어 있었다. 엄마가 그 돌덩어리 같은 것을 들고 버스와 기차, 지하철을 갈아타며 자신을 보러 왔을 생각을 하니 그녀는 고마운 마음이 들기는커녕 가슴이 답답해졌다.

"무슨 냉장고가 이렇게 작아."

캔 맥주로 가득 찬 미니 냉장고 앞에서 엄마는 한숨을 내쉬었다.

"이걸 다 어쩌니. 고춧가루도 냉장고에 안 넣으면 벌레가 꼬이는데."

엄마는 고기가 담긴 밀폐 용기의 뚜껑을 열어 냄새를 맡고는 말했다.

"오늘 안에 먹어 치워야겠다, 미카엘라야."

그녀와 엄마는 점심 저녁으로 줄창 고기를 구워 먹었다. 이미 배가 부른데도 엄마는 상하기 전에 빨리 먹어 치워야 한다면서 억지로 더 먹게 했다. 엄마는 미니 냉장고에서 캔 맥주를 다 꺼내고는 코다리조림, 깻잎장아찌, 고춧가루, 열무김치를 봉지에 싸서 넣었다. 내용물이 많아서 냉장고 문이 닫히지 않자 코다리 몇 토막을 꺼내서 먹으라고 했다. 그녀는 그것도 먹었다.

엄마는 하룻밤 자지도 않고 다시 기차를 타러 나갈 준비를 했다. 엄마는 쉬는 법을 몰랐다. 가게 월세는 오르는데 커트비, 파마비를 십 년 전과 똑같이 받고 있으니 남는 게 없는 장사였다. 서울역까지라도 바래다주겠다고 해도 그 시간에 부족한 잠이나 자라고, 혼자 가겠다고 고집을 피웠다. 엄마가 가고 그녀는 급체를 했다. 먹은 것을 다 토해 냈는데도 오한이 나고 온몸이 땀으로 젖어 결국 응급실에 갔다.

엄마는 정말 배려를 몰랐다.

2

미카엘라에게서는 전화가 오지 않았다. 많이 바쁜가. 여자는 한복 소매로 이마에 난 땀을 누르고서는 그제야 이 한복이 빌린 것임을 떠올렸다. 어쩌면 저고리값을 지불해야 할지도 모른다고 생각한 건 미사를 기다리면서부터였다. 깨끗하게 입어야 할 저고리에 겨드랑이 땀이 줄줄 흘러내리더니 정오가 지나고는 급기야 흉한 무늬를 그렸다.

같은 레지오 자매로부터 빌려 입은 한복은 보통 한복이 아니었다. 그 자매가 아들을 결혼시키면서 사돈으로부터 받은 것이었는데 쪽빛 치마에 병아리색의 저고리가 어우러진 고급품이었다. 그 자매는 대

축일 미사가 아니고는 꺼내지도 않는다는 한복을 교황님 집전 미사 때 입으라고 선뜻 빌려줬다. 세탁소에 맡겨도 깨끗해지지 않는다면 배상해야 한다고 생각했다. 여자의 어깨에는 농구 가방이 메여 있었다. 이제 잘 곳을 찾아야 한다.

성당 사람들에게는 서울에 사는 미카엘라네 집에서 잔다고 했다. 난생처음으로 서울 구경을 제대로 할 거라면서, 남산 타워에도 가 보고 유람선도 탈 거라고 말했다. 사람들은 미카엘라가 겉으로는 쌀쌀맞아 보여도 속정이 있는 아이라고 했다. 자매님이 평생 고생한 것을 보상해 줄 만한 딸이라고도 했다.

사람들의 말이 맞았다. 미카엘라는 언제나 든든한 딸이었다. 고생해서 제힘으로 서울에 뿌리를 내린 딸이 여자는 고맙고도 안쓰러웠다. 남들 다 보내는 학원 한 번 보내지 못했고 비싼 메이커 교복 대신 시장 교복을 사다 입혔던 여자였다. 통장에 부어 놓았던 돈으로 미카엘라의 대학 입학금과 첫 학기 등록금을 냈지만 그것으로 끝이었다. 첫 여름 방학에 고향에 내려온 아이가 이제부터 학비는 제 손으로 벌어 낼 테니 몸을 그만 혹사시키라고 했다.

그런 딸 앞에서 여자는 언제나 면목이 없었다. 엄마로서 제대로 해 준 것이 없다는 생각이 들 때면 짐이라도 되지 말자고 다짐하게 됐다. 여자는 한 달에 삼십만 원씩 적금을 부어서 미카엘라의 결혼 자금을 마련 중이었다. 미카엘라가 결혼한 뒤에도 계속 돈을 모아서 노후를 대비해야겠다고 생각했다.

"나는 결혼 안 할 거야, 엄마."

미카엘라는 어릴 때부터 그런 얘길 했었다.

"그런 얘기 하는 애들이 먼저 시집가게 돼 있어."

여자는 뾰로통한 얼굴로 그런 얘기를 하는 딸이 귀여웠다. 그러던 애가, 나이 서른이 되어서도 같은 얘기를 하는데 그 말이 진심인가 싶어서 여자는 슬그머니 겁이 나기 시작했다.

여자는 미카엘라만 한 신붓감은 없다고 생각했다. 서울에서 대학을 나오고 직장을 잡은 데다가 생활력도 강해서 벌써 제가 살고 있는 방의 보증금까지 모았다. 싹싹하지는 않았지만 예의 바르고 말도 조리 있게 잘했다. 평소에 하는 말만 들어 봐도 서울에서 공부한 태가 났다. 부잣집 도령을 잡아도 벌써 잡았을 것이고, 애를 낳아도 벌써 둘은 낳았을 미카엘라였다.

여자는 미카엘라가 왜 쉬운 길을 놔두고 어렵고 힘든 길을 가려고 하는지 이해할 수 없었다. 그 생각의 끝에는 '나 때문인가'라는 일말의 죄책감이 깃들어 있었다. 하긴, 자신은 미카엘라에 대면 너무 처지는 엄마였다.

여자는 걸음을 옮겨서 지하철을 탔다. 딸이 사는 망원동으로 가서 숙소를 찾아볼 요량이었다. 어쩌면 미카엘라가 내일 아침에 전화를 할지도 모르고, 같이 점심을 먹을 수 있을지도 모른다. 미카엘라에게 먼저 전화를 걸 용기는 나지 않았다. 광복절 날에도, 토요일에도 회사에서 일을 하는 아이가 아닌가. 바쁜 아이에게 부담을 주고 싶지는 않았다. 그저 얼굴이라도 한번 보면 좋겠다 싶었지만 그것도 욕심이라는 생각이 들어서 애써 마음을 가라앉혔다.

딸이 보고 싶을 때면 언제든 볼 수 있던 때도 있었다. 일을 끝내고 집에 가면 "엄마!"라고 기쁘게 부르며 달려오던 딸이었다. 딸을 품에 안으면 모든 통증이 누그러졌고 다음 날 다시 일을 할 수 있는 힘이 났다. 세상의 누가 그만큼 자신을 사랑해 줄 수 있을까. 그렇게 밝고 예쁜 얼굴로 한달음에 달려와 품에 안길 것인가.

그 시절은 갔지만 여자는 미카엘라에게서 받은 사랑을 잊지 못했다. 세상 사람들은 부모의 은혜가 하늘 같다고 했지만 여자는 자식이 준 사랑이야말로 하늘 같은 것이라고 생각했다. 어린 미카엘라가 자신에게 준 마음은 세상 어디에 가도 없는 순정하고 따뜻한 사랑이었다.

중식당처럼 생긴 모텔의 숙박료는 팔만 원이었다. 데스크에 앉은 남자는 여자를 수상쩍은 눈으로 쳐다보고 다시 말했다.

"팔만 원이라니까요. 주말 요금요."

여자는 데스크 옆 유리창에 붙여진 요금표를 훑어봤다. 남자의 말대로 주중은 육만 원, 주말은 팔만 원이었다. 서울 물가가 사람 잡는다더니 과연 옳은 말이었다. 여자는 근방의 모텔 두 곳을 더 찾아가 봤지만 가격은 첫 번째 모텔과 동일하거나 오히려 더 비쌌다. 꽃신 속의 발이 부어오르고 있었다. 여자는 축 풀어진 저고리의 고름을 다시 바짝 묶고 근처 버스 정류장으로 걸어갔다. 겨드랑이를 적셨던 땀이 이제 소매까지 내려와 있었다. 배상해야 할 것이다. 저고리의 가격이 얼마나 나갈지 가늠조차 되지 않았다.

여자는 버스 정류장 벤치에 앉아서 옆에 앉은 중년 여자에게 말을 걸었다.

"여기서 가까운 찜질방이 어디 있나요?"

"제가 타는 버스 따라 타세요. 제가 나중에 내리니까 알려드릴게. 어디 결혼식 오셨어요? 어디서 오셨어요?"

서울 사람들은 다 깍쟁이들이라고 생각해서 경계했는데, 말을 받아 주고 도움을 주는 사람을 만나자 마음이 풀렸다. 여자는 중년 여자에게 오늘 교황님이 집전하는 미사를 드렸노라고 자랑했다. 실은 교황님을 알현한 것이 이번으로 두 번째라고도 말했다. 자랑스러운 마음에 어깨가 으쓱 올라갔다.

"89년도에 여의도 광장에서 미사를 드렸었지요. 그때 요한 바오로 2세 교황님께서……"

"아니 그런데 왜 성당 분들이랑 같이 안 내려가시고요?" 중년 여자가 여자의 말을 끊고 물었다. 교황님에게는 별다른 관심이 없어 보이는 말투였다.

"만날 사람이 있어 가지고요."

"서울에 사는 자제분들이 없으신가 보구나. 그래도 그렇지, 이 차림으로 찜질방에 가셔요?"

"아니 그게 아니고요……"

"여기예요, 여기서 내리셔요." 중년 여자는 여자의 등을 밀다시피 해서 버스 밖으로 내보냈다. 여자는 떠나는 버스를 보고 손을 흔들었다. 서울 사람들이 다 깍쟁이는 아닌 모양이라고 생각하면서.

3

엄마에게서는 전화가 오지 않았다.

어제 엄마는 얼마나 기뻐했을까. 눈에 보이지도 않는 교황과 함께 미사를 드렸다는 이유로 감사 감사를 얼마나 외쳤을지 생각하니 웃음이 나왔다. 엄마는 단순한 사람이었다. 벌어진 일들을 꼬아 생각하거나 사람을 나쁘게 보지 않았다. 그런 우둔할 만큼의 단순함이 엄마의 삶을 힘들게 했다. 엄마는 무능한 남편을 부양하고 가장 노릇을 하면서도 그것을 당연하게 여겼다. 십 대 때는 집에서 빈둥대는 아빠와 손이 발이 되도록 일하는 엄마의 모습이 기생충과 숙주의 관계로 보이기도 했다.

아빠의 인생은 끊임없는 구직과 퇴직으로 점철되었다. 약골 주제에 젊은 시절에는 이 땅의 노동 운동에 투신하겠다며 공장에 위장 취업을 하고 밤에는 야학 교사로 일했다. 아빠는 수업을 하면서 코피를 왈칵 쏟아 대는 일이 많았고, 아빠의 학생이었던 엄마는 그런 아빠가 한없이 불쌍해서 눈물이 핑 돌았다. 누가 누구를 돕겠다는 건지, 엄마는 아무 데서나 픽픽 쓰러지는 선생님을 업고 도움을 구하러 다니기도 했고, 데이트할 때는 모아 놓은 돈을 전부 털어서 보약을 지어 주기도 했다. 결혼식도 신혼여행도 없었다. 신혼 기간에 아빠가 교도소에서 징역을 살았기 때문이다. 신혼의 즐거움이라고는 일주일에 한번 교도소에서 만나 말을 섞는 것이 고작이었다.

"참으로 감사한 시간이었지."

엄마는 그 시간에 대해서 그렇게 말했다. 면회를 앞두고 그 전날 아침부터 기분이 좋아져서 잠을 설쳤다는 이야기를 엄마는 자주 했다. 퇴근 후 매일 엄마가 아빠에게 쓴 엽서는 오백 장이 넘었다.

아빠는 출소한 후에 아는 사람들의 소개로 몇몇 작은 회사에 들어갔지만 조금 다니다가 곧 관두었다. 출판사에서 외주를 받아 교정을 보고 번역을 하기도 했다. 물론 큰돈이 되지 않았고, 책을 한 권 마무리할 때쯤에는 크게 앓아서 병원 신세를 졌다. 그녀에게 아빠는 병원에서 링거를 맞으며 누워 있거나, 뼈밖에 안 남은 손으로 숟가락을 들고 묽은 죽을 휘휘 젓던 사람이었다. 아빠는 그런 부실한 몸으로 서울에서 큰 시위가 있으면 빠지지 않고 참여했고 중학생이던 그녀에게 김대중 옥중 서신과 함석헌의 책들을 읽으라고 권유했다.

대체 이게 무슨 짓인가,라고 그녀는 생각했다. 김대중이 대통령이 되든 이회창이 대통령이 되든 그게 우리의 삶과 무슨 상관이란 말인가. 엄마는 그녀의 수학여행비를 마련하기 위해서 손이 발이 되도록 아줌마들의 머리를 말고 있었다. 밥상머리에서 아빠는 말했다. 자본이 가난한 사람들을 소외시키고 있다고, 앞으로는 중산층 붕괴가 가속화되고 더 많은 사람들이 빈곤 속으로 떨어지게 될 거라고.

어쩌라는 건가. 아빠, 지금 이 집안을 빈곤 속으로 떨어뜨리는 주범은 세상도 자본도 아니고 아빠 자신이다. 자기 밥벌이도 제대로 하지 못해서 아내를 일곱 평도 안 되는 미용실에 하루 종일 세워 두는 사람이 그런 말을 할 자격이 있나. 하지만 그녀는 아빠보다도 엄마를 더 이해할 수가 없었다. 엄마는 일을 다녀와서 옷을 갈아입고는 아빠의

하루를 살폈다. 오늘 하루 피곤하지는 않으셨느냐, 읽고 있는 책은 어
떠냐…… 그녀는 엄마가 아빠를 다 받아 주기 때문에 아빠가 세상에
정착하지 못하고 헛꿈만 꾸고 있는 거라고 생각했다. 엄마가 엄마 자
신을 충분히 사랑하지 못해서 아빠 같은 사람에게 이용당하고 있는
거라고. 이건 사랑도 뭣도 아니라 일방적인 착취라고 말이다.

　그녀는 엄마에게 전화를 걸었다. 전화기가 꺼져 있다는 안내가 나
왔다. 충전기를 안 가지고 온 것이 분명했다. 평소 같았으면 전화기
가 꺼졌다고 먼저 전화했을 엄마였다. 다른 사람의 전화기라도 빌려
서 미사 소감을 얘기하고 하루의 계획을 말했을 사람에게서 아무 소
식이 없는 것이 이상했다. 그녀는 스콜라스티카 아줌마에게 전화를
걸었다.

　"난 어제 서울에 못 갔어. 제비뽑기에서 떨어졌거든. 자매님 걱정
은 마라. 그 양반 매번 휴대폰 충전하는 거 깜빡하고 그래. 있어 봐, 너
엘리사벳 아줌마 전화번호 아니? 그래, 그 성가대 하는 양반."

　그녀는 엘리사벳 아줌마에게 전화를 걸었다.

　"응? 그게 무슨 말이야? 너희 집에서 주무신다고 하던데. 너희 집
에 안 오셨어? 전화도 안 왔고? 아이고, 이게 무슨 일이니. 아는 언니
네 집? 자매님이 서울에 아는 사람이 있어? 그래, 우리한테는 너희 집
에서 잔다고 했거든, 분명히."

　엘리사벳 아줌마와 통화를 하는 동안, 텔레비전 뉴스에는 광화문
광장의 전경이 나왔다. 카메라는 세월호 특별법 제정을 위한 서명 운
동 부스를 비추고 있었다. 그 부스 뒤로 텐트가 있었는데, 어느 노파

한 명과 중년 여자 한 명이 그 아래 붙어 앉아 있었다. 짧은 순간이었지만, 그 중년 여자가 엄마라는 것을 그녀는 단번에 알아봤다. 여자 옆에 놓인 농구 가방까지 엄마의 것이 분명했으니까. 엄마는 대체 왜 저기에 앉아 있는 것인가. 그녀는 세수도 하지 않고 밖으로 뛰어나갔다.

4

버스 정류장에서 만난 여자가 알려 준 찜질방은 생각보다 작은 곳이었다. 여자는 갑갑한 한복을 벗어 버리고 시간을 들여 온몸의 때를 밀었다. 휴일을 맞아 찜질방으로 놀러 온 모녀들이 눈에 띄었다. 강아지 새끼마냥 종종거리며 뛰어다니는 어린애들을 보니 절로 웃음이 났다. 젊은 엄마들은 목욕탕 의자에 아이들을 앉혀 놓고 구석구석 비누칠을 하고 있었다. 아이들도 제 딴에는 열심히 엄마의 등에 비누칠을 했다.

나도 언젠가 할머니가 될 수 있을까. 여자는 언젠가 제 품에 안길지도 모를 손주 생각으로 가슴이 벅찼다. 아직도 인생은 여자에게 새로운 꿈을 열어 보여 줬다. 희박한 가능성에 불과한 꿈이었지만 그 꿈이라는 것을 마음에 품고 있으니 생활에 활기가 돌고 밥맛이 좋아졌다.

지금 이 순간을 사는 것이 큰 행운처럼 느껴질 때면 십삼 년 전에 소천한 남편이 생각났다. 남편을 생각하면, 무거운 추 하나가 마음 바닥을 긁고 지나가는 것 같았다. 남편은 미카엘라가 대학에 들어가는 것도 보지 못했고, 어엿한 숙녀가 된 모습도 보지 못했다. 교황님이 광화문에서 미사를 드리는 것도 보지 못했고, 그래…… 너도나도 가는 제주도도 한번 가 보지 못했다. 그렇게 딱한 사람이 있나 싶다가도 이제 그 영혼이 더 이상 아프지 않을 곳에서 잘 쉬고 있다고 생각하면 뜻 없는 눈물이 났다.

동네 사람들은 가장 노릇을 못하는 남편과 살고 있는 여자를 동정했다. 미카엘라는 그의 무능함이 여자를 힘들게 했다고 말했다. 맞는 말이었다. 그와 만나고부터 인생은 그녀에게 두 배, 세 배의 복종을 요구했다. 여자는 누구보다도 숨 돌릴 틈 없이 살았고, 단풍 구경조차가 본 적이 없었다. 팔자에도 없는 교도소와 병원을 다녔고, 구멍 난 통장을 메우기 위해 휴일 없는 노동을 했다.

하지만 여자는 남편이 노력하지 않았다는 사람들의 말에는 동의할 수 없었다. 책을 읽고 글을 쓰고, 자신이 도울 수 있는 현장에 가 있는 것이 그의 업이었고, 그 부분에 있어서 그는 누구보다도 근면한 사람이었다. 그가 하는 일들이 돈이 되지 않는다고 해서 그를 무능하고 가치 없는 사람이라고 단죄할 수는 없었다.

세상에는 여러 사람이 필요하다고 여자는 생각했다. 헤어 롤을 마는 사람도 필요하지만, 그와 같은 사람도 필요하다. 돈을 벌어 가족을 부양하는 남편이 있는가 하면 집안일을 하며 아이를 돌보는 남편도 있다. 여자는 세상을 살며 그처럼 다정하고 섬세한 사람을 본 적이 없었다. 깨끗한 샘물 같은 그에게 더러운 욕탕이 되라고는 할 수 없는 일이었다. 그가 세상에 소용없는 사람처럼 보였을지도 모른다. 하지만 여자는 세상의 그 많은 소용 있는 사람들이 행한 일들 모두가 진실로 세상에 소용 있는 것은 아니라고 생각했다.

찜질방 휴게실에서 삶은 계란을 까먹으며 여자는 종아리 피부 위로 구불구불하고 불룩하게 튀어나온 정맥을 봤다. 부어오른 정맥 다발이 초록색 혹처럼 보일 지경이었다. 여자는 그 모양이 신경 쓰여서 양반 다리 위로 수건을 펴 놓았다. 미용 일을 시작한 지 일 년이 조금 지났을 때부터 시작된 증상이었는데 치료받을 시간이 없어서 방치했다가 이제는 꽤나 악화됐다. 언젠가 다섯 살 먹은 꼬마 손님이 "엄마, 저 아줌마 다리 무서워." 하면서 앙 울음을 터뜨린 이후로 여자는 아무리 더운 날에도 긴바지만 입었다.

텔레비전 뉴스에 오늘 열렸던 미사 관련 소식이 나왔다. 대략 백만 명의 사람들이 모였던 모양이었다. 여자는 종로3가에 자리를 잡아서 교황님의 모습을 직접 보지 못했다. 교황님이 카퍼레이드를 할 때에도 인파에 밀려서 보지 못했다. 키가 큰 몇몇 형제들은 멀리서라도 지나가는 모습을 봤다고 했는데, 키가 작은 여자는 그저 사람들의 등과 머리만 실컷 구경하고 말았다.

스크린 속에서 교황님은 자주 멈춰 섰다. 어린애들의 머리에 손을 얹어 축복해 주기 위해서였다. 그러다 어느 코너에서, 교황님은 자신을 간절히 부르는 남자를 보고는 그가 서 있는 길로 내려왔다. 그러고는 남자의 손을 잡고, 고개를 숙이고 그의 말을 가만히 듣고 있었다. 교황님 옆에 있는 신부님이 남자의 말을 통역해서 전달하는 모양이었다. 스크린을 통해서 그 모습을 보던 사람들이 곳곳에서 환호했다. "유민이 아버지잖아요." 옆에 앉은 수산나 자매가 말했다.

교황님에게 간절하게 말하는 남자의 마른 얼굴이 여자의 마음에 파문을 그렸다. 교황님이 그 자리를 떠서 다시 행진을 하는 모습을 보면서도 남자의 얼굴이 마음에 찍힌 듯이 남았다.

그는 교황님에게 무슨 말을 했던 걸까. 그 짧은 시간 동안 자신의 억울한 사연을 전하기 위해서 그는 어떤 말을 해야 했던 걸까. 교황님에게 자신을 좀 봐 달라고 소리치던 마음은 어떤 것이었을까. 내 말을 들어 달라고, 지구 반대편에서 온 이에게 애원해야 하는 마음은 어떤 것이었을까.

교황님이 집전하는 미사를 드리고 은총을 받고도, 그 큰 기쁨을 누리면서도 여자의 마음은 온전히 즐겁지 않았다. 마음 같아서는 그 인파를 헤치고 남자에게로 가서 그를 한번 안아 주고라도 싶었다. 남자의 아픈 마음을 나눌 재간이 없는 자신의 처지가 서글퍼졌다. 텔레비전 뉴스는 남자와 교황님의 대화를 보여 주지 않았다.

여자가 텔레비전을 보는 동안, 휴게실에 누워 있던 사람들이 하나둘 밖으로 나갔다. 매점 아주머니는 매점과 식당의 형광등을 껐다. 작은 찜질방이어서 여러 사람이 휴게실에 모여 밤을 새우거나 잠을 자는 분위기가 아닌 듯했다. 주변을 둘러보니 자리를 잡고 누워 있는 세 명이 모두 남자였다. 삼십 대 총각, 중노인, 백발의 노인이 누워 있었고, 열한 시가 되니 그중 하나가 텔레비전까지 껐다. 남자들 사이에 끼어 잘 수는 없는 노릇이었다. 수면실을 찾아봤지만 이 작은 찜질방

엔 수면실도 없었다. 여자는 수건으로 종아리 뒤쪽을 가리면서 탈의
실로 갔다.

디귿자 모양으로 배치된 사물함과 일자 모양의 사물함 하나, 평상
하나가 전부인 탈의실이었다. 환갑이 넘어 보이는 여자가 널찍한 평
상 위를 선점한 채 침을 흥건히 흘리며 자고 있었다. 바닥은 따뜻했지
만 에어컨 바람 때문인지 공기가 찼다. 에어컨 온도 조절 버튼을 눌러
봤지만 고정된 것인지 움직이지 않았다. 여자는 디귿자 모양의 사물
함 쪽으로 걸어갔다. 사물함들 사이에서 자는 수밖에 없어 보였는데
방금 목욕을 마친 노인 하나가 그곳에 자리를 잡고 누웠다. 그 자리를
포기하고 통로 쪽에서 자려고 누웠더니 노인이 와서 자기가 통로 쪽
에서 자겠다고 했다.

"애기 엄마가 안쪽으로 들어가서 자요. 난 아무 데서나 잘 자니까."

아니라고 손짓을 해도 노인은 막무가내로 통로에 눕더니 자는 척
을 했다. 여자는 노인 옆에 쭈그리고 앉아서 그 얼굴을 봤다. 백발의
커트 머리에 치아가 없어 앙다문 입, 백오십 센티미터가 될까 말까 한
작은 키의 할머니였다. 뼈밖에 안 남아서 오 분만 바닥에 누워 있어도
온몸이 다 배길 것처럼 보이는데도 태연하게 찜질방 바닥에 누워 잠
을 청하는 모습이 인생 내공을 짐작게 했다. 선수는 선수를 알아본다
고, 보통 고생한 이가 아닌 듯했다.

"할머니, 좀 일어나 보세요."

노인은 계속 자는 척을 하는 것 같았다.

"이 할머니 보통 분이 아니시네. 할머니, 그리고 주무시면 몸 다 배

겨요. 춥지도 않으신가, 이 할머니. 저 에어컨은 왜 저 모양이래. 노인
네 주무신다는데."

여자는 사물함에 넣어 둔 농구 가방에서 수건 두 장을 꺼냈다. '**프란
치스코 교황님 시복 미사 기념. 일월동 성당. 2014. 08.16.**'이라는 문구가 푸
른 글씨로 새겨진 흰 수건이었다. 미국 영화에나 나올 법한 넓고 긴
수건이었다. 성당 사무장이 사이즈를 잘못 주문해서 다들 커다란 수
건을 받고 난감해했었다. 젬마 자매가 이런 건 쓰지도 않고 짐만 된다
면서 여자에게 넘기는 바람에 여자는 큰 수건을 두 장이나 지니고 있
었던 것이다.

"할머니, 이거라도 좀 깔고 주무세요."

노인은 여전히 맨바닥에 웅크리고 누워 꼼짝도 안 했다. 여자는 노
인의 그 자그마한 몸 위로 큰 수건을 덮어 줬다. 그리고 사물함 사이
로 가서 남은 수건을 덮고 잤다. 여자도 아무 데서나 잘 자는 데는 도
가 튼 사람이었다. 여자는 깊은 잠 속으로 빠져들어 가며 아침 미사에
서 본 남자의 얼굴을 떠올렸다. 내가 만약 그처럼 미카엘라를 잃었다
면 나는 어떻게 살 것인가…… 생각만으로도 여자의 눈에는 눈물이
고였다. 그는 무슨 말을 했던 것일까. 들리지 않았던 그의 목소리를
여자는 듣고 싶었다.

드라이어 소리 때문에 눈을 떠 보니 바닥에 우유 팩이 하나 보였다.

"그 우유, 애기 엄마 마시라고 둔 거야. 내 거 사는 김에 같이 샀어."

입가에 주름이 자글자글한 노인이 평상에 앉아서 웃고 있었다.

"어제 덮어 준 수건 참 따뜻하데. 일월동 성당에서 온 거야? 그 먼

데서 왔어? 어제 미사 드렸어? 근데 왜 안 내려가고 여기서 잤나?"

여자는 눈곱을 떼고 평상 쪽으로 걸어갔다. 노인은 틀니를 끼워서인지 눈을 감고 있을 때보다 다섯 살은 더 젊어 보였다.

"애기 엄마. 나도 교황님을 뵌 적이 있었어. 1989년에 말이야, 여의도에서. 참으루 영광된 시간이었지."

"그때 저도 거기에 있었어요!"

여자는 아는 사람이라도 만난 것 같은 반가움을 느꼈다. 여자와 노인은 평상에 앉아서 89년, 그 빛나던 가을날의 추억을 공유했다. 반가운 자매님들끼리 만난 기념으로 조식이나 같이하자고 노인이 제안했고, 여자는 노인과 함께 밖으로 나와 찜질방 근처의 콩나물국밥집으로 향했다.

뜨거운 국물에 새우젓과 청양고추, 깍두기 국물까지 넣어 먹었더니 속이 풀리고 정신이 들었다. 허겁지겁 먹느라 국밥 반 그릇을 비우도록 여자와 노인은 자신들이 왜 찜질방에서 잤던 것인지, 이름은 무엇인지도 이야기하지 않았다. 어느 정도 배가 채워졌을 때 여자가 물었다.

"근데 할머니는 왜 찜질방에서 주무셨어요? 어디 가셔요?"

"애기 엄마, 난 말이지…… 동무가 별로 없어. 원래도 내 성격이 둥글지가 못해 가지고 그랬었는데 살다 보니 다들 죽어 가지고 살아남은 이들이 별로 없더군."

노인은 국물을 훌훌 불어 떠 마시더니 말을 이었다.

"내 마음으로 아끼는 동무가 이제 하나 남았어. 환갑도 훨씬 넘어

만났는데 그이가 참 나랑 달라. 나는 괴팍하구 성깔두 있는데, 그이는 그저 허허실실이야. 뭔 일이 생겨도 웃고 넘어가고 참 고와. 남덜 숭도 볼 줄 모르는 이거든. 내가 동네로 이사 간 지 얼마 안 돼서 손녀 놀이터에서 만났어. 같은 또래의 손녀를 키웠거든. 알고 보니 같은 성당 자매이기도 했지. 그래서 가까워진 거야. 우리 둘 다 서방이 먼저 가고, 자식들 집에 얹혀사는 처지였으니까. 매일을 만났지. 살아온 얘기도 하구, 서럽던 얘기도 하구. 있지, 그인 내 얘길 들으면서 같이 울어 주더군. 내 살며 그런 이를 만나 본 적이 없었어. 내 아들 가족이 서울로 떠나고, 나는 그대로 동네에 남아서 혼자 살았지. 그인 내게 자매가 되어 줬어. 딸이 맞벌이를 해서 늘 그 손녀 아이를 끼고 다녔지. 그이가 하나뿐인 손녀를 얼마나 애지중지 키우는지, 그 손녀도 제 할머니를 닮아 그렇게 곱구 착할 수가 없었어. 성당 마당에서 만나면 반갑게 인사도 하고, 손에 과자도 쥐여 주고, 할머니 진지는 잘 드시냐고 물어보구, 그런 애였단 말이야……."

노인은 그 말을 마치더니 갑자기 애처럼 소리를 내서 울었다. 입에서 밥풀 몇 톨이 흘러나왔다. 아침부터 해장국집에서 소리를 내서 우는 노인을 사람들은 말없이 바라봤다. 노인은 얼마간 그렇게 울다가 눈물을 닦고 코를 풀고는 물을 마셨다.

"내 팔십을 살아오면서 흘릴 눈물은 이미 다 흘린 줄 알았어. 아니더군. 아니었어. 그이가, 그 고운 동무가 혼이 다 나가서 가슴을 쥐어뜯는데 내가 해 줄 수 있는 일이 없어. 그 생때같은 손녀가 그렇게 가 버렸는데 그이라고 무슨 수로 견디겠나. 그 애 마지막 모습을 보고 그이 딸은 하던 일도 다 팽개치고 여기저기 다니기 시작했지. 자기 딸이 왜 죽었는지는 알아야 할 거 아닌가. 그이도 그이 딸과 함께 광화문으루, 시청으루, 여의도루 다니기 시작했어. 연락이 잘 닿질 않아. 어제도 그일 찾으러 광화문에 갔다 차가 끊겨 거기에 갔던 거라우."

노인이 말을 다 끝냈을 때, 여자도 같이 울고 있었다.

"오늘두 그일 찾으러 가."

5

엄마의 휴대폰은 여전히 꺼져 있었다. 그녀는 광화문으로 가는 버스에 올라타서, 조금 전 텔레비전에서 봤던 여자의 모습을 떠올렸다. 여자는 물이 다 빠질 대로 빠진 감색 마 바지에, 그녀가 저번 생일에 선물해 준 꽃분홍색 카라 티를 입고 있었다. 숱이 별로 없는, 갈색으로 염색한 파마머리까지. 텔레비전에 나온 여자는 그녀의 엄마가 분명했다. 엄마는 대체 거기서 뭘 하고 있는 걸까. 엄마의 끝 간 데 없는 오지랖에 그녀는 할 말을 잃었다.

광화문역에서 내려 횡단보도를 건너려고 하는데, 횡단보도 앞에 '1일 단식 동참'이라고 쓰인 피켓을 목에 건 사람들이 뙤약볕을 맞으며 서 있었다. 사십 대 아저씨 하나, 이십 대 초반으로 보이는 여자 둘이었다. 남자는 세월호 사건의 진상을 규명하라는 호소문을 등 뒤에 써 붙이고 지나가는 이들을 쳐다보고 있었다. 여자애 둘은 지나가는

사람들에게 유인물을 나눠 주고 있었는데 그녀는 그들을 피해 횡단
보도를 건넜다.

광장에서는 많은 사람들이 서명 운동을 하고 있었다. 몇 달 전, 교
보 문고에 가는 길에 그녀도 서명을 했다. 사고가 일어난 지 네 달이
되어 가는데도 그날 있었던 일들의 사실 관계조차 밝혀지지 않은 상
황이었고, 유족들은 수사권, 기소권을 보장하는 특별법을 상정할 것
을 요구 중이었다. 야당 의원들이 손바닥 뒤집듯이 유족들과 유족들
의 요구 사항을 제외한 합의안을 여당과 함께 발표했을 때, 그녀는 텔
레비전을 꺼 버렸다.

그런 식이었다. 서명 운동을 하고 길거리로 나와서 시위를 한다고
해도 그 목소리는 점점 소수의 것이 되어 가는 듯했다. 세상은 참으로
빨리도 그 일을 잊어버리고 없던 일로 덮어 두자 했다. 점심시간에 누
군가가 특별법의 필요성에 대한 이야기를 입에 올렸다가 "지겹지도
않냐."라는 말을 듣고 입을 다물었을 때 그녀는 입술을 깨물었다. 그
녀 나이 서른하나, 그녀 또래의 이들은 함께 힘을 모아 무엇 하나 바
꿔 보지 못했다. 세상은 그녀가 온몸을 던져도 실금 하나 가지 않을
것처럼 견고해 보였다. 무엇이 잘못된 것인지 안다고 해서 바꿀 수 있
는 건 아니라는 걸 그녀는 그녀의 이십 대를 통해 깨쳤다.

다수의 선한 사람들의 세상에 대한 무관심이 세상을 망친다고 아
빠는 말했었다. 아빠의 말은 맞았지만 그녀는 이런 세상과 맞서 싸우
고 싶지 않았다. 승패가 뻔한 링 위에 올라가고 싶지 않았다. 그녀에
게 세상이란 마음에 들지 않더라도 수그리고 들어가야 하는 곳이었

고, 자신을 소외시키고 변형시켜서라도 맞춰 살아가야 하는 곳이었다. 부딪쳐 싸우기보다는 편입되고 싶었다. 세상으로부터 초대받고 싶었다.

광화문을 지날 때에는 되도록 걸음을 빨리했지만 오늘은 그럴 수가 없었다. 그녀는 광장을 천천히 걸어가면서, 뉴스에서 봤던 것으로 짐작되는 텐트를 두리번거렸다. 서명 운동을 진행하고 유인물을 나눠 주는 이들 중에는 생각보다 젊은 사람들이 많았다. 그녀는 할 수 없이 유인물을 건네받고, 서명은 예전에 했다고 말했다.

문득, 이 투쟁이 언제까지 지속될 것인지 궁금해졌다. 여론은 나날이 냉랭해져 갔다. 이대로 싸움이 길어진다면, 나쁜 쪽은 오히려 피해자들이 될 것이다. 국가에 고분고분하게 굴지 않는다는 죄목이 뒤집어씌워질 것이고 유세 떨고 있다는 괘씸죄가 더해질 것이다. 대통령도 말하지 않았는가. 과거는 잊어버리고 이제 미래로 나아가야 하지 않느냐고. 햇빛이 너무 따가워 그녀는 눈을 제대로 뜨지 못했다.

텐트 앞에 감색 바지를 입고 꽃분홍색 티셔츠를 입은 여자가 서 있었다. 그녀는 여자의 어깨에 손을 얹었다.

"엄마."

뒤를 돌아본 여자는 하지만 그녀의 엄마가 아니었다.

"누구세요?" 그녀가 물었다.

"아가씨. 내 딸도 그날 배에 있었어요." 여자가 말했다. 여자는 얼굴만 다를 뿐, 모든 면에서 엄마를 닮아 있었다. 감색 바지는 그 물 빠진 정도까지 같았고, 꽃분홍색 티셔츠는 상표와 디자인까지 같은 것이었다. 여자가 신은 베이지색 샌들도, 여자 옆에 놓인 농구 가방도 모두 엄마의 것과 같았다. 오른쪽 검지에 낀 묵주 반지와 왼쪽 손목에 찬 묵주 팔찌도 엄마의 것과 똑같았다. 목에 난 북두칠성 모양의 점들도, 이마의 흉터도 같았다. 부드러운 중저음의 목소리까지 엄마의 목소리 그대로였다.

"내 딸을 잊지 마세요. 잊음 안 돼요."

여자는 그 말을 하고는 광장을 지나가는 다른 사람들에게로 발걸음을 옮겼다. 그녀는 무언가에 얻어맞은 듯이 그 자리에 박혀 서 있었다. 한 무리의 관광객들이 가이드를 따라서 이순신 장군 동상 쪽으로 걸어갔다. 왁자하게 터지는 웃음소리를 들으며, 그녀는 인파 속으로 섞여 들어간 여자의 모습을 찾았다.

'내 딸도 그날 배에 있었어요.' 그 목소리는 분명 엄마의 것이었다.

그 목소리가 그녀의 가슴을 깊이 찔렀다.

6

여자는 노인과 함께 광화문으로 가는 버스에 올라탔다. 차창 밖으로 보이는 서울 풍경은 꽤나 아름다웠다. 일요일을 맞아 나들이 나온 젊은 부부와 아이들, 희고 매끈한 다리를 드러내고 걸어가는 젊은 여자들의 모습이 참으로 싱그럽고 예뻐 보였다. 텔레비전에서 걸어 나온 것 같은 예쁘고 잘생긴 사람들이 서울에는 거리마다 널려 있었다.

누구보다도 예쁜 딸 미카엘라 생각이 났다. 어떻게든 미카엘라 얼굴 한번을 보고 가려고 했는데 그럴 수 없으리라는 예감이 들었다.

그 일이 나고, 여자는 자주 눈물을 훔쳤다. 미용실 손님들과 이야기를 하면서, 장을 보면서, 서울에 사는 딸을 생각하면서 그녀는 소리 없이 눈물을 흘렸다. 마음이 불에 덴 것처럼 따갑고 욱신거렸다. 그들이 살 수도 있었던 쇳덩 같은 시간들을 생각했다. 살릴 수 있는 생명들이었고 살릴 수 있는 시간도 충분했는데, 모두 다 무사할 수 있었는데, 거짓말처럼, 눈앞에서 그들을 놓쳐 버렸다.

여자는 깊은 가책을 느꼈다. 그들이 가엾다는 생각이 들 때도 여자는 괴로웠다. 그들을 불쌍하다 여기면서 저 깊은, 마음의 가책을 털어 내고 싶지는 않았기 때문이다. 사고가 난 지 얼마 되지 않아 부활절을 맞았다. 여자는 일 년 중에 가장 좋아하던 부활절 주간을 예전처럼 보내지 못했다. 예수님이 다시 살아나셨다는 기쁜 메시지도 가슴에 닿지 않고 멀리로 부유할 뿐이었다. "기뻐하세요, 자매님. 부활절입니다."라는 말조차도 그들에 대한 애도를 가로막는 폭력처럼 느껴졌다. 여자는 처음으로 부활절 미사에 참례하지 못했다.

언제나처럼 시간은 흘렀고, 마음의 통증도 무뎌졌다. 그 일에 대해서 화를 내고 눈물을 짓던 손님들도 더 이상 그 일을 언급하지 않았고, 어떤 손님들은 도리어 이 일을 빨리 잊지 못하는 사람들에 대한 피로를 토로했다. 여자는 그이들의 말을 들으면서 재차 마음을 다쳤다. 입을 다물고, 헤어 롤을 말고 커트를 했다. 그이들에게 커피를 탔다. 여자는 진심으로, 그 누구도 증오하고 싶지 않았다.

여자는 옆에 앉아서 꾸벅꾸벅 조는 노인을 바라봤다. 이 노인은 얼마나 여러 번 사랑하는 사람들을 잃어버렸을까. 여자는 노인들을 볼 때마다 그런 존경심을 느꼈다. 오래 살아가는 일이란, 사랑하는 사람들을 먼저 보내고 오래도록 남겨지는 일이니까. 그런 일들을 겪고도 다시 일어나 밥을 먹고 홀로 길을 걸어 나가야 하는 일이니까.

여자는 부모와 남편의 죽음을 겪으며 자신의 일부가 죽어 버리는 경험을 했다. 마음속에서 죽어 없어진 그 부분은 죽은 사람들과 함께 세상에서 사라져 버렸다. 한동안은 제대로 숨을 쉴 수도, 잠을 잘 수도, 먹을 수도 없었다. 뜬눈으로 밤을 새우고 오래도록 울고 나니 그들이 없는 삶과 그들이 여자에게 남겨 놓고 간 세상이 남았다. 그 모든 것들이 여자에게는 소중했다. 여자는 여자 안에 여전히 살아 있는 그들에게 보다 좋은 세상을 보여 주고 싶었고, 전보다 나아진 자신을 보여 주고 싶었다. 슬픔으로 깨끗해진 마음에 곱고 아름다운 것들만 비춰 보여 주고 싶었다.

여자는 자신의 어깨에 기대 졸고 있는 노인을 깨워 버스에서 내렸다. 중국인 관광객들이 무리를 지어 광화문 광장으로 걸어가고 있었다. 나무와 나무 사이에 걸어 놓은 빨랫줄에 때가 탄 노란 리본들이 매달려 나부끼고 있었다. 젊은 사람들 몇이 서명 운동을 하고 있었다. 더운 날이었다. 여자는 농구 가방에서 물병을 꺼내 노인에게 건네고 자기도 마셨다. 등이 굽은 노인은 다섯 발자국 걷다가 서서 잠시 쉬고, 또 다섯 발자국 걷다가 서서 잠시 쉬었다. 여자는 노인의 상태가 걱정됐다.

"애기 엄마, 미안해. 내가 원래는 잘 걷는데, 오늘은 이 모양이네."

"쉬엄쉬엄 걸으세요. 경주 나온 거 아니잖아요."

"서울 구경 와서 나 때문에, 고생만 하고, 애기 엄마가."

횡단보도 앞에 서 있는데 '세월호 특별법 제정 촉구 서명'이라고 쓰인 팻말을 목에 건 젊은 여자 둘이 다가왔다. 한 명은 유인물을 들고 있었고, 다른 한 명은 볼펜과 서명 용지 파일을 들고 있었는데 둘 다 햇볕에 얼굴이 빨갛게 달아올라 있었다. 그들은 횡단보도를 건너는 노인을 부축했다.

"고마워요." 횡단보도를 다 건너고 여자가 말했다.

"유인물 좀 읽어 보세요. 서명은 하셨나요?"

노인은 고개를 끄덕였고, 여자는 그녀가 건네준 용지에 서명했다.

"우리가 찾는 사람이 있어요. 김입분 할머니라고. 이분 친구분이신데, 그분 따님 성함이 어떻게 된다고 했죠?" 여자가 물었다.

"이명순이야. 이명순 마리아." 노인이 답했다.

"이명순 씨라고 유족이세요." 여자가 말했다.

"제가 그렇게 성함만 들어서는 잘 알지 못해요. 혹시 희생자가 학생이었나요?"

"네."

"그럼 학생 이름을 알 수 있을까요? 보통 학생 이름을 따다 누구 어머니, 누구 아버지, 이렇게 부르거든요."

노인은 가만히 눈을 감더니 입을 열었다.

"그 애 이름이 잘 기억이 안 나. 어릴 때부터 미카엘라라고만 불렀으니까. 아주 꼬맹이였을 때부터 지금껏 이름으로 불러 본 적이 없어요. 그 애 할머니도 그냥 미카엘라라고만 불렀어. 가만히 앉아 있다가도 미카엘라야, 혼잣말하고."

여자는 미카엘라,라고 발음하는 노인의 입술을 가만히 바라봤다.

미카엘라는 여자아이들의 흔한 세례명이었다.

여자는 세 번의 계류 유산 뒤에 지금의 딸을 임신했다.

"미카엘라 천사에게 기도해 줄게요."

지금은 얼굴도 기억나지 않는 미용실 손님이 여자에게 그런 말을 했다. 그이는 세상 모든 어두움을 물리치는 미카엘라 천사가 여자의 속에 뿌리내린 작은 생명을 지켜 줄 것이라고 장담했다. 딸애는 여덟 달 뒤에 무사히 세상으로 내려왔고, 여자는 그 애를 미카엘라라고 불렀다. 수진이라는 이름이 있었지만, 어쩐지 미카엘라 쪽이 더 부르기 좋았다. 그 이름이 아이를 지켜 줄 수 있으리라고 믿었던 것이다.

딸이 태어난 후로는 그늘진 마음에도 빛이 들었다. 마음속 가장 차가운 구석도 딸애가 발을 디디면 따뜻하게 풀어졌다. 여자가 애써 세워 둔 축대며 울타리들, 딸애의 손이 닿기만 했는데도 허물어지고, 그애의 웃음소리가 비가 되어 말라붙은 시내에 물이 흘렀다. 있는 마음 없는 마음을 다 주면서도 그 마음이 다시 되돌아오지 않을까 봐 불안하지도 두렵지도 않았다. 그저 그 마음 안에서, 따뜻했다.

아이는 저만의 숨으로, 빛으로 여자를 지켰다. 이 세상의 어둠이 그녀에게 속삭이지 못하도록 그녀를 지켜 주었다. 아이들은 누구나 저들 부모의 삶을 지키는 천사라고 여자는 생각했다. 누구도 그 천사들

을 부모의 품으로부터 가로채갈 수는 없다. 누구도.

여자는 노인을 부축하고 미카엘라의 엄마와 할머니를 찾아 광장을 가로질러 걸어갔다. 그리고 그이들이 걸어가야 할 길이 너무 멀고 힘들지 않기를 바랐다. 다친 마음을 마음껏 짓밟고도 태연한 이 세상에서 그이들이 더 이상 상처받지 않기를 원했다.

"엄마!"

미카엘라가 여자를 불렀다. 여자는 흐르는 눈물을 닦고 마음으로 딸애를 불러 봤다.

미카엘라.

조해진

2004년 『문예중앙』에 중편 소설 「여자에게 길을 묻다」를 발표하며 작품 활동을 시작했
다. 소설집 『천사들의 도시』, 『목요일에 만나요』, 『빛의 호위』, 『환한 숨』, 장편 소설 『로
기완을 만났다』, 『아무도 보지 못한 숲』, 『여름을 지나가다』, 『단순한 진심』 등을 썼다.
신동엽문학상, 젊은작가상, 이효석문학상 등을 수상했다.

하나의 숨

그 전화를 받기 전, 나는 부암동에 있는 퓨전 식당에서 기현 씨와 함께 주문한 식사가 나오길 기다리고 있었다. SNS에 빈도 높게 올라오는 식당이라 적어도 일주일 전에는 예약을 해야 올 수 있는 곳이라고, 기현 씨는 은근히 칭찬을 바라는 소년처럼 싱긋 웃으며 말하고는 내 컵에 물을 따랐다. 물 따르는 소리가 둥글고 투명했다. 그가 우리 각자의 집에서 거리가 먼 유명 식당에 굳이 예약까지 해 놓은 이유라면 듣지 않아도 알 것 같았다. 그즈음 몇 번의 시도 끝에 김포에 들어서는 아파트 청약에 당첨된 그는 내년 여름쯤에 내가 가구와 가전제품, 그리고 여러 생활용품을 장만하여 자신과 함께 그 아파트로 입주하기를 바라는 것 같았다. 이상할 건 없었다. 비혼주의자가 아닌 삼십 대 중반의 여자와 남자가 소개로 만나 세 계절 동안 데이트를 해 왔다면 그 상식적인 귀결이 결혼이라는 것쯤은 나도 잘 알고 있었다.

　휴대 전화가 울린 건 애피타이저로 게살 수프가 나온 직후였다. 휴대 전화 액정에 뜬 하나의 이름을 본 순간, 나는 조금 의아하긴 했다. 하나는 뭐랄까, 오해로 야단을 맞거나 피해를 입어도 별다른 대응을 하지 않다가 그 오해가 풀리면 그제야 뚱한 얼굴로 아니랬잖아요,라고 투덜대고 말 학생이었다. 아무리 용건이 분명하대도 교사가 퇴근한 시간에 전화를 거는 행동은 내가 파악한 하나의 성격과는 어울리지 않았던 것이다. 나는 기현 씨에게 눈짓으로 양해를 구한 뒤 휴대전화를 들고 식당 밖으로 나갔다. 하나와 통화를 길게 할 것 같지는 않아 외투는 의자에 그대로 둔 채였다.

하나는 잔업을 끝내고 회사 기숙사로 돌아가는 길이라고 했고 매일 같은 길을 걷는 게 때로는 심심해서 아는 사람들에게 전화를 걸곤 하는데 오늘 저녁엔 내가 당첨되었다고 덤덤하게 말을 이어갔다. 그랬구나, 나는 대답했다. 나는 하나가 하려는 말이 있다는 걸 알았고 그 내용도 짐작됐지만, 가능한 한 그 화제에서 비켜나고 싶었다. 솔직히 말하면, 그런 화제에 나는 이미 지쳐 있었다. 2학기로 접어들면서부터 현장 실습이라는 이름으로 중소 규모의 여러 회사에 취업이 되어 학교를 떠난 학생들은, 적어도 한 번 이상은 내게 전화를 걸어 와 힘들다고 투정을 부리거나 다른 회사를 알아봐 줄 수 없는지 직접적으로 묻곤 했다. 그럴 때 당장 때려치우고 학교로 돌아오라고 멋지게 말하는 건 내 몫이 될 수 없었다. 일단 학생들이 흡족해할 만한 회사가 희소했고, 설혹 조건이 맞는 새로운 회사를 찾는다 해도 단기 이력은 재취업에 방해가 되곤 했으므로 입사가 보장되지도 않았다. 무엇보다 그때 나는 학교 일에 무기력한 상태였다. 그 무렵 학교로부터 계약을 연장하지 않겠다는 통보를 받은 나로선 노동의 열도랄지 밀도를 유지하는 게 쉽지 않았다. 아니, 내 인격으로는 불가능했다. 지난 3년 동안 학폭위 구성이니 3학년 담임 같은 피로한 업무만 맡겨 놓고 계약 해지라니, 사람을 쓰라리게 하는 해고 방식이었다. 여러 고등학교에서 시간 강사로 전전하던 나는 3년 전 그 학교에 기간제 교사로 채용된 뒤부터는 1년 단위로 재계약을 해 온 상태였다.

하나와 연결된 휴대 전화 저편에서 귀뚜라미 소리가 희미하게 들려오기 시작했다. 퇴근 시간 넘어서도 종종 잔업을 시키는 공장, 공장에서 일정 거리를 걸어야 나오는 기숙사, 기숙사로 이어지는 길 양쪽에 아무렇게나 자란 풀과 그 풀잎들 사이에서 통신하는 벌레들······ 그 짧은 시간 동안 내가 유추한 범위는 그 정도였다. 하나가 일하는 공장이 휴대 전화가 유일한 낙인 황량한 곳에 위치했다는 것이나 공장에서 기숙사를 오가는 길에는 환한 조명을 밝힌 상점이 전무하다는 것, 그리고 그런 환경이 만 열여덟 살 하나에게는 테두리가 투명한 감옥과 다를 것 없다는 데까지는 생각을 확장하지 못했던 셈이다. 하나가 내게 절박하게 전하고 싶은 말이 따로 있었다는 걸 알게 된 것도 그날로부터 한 달여가 지난 뒤였다. 하지만 그때는 하나에 관한 이야기라면 쓸모가 없어진 시점에 도착한 아주 크고 무거운 수하물이나 마찬가지였으므로, 뒤늦게 내게 온 그 이야기를 나는 머릿속 창고에 정연하게 보관할 수는 없었다.

"샘, 저 다시 학교로 돌아가면 안 될까요?"

잦아들었던 귀뚜라미 소리가 또다시 크게 들려온다고 생각한 순간, 한동안 말이 없던 하나가 그렇게 불쑥 물었다. 난감했다. 학교를 떠난 학생들한테서 늘 듣는 말이고 예상한 질문인데도 평소보다 더 난감했던 건 사실이다. 하나는 이미 회사 적응에 실패한 적이 있었다. 그때도 지금처럼 회사가 정식 채용 전에 실시하는 교육 기간에 일을 그만뒀었다.

"지난달에 실습 나갔던 그 의료 기구 만드는 공장 말이야, 벌써 잊었어? 너 거기서는 고작 일주일 일했잖아. 교육 기간 석 달도 못 채우고 자꾸 그만두면 그다음엔 정말 일할 만한 데가 없다는 거, 하나야, 너도 알잖아."

"⋯⋯."

"남의 돈 받는 게 원래 쉽지 않아. 그건 남들도 다 똑같아."

"⋯⋯."

"하나야, 좀 참아 봐."

"⋯⋯."

하나는 조용했다.

다음 달에 공장으로 현장 점검을 나갈 테니 그때 보자고, 진작 찾아갔어야 했는데 그동안 일이 생겨 그러지 못했다고, 미안하다고, 미안해, 하나야, 말하려는 순간, 하나가 성의 없는 목소리로 알겠다고, 다 알아들었다고 연이어 대답했다. 자신의 일에 곧잘 싫증을 내는 학생에게라면 해 줄 만한 충고가 아직 많이 남아 있었지만 나는 이내 단념했다. 예민한 십 대와 마음을 다쳐가며 대화를 이어가고 싶지 않았고, 더욱이 하나에게 이제 나는 고작 두 달짜리 선생이었다. 마지막으로 형식적인 인사를 나눈 뒤 통화를 종료하고 식당 쪽으로 돌아서자, 그 새 여러 개의 접시가 놓인 테이블과 흐뭇한 얼굴로 테이블을 내려다 보는 기현 씨가 눈에 들어왔다. 플랫폼에서 떠나가는 기차의 식당 칸 을 건너다보는 사람이 된 것 같기도 했고, 먼 나라의 입국 심사대 앞 에 혼자 선 듯한 기분이 들기도 했다. 식당의 문손잡이를 잡았다. 문 이 열리면서 딸랑, 하는 방울 소리가 울려 퍼졌는데 적어도 내 기억 속에선 명료한 금속음이 아니라 메아리가 번지는 몇 겹의 엷은 소리 였다. 나는 중요한 무언가를 잃어버린 사람처럼 잔, 잔, 잔, 울리는 그 방울 소리를 들으며 잠시 우두커니 서 있었다. 나중에 그날을 떠올릴 때마다 식당 안이 텅 빈 암흑이 된다거나 내가 그 암흑 속으로 뚜벅 뚜벅 걸어 들어가는 상상이 이어지리란 걸 짐작도 하지 못한 순간이 었다.

그날 이후 하나에게서는 다시 전화가 오지 않았고, 나 역시 하나와 통화했다는 사실조차 잊고 지냈다. 무겁게 혼란스럽던 시기였다. 기 현 씨는 결혼에 대한 이야기가 구체적으로 오가길 원했지만 나는 그 에게 내 얄팍한 통장과 예정된 실업을 알리는 것이 주저됐고, 동시에 그 주저가 견딜 수 없이 불편해지곤 했다. 하나와 통화하고 한 달여 뒤, 교무실에서 그 전화를 받으면서도 나는 전화기 너머의 말을 도무 지 해석할 수 없었고 그 사고의 진동이랄지 파고를 현실적으로 감각하지도 못했다. 그때 나는 교육청에서 내려온 서류를 컴퓨터 화면에 띄워 놓은 채 휴대 전화로 구인 구직 사이트를 들여다보던 중이었다.

오후 수업을 모두 취소하고는 학년 부장 선생의 차를 타고 바로 평택에 있는 병원으로 내려갔지만 그날은 하나의 응급 수술 직후여서 하나 어머니만 겨우 만나고 돌아왔다. 다음 날부터는 처리해야 할 일이 자꾸만 밀려들었으므로 서울을 떠날 수 없었다. 하나가 취업하면서 그 회사로부터 받은 계약서니 협약서를 검토해야 했고 산재 보험과 고용 보험의 적용 범위를 알아봐야 했으며, 교감이나 교장에게 사고 경위를 보고해야 했다. 통곡하듯 우는 학생들을 달래는 일과 전교생과 교사들이 자발적으로 모으기 시작한 성금을 관리하는 일도 내 몫이었다.

나흘 뒤에야 나는 다시 평택으로 내려갈 수 있었다. 이번엔 나 혼자였다. 하나 어머니가 병원 로비에서 나를 기다리고 있다가 먼저 알아보고는 다가와 반겨 주었다. 안으로 말려 있는 사람, 처음 봤을 때처럼 나는 그녀에게서 그런 인상을 받았다. 마치 보이지 않는 거인이 손끝으로 내리누르고 있는 사람인 듯 어깨가 미묘한 곡선으로 굽은 데다 뒷목이 그 어깨에 파묻혀서인지도 몰랐다. 나는 그녀를 따라 복도에서 대기하고 있다가 면회 시간에 맞춰 중환자실로 들어갔고, 인공호흡기로 숨을 쉬는 하나를 10분 정도 가만히 내려다보기만 했다. 하나 어머니 앞에서 울어서는 안 된다는 강박 때문인지 감정은 쉽게 억제됐지만, 대신 그런 평정심에 잠시 멀미가 일긴 했다. 응급 수술 이후에도 출혈이 있었다는 하나의 뇌는 회복되지 못했다. 하나는 여전히 의식 불명 상태였다.

중환자실에서 나왔을 땐 자연스럽게 하나 어머니와 함께 병원 안에 있는 커피숍으로 자리를 옮기게 됐다. 그녀는 할 말이 있어 보였고, 내게는 그 말을 들어야 할 의무가 있다고 나는 생각했다. 실제로 그녀는 커피숍에서 내게 두 가지 부탁을 했는데, 첫 번째 부탁은 같은 반 친구들을 통해 하나의 SNS 계정을 알아봐 달라는 거였고, 두 번째 부탁은 하나가 일하던 회사에 갈 때 동행해 달라는 것이었다.

"포도를 줬거든요."

회사에 가려는 이유를 묻자 그녀가 그렇게 대답했다.

"사고 바로 다음 날에 회사에서 사람들이 와서 위로금을 주더라고요. 의료 보험으로 처리되지 않는 병원비도 있지 않느냐면서요. 처음에 난 하나가 실수로, 그러니까 우리 하나가 덤벙대서 3층 작업장에서 떨어진 줄 알았으니까, 고마워서, 그 말이 너무 고마워서, 당장 줄 건 없고 그때 마침 손에 들려 있던 포도 한 봉지, 그걸 줬던 거예요. 고작 포도라서 미안하다고 하면서요."

말한 뒤, 포도가 이번 생의 회한이 축적된 결정(結晶)이라도 된다는 듯 그녀는 포도, 포도, 포도, 낮은 목소리로 연거푸 중얼거렸다. 포도 그 한 봉지를 몽땅 그 사람들한테 줬다니까, 다른 사람도 아닌 엄마라는 사람이 어떻게, 어떻게 그리 멍청할 수가 있느냐고요. 그리고, 그렇게 이어지던 그녀의 중얼거림……

위로금을 건넸던 회사 사람들은 하나 어머니에게 천천히 읽어 보라며 서류 봉투를 남기고 갔다. 그들이 돌아가자마자 의사의 호출이 있었으므로 하나 어머니는 저녁에야 그 봉투를 열어 볼 수 있었다. 봉투 안에는 회사와 임직원을 대상으로 민형사상 소송을 하지 않겠다는 각서가 들어 있었다. 그 서류가 수상쩍다고 여긴 그녀는 다음 날 하나가 지내던 회사 기숙사를 무작정 찾아갔고 그곳에서 하나보다 두 살 많은 강현호라는 이름의 직원을 만났다. 그는 하나와 같은 팀에서 일했던 하나의 직속 선배였다.

하나 어머니는 그날 강현호에게서 들은 이야기를 내게 전하는 동안 여러 번 울먹였고, 나는 그녀의 어깨를 쓰다듬어 주는 것 외엔 아무것도 할 수가 없었다. 커피숍 안에 있던 사람들이 한번씩 그녀와 내쪽을 흘끗거리는 게 느껴졌지만 그 시선을 의식할 여력은 없었다. 나는 부암동 골목을 떠올리고 있었는데, 불과 한 달 전에 다녀온 곳인데도 깜박이는 전등 아래서 펼쳐 본 책처럼 그 풍경의 윤곽은 불연속적이었다. 아주 높은 곳, 거의 하늘에 닿은 듯이 높은 곳에 매달린 전등 하나가 고요하게 점멸을 반복하며 그 골목을 비추고 있기라도 한 듯…… 그 골목에 대한 기억 중 윤곽이 뚜렷한 건 귀뚜라미 소리뿐이었는데, 그 소리는 점점 더 증폭되더니 이내 내 주변을 빈틈없이 에워쌌다. 시끄러웠다. 현실의 막을 뒤흔드는 그 시끄러움에 온 신경이 집중되어서 그녀의 울먹임이 멈춘 줄도 나는 모르고 있었다.

어느 순간 시선이 느껴져 고개를 들자, 그녀가 의아하게 날 보고 있었다. 그제야 큐 사인을 인식한 배우처럼 나는 서둘러 가방에서 하얀색 봉투를 꺼냈다. 두둑한 봉투를 보자 반사적으로 어깨를 움츠렸던 그녀는 교사와 학생 들이 자발적으로 모은 성금이라는 내 설명을 들고서야 경계를 푼 듯했고, 더 이상 내가 내미는 손을 거부하지도 않았다. 그때 맞닿은 그녀의 손이 너무 차가워서 나는 순간적으로 깜짝 놀라고 말았는데, 단순히 찬 느낌이 아니라 식었다, 라는 느낌에 가까워서였다. 내부의 동력으로는 원래의 온도를 회복할 수 없을 것 같은 찬기…….

발이 시렸다.

그때부터였을까, 커피숍에서 하나 어머니의 찬기에 놀랐던 그 순간부터 발이 시리기 시작했던가.

그러고 보니 얇은 스니커즈가 젖어 있었다. 시외버스 터미널 대합실에서 서울로 돌아가는 버스를 기다리며 나는 그것을 발견했다. 비가 온 것도 아니고 물을 흘린 적도 없는데, 대체 어디에서 신발이 젖어 버린 것인지 기억나지 않았다. 집으로 돌아가면 온몸이 젖어 있는 건 아닐까, 마치 누수가 진행되는 몸인 양. 옆자리엔 노숙자로 짐작되는 노파가 커다란 짐 가방을 품에 안은 채 꾸벅꾸벅 졸고 있었는데, 그녀에게서 세상의 온갖 오물 냄새가 났다. 마침 문자 수신음이 들려와 외투 주머니에서 휴대 전화를 꺼내 확인해 보니 성금에 대한 하나 어머니의 감사 인사가 담겨 있었다. 기현 씨와 031로 시작하는 번호의 부재중 전화 기록도 보였다. 기현 씨는 주말에 고향에서 올라오는 어머니와의 저녁 식사를 환기시키기 위해 전화를 걸어 왔을 것이고, 031은 수원에 있는 사립 고등학교의 전화번호일 것이다. 하나의 사고가 있기 며칠 전, 나는 영어과 정교사를 채용한다는 공고를 보고 서류를 제출했는데 다음 날, 그 학교의 교무부장이라는 중년 남자에게서 전화를 받게 됐다. 정교사니까요, 아무래도,라고 그는 말을 꺼냈다. 그러니까 그 전화는 정교사 자리를 얻으려면 지불해야 하는 돈이 있다는 걸 지원자에게 미리 알리는 게 목적인 듯했다. 그는 돈의 액수까지 밝히는 건 범죄라고 생각했는지 그 부분에 대해선 함구했지만, 항간의 소문이 맞다면 신입 정교사의 2년 치 연봉은 될 터였다.

빛이 들어왔다. 대기에 어둠이 스미면서 시외버스들의 주황빛 헤드라이트가 대합실 내부에까지 번져 들어온 것이다. 버스가 한 대씩 떠날 때마다 주황빛은 금세 대합실에서 빠져나갔지만, 그 불빛이 사라진 곳이 곧 어둠의 차지는 아니었다. 이미 대합실의 형광등이 켜진 채였고, 형광등 아래엔 노파의 주름과 의자와 자판기, 벽시계에 새겨진 스크래치니 불에 덴 자국 같은 것이 적나라하게 드러나는, 늙고 낡은 세계가 있었다.

"어디 여상 선생님이라고요?"

그녀가 물을 한 잔 마신 뒤 물었다. 오랜만에 화장했는지 코와 입술 사이엔 파운데이션이 뭉쳐 있었고 연보라색 투피스는 다소 작아 보였는데, 그런 허술한 모습이 오히려 내 마음을 편안하게 해 주었다.

"요즘은 여상이니 상고니, 그런 말 안 써요. 특성화고라고도 하고 마이스터고라고도 불러요. 지금이 어떤 세상인데 그런 구식 이름을 써."

네,라고 대충 대답하려는데 기현 씨가 내 대신 그렇게 대꾸했다. 그녀에게서 태어나 그녀가 훈육하는 방식대로 성장하며 그의 내부에 쌓여 왔을 모든 감정—애정과 불만, 애틋함과 부끄러움, 미안함과 원망 같은 것이 한데 섞인 말투였다. 중요한 건 명칭이 아니라고 생각했지만 그런 자리에서 내 직업적 신분을 밝히고 싶지는 않았다. 어떤 진실은 고백의 과정을 거치면 창백한 죄의식으로 표백되게 마련이고, 나는 보속을 바라는 죄인처럼 그들 앞에 앉아 있고 싶지는 않았으니까. 게다가 기현 씨는 내가 정교사는 아니더라도 무기 계약직은 된다고 알고 있었으니 어머니에게 그와 관련된 정보를 전하지 않았을 가능성이 높았다.

"얘가 얘기했나."

젓가락으로 꽁치구이 한 점을 집어 입으로 가져가다 말고 그녀가 다른 이야기를 꺼냈다.

"나는 열여덟 살에 상경했어요. 뭣 모르고 서울로 올라오긴 했는데, 배운 것도 없고 기술도 없으니 취업이 되나. 먼저 서울에 와 있던 우리 언니가 어찌어찌 손을 써서 성수동에 있는 편직물 공장에 날 넣어 줬지. 매일 열다섯 시간씩은 일했을 거야. 잠 안 오는 약 먹어 가면서."

그녀는 자연스럽게 자신의 젊은 시절 속으로 녹아들어 갔는데, 내게는 예상 밖의 이야기였다. 기현 씨는 내게 어머니를 포함한 가족의 이력을 이야기한 적이 없었고, 사실 그건 나도 마찬가지이긴 했다. 우리가 서로의 가족에 대해 아는 거라곤 각각 1남 2녀와 2녀라는 형제 관계, 부모와 형제들의 직업, 조카들의 성별과 나이, 그의 아버지가 돌아가신 시기 같은, 그러니까 가족 개개인의 깊이가 아니라 둘레에 국한되어 있었다.

"오야지라고, 나 같은 시다 위에 있는 기술자들을 그렇게 불렀거든, 그치들이 어찌나 야비했는지 몰라. 막내 여동생이나 딸뻘 되는 어린 시다들이 영양실조니 빈혈 같은 거에 걸려서 몸 굼떠지고 손 느려지면 욕하고 때리고……. 한번은 내가 오야지한테 무슨 말대답을 했거든. 그랬더니 그자가 미싱 돌리다가 달려와서는 내 아랫배를 사정없이 차 대는 거야, 스무 살도 안 된 처녀애 배를 말이야. 다들 지켜보면서도 말리는 사람 하나 없었지. 내가 그때 고생한 거 생각하면 지금도 눈물이 나."

그녀가 머리를 휘휘 내저으며 그렇게 말했다. 그녀의 눈동자는 금세 붉어졌고 동조와 위로의 말이 필요해 보였지만, 곁에서 기현 씨는 불편한 기색을 숨기지 못했다. 그녀가 아참, 그때 다른 오야지는 또, 라고 말을 이어 가려 하자 그는 더 이상 인내할 수 없다는 듯 엄마, 제발, 낮은 목소리로 다그쳤다. 그녀는 기현 씨의 반응에 돌연 말을 뚝 멈추더니 잠시 주변을 둘러봤다. 잠기운이 남은 채로 억지로 깨어난 아이처럼 무구하고 슬퍼 보이는 얼굴이었다.

마침 미닫이문이 열리면서 감색 유니폼을 입은 종업원이 메인 요리인 모둠 회 접시를 들고 들어왔다. 그 뒤 본격적으로 식사를 하면서는 화제가 완전히 바뀌었다. 결혼식 시기, 결혼에 대한 내 부모의 반응, 선호하는 식장 유형과 예상되는 하객 수, 신혼여행으로 갈 만한 휴양지, 그리고 갖추어야 할 살림의 목록과 종류—구체적으로는 세

탁기와 냉장고는 AS에 어려움이 없는 국내 대기업 제품이 좋고 소파 랄지 침대는 무조건 큰 사이즈를 사야 후회하지 않으며 식기세척기나 건조기는 구매 목록에서 빼더라도 공기 청정기는 꼭 갖추고 살아야 한다는, 웨딩 잡지에 나오는 매뉴얼 같은 이야기였다. 아니, 그건 대화라기보다는 그녀가 주로 정보를 제공하고 그녀의 아들이 새삼 알았다는 듯, 혹은 동의한다는 듯 고갯짓이나 짧은 대답으로 호응해 주는 모양새에 지나지 않았다. 나는 그들이 이룬 공감대에 개입하지 않았고 개입하고 싶은 의지도 없었다. 수원에 있는 고등학교의 정교사가 되려면 통장에 있는 예금을 다 써도 수천만 원을 따로 대출받아야 했고, 수천만 원의 대출금과 그에 따른 이자를 갚는 생활이란 소비를 최소화한 형태여야 도리에 맞을 터였다. 내게는 새 가전제품과 새 가구, 우아한 그릇들, 휴양지로의 여행을 향유할 여력이 없었다.

"아까는 내가 주책맞게 재미도 없는 얘길 너무 많이 했죠?"

저녁 식사가 끝나고 식당에서 나올 때, 그녀가 수줍게 웃으며 물었다. 기현 씨는 카운터에서 밥값을 계산하는 중이었다.

"아니에요, 집중해서 들었는걸요."

나는 그렇게밖에 대답할 수 없었는데, 그녀의 젊은 날에 대한 가치 평가나 섣부른 연민이 배제된 대답은 그 정도뿐이라고 생각했기 때문이다.

"그래, 요즘 반 학생 한 명이 다쳐서 바빠졌다고요?"

"아, 그게……."

"많이 다쳤어요?"

"그러니까 하나, 아니 그 학생은 지금……."

하나에 관한 갑작스러운 질문에 나는 허둥댔고 제대로 대답을 꺼내지 못한 채 뒷말을 삼켜야 했다. 기현 씨에게도 구체적인 언급을 하지 않은 하나 이야기를 오늘 처음 만난 그녀와 굳이 공유하고 싶지는 않았다. 도저히, 그럴 수는 없었다.

"하긴, 요즘이야 공장에서 다칠 일이 어디 있겠어. 보호 장비 다 있지, 누가 때리길 해, 쓰러질 때까지 일을 시키길 해. 우리 때랑은 다르지, 완전히 다를 거예요, 그쵸?"

"……."

"그런데도 다들 공장에선 일하기 싫다고 하니, 큰일은 큰일이에요. 애들은 주는데 나중엔 누가 기계를 돌리고 물건을 만들는지……."

그녀는 내 난처함을 눈치채지 못했는지 마치 방백을 하는 배우처럼 내 뒤편 어딘가를 바라보며 그렇게 말을 이어갔다. 마침 식당에서 나온 기현 씨가 그녀 곁에서 살갑게 구는 대신 거리를 둔 채 나무토막처럼 서 있는 나를 흘끗 쳐다봤다. 낯설었다. 그의 얼굴이 생전 처음 본 듯 낯설기만 했다. 그 순간, 울음이라도 터져 나올 것처럼 엄청난 피곤이 몰려왔다.

우리는 후식을 먹지 않고 헤어졌다.

집으로 돌아와 외투만 겨우 벗은 채 쓰러지듯 침대에 누웠다. 몸은 거추장스러울 만큼 커다란 물병 같았고, 그래서 이리저리 뒤척일 때마다 몸 안의 모든 것이 출렁이는 듯했다. 알았으니까, 부암동 골목에서 내가 하나에게 했던 말과 기현 씨의 어머니가 필터 없이 쏟아 낸 말들이 닮았다는 걸 잘 알기에 출렁일 수밖에 없는 거라고, 아니, 출렁여야 마땅하다고, 어두운 천장을 올려다보며 나는 생각했다.

누운 채로 침대맡에 두었던 휴대 전화를 집어 와 하나의 인스타그램에 들어갔다. 반에서 하나와 가장 가깝게 지냈던 주희가 하나 어머니와 내게 알려 준 계정이었다. 팔로워 열세 명에 팔로우 열다섯 명, 별다른 자기소개도 없고 게시물은 고작 스무 개 남짓인, 누가 봐도 소극적으로 관리되던 계정에 불과했지만 내게는 그리 간단하게 해석되지 않았다. 마지막 게시물 때문이었다. 그 게시물엔 밤의 해변에서 찍은 하나 자신의 그림자 사진과 함께 #망상해변 #그림자 #저게진짜 #또가고싶다 #아니못가, 라는 문구가 적혀 있었다. 하나가 그날, 그러니까 나와 성과 없는 통화를 했던 그날 어떤 마음으로 그림자 사진을 올리고 그 문구를 썼는지는 알 수 없지만 그날의 하나를 가장 잘 아는 사람이 나란 건 분명했다. 그림자, 진짜, 가고 싶다, 못 가, 이 퍼즐들을 꿰맞출 수 있는, 어쩌면 유일한 사람.

잠은 오지 않았다. 침대에서 몸을 일으켜 창문을 열고 귀를 기울였지만 올해의 귀뚜라미들은 모두 일생을 마친 건지, 아니면 서울에는 원래 귀뚜라미가 살지 않는 건지, 본능에 순종하는 생명체가 노동하듯 날개를 비비며 내는 그 마찰음은 들려오지 않았다. 하나는 18년을 살았다. 도로 창문을 닫으면서 나는 문득 그것을 깨달았다. 하나의 의식이 돌아오지 않는다면 하나가 아는 세상이란 18년의 세월 동안 보고 듣고 느낀 것으로 그 범위가 제한된다는 것을, 마치 가을 한철이 세상의 전부인 줄 아는 귀뚜라미처럼…….

eunhana_eunhana
망상 해변

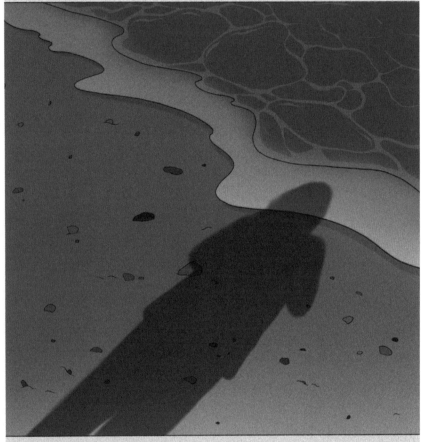

좋아요 5개
eunhana_eunhana #망상해변 #그림자 #저게진짜 #또가고싶다 #아니못가

평택에 있는 플라스틱 사출 공장 주변에는 뜻밖에도 다른 공장이 없었다. 하나 또래의 젊은 노동자들이 몰려다니는 활기찬 공장 지대의 풍경을 상상했던 나는, 야산과 낡은 가옥이 시야의 대부분을 채우는 2차선 도로 옆 좁은 인도를 걸으며 자꾸만 환기되는 이미지에 마음이 산란했다. 해가 지면 아주 캄캄해질 이 길을 걸으며 자주 겁먹었을 하나, 누구에게든 전화할 수밖에 없어서 전화해 놓고는 무섭다고 투정하는 대신 덤덤한 목소리로 심심하다고 말했을 하나, 일종의 조난 신호를 보내듯 담임 교사에게 전화한 날에도 절박한 마음은 숨긴 채 그저 학교로 돌아가면 안 되느냐고 묻던 하나, 쓸데없이 조심스러운 것이 많았던 그 하나들의 이미지.

곁에서 하나 어머니가 구두가 불편하지 않냐고 물었다. 괜찮다고, 편한 구두라고 대답했는데도 그녀는 수시로 내 구두 쪽을 내려다봤고 공장 정문에 다다를 즈음엔 한결 가라앉은 목소리로 하나의 남자 친구에 대해 묻기도 했다. 그건, 내가 모르는 영역이었다.

"엄마인 나도 하나 연애에 대해선 아는 게 없는데 선생님이야 당연히 모를 수 있죠. 그냥요, 한 번이라도 누구랑 사귀어 봤으면 좋겠다는 생각이 들어서요. 좋아하는 사람이랑 손도 잡아 보고 뽀뽀도 해 보고, 그럼……."

"……."

"그럼, 지금 그 꿈을 꾸고 있을지도 모르잖아요."

"……네, 그러면 좋죠, 좋겠네요."

나는 가까스로 대답했고 그녀는 나처럼 그럼요, 좋죠, 알맹이 없는 허술한 말을 되풀이한 뒤 허공을 보며 소리 없이 웃었다.

공장은 작업장용 건물 두 채와 창고 한 채로 구성되어 있었다. 경비로 보이는 중년의 남자가 하나 어머니와 나를 제지한 건 작업장용 건물로 막 들어가려 할 때였다. 하나 어머니는 약속이 돼 있다고, 연락을 주고받은 직원의 이름까지 댔지만 남자는 그런 전달 사항이 없었다고 대꾸했다. 아닌데, 그럴 리 없는데, 중얼거리며 하나 어머니는 가방에서 명함 한 장을 꺼냈고 명함에 적힌 번호를 휴대 전화에 꾹꾹 눌렀다. 한참을 기다렸지만 약속을 했다는 직원은 좀처럼 하나 어머니의 전화를 받지 않는 듯했고, 어쩔 수 없이 내가 남자에게 상황을 설명해야 했다.

"은하나 직원, 아시죠? 저분은 은하나 직원 어머니고 저는 학교 선생인데요, 사고 뒤에 회사에서 받은 위로금을 돌려주려고 왔습니다."

"그런 말 구구절절 할 거 없고요, 그냥 외부인 출입증만 보여 주면 됩니다."

남자는 완강히 버티며 대답했다. 목소리와 태도는 완강한데 눈동자는 흔들렸다. 외부인 출입증 같은 건, 어쩌면 존재하지 않는 서류일지 모른다. 뒤를 돌아봤다. 하나 어머니는 상황의 흐름에는 전혀 관심이 없다는 듯 신경질적으로 재발신 버튼을 눌렀다가 휴대 전화를 귀에 대 보는 행동만 반복하고 있었다. 머리칼이 헝클어져 내려오고 보풀이 인 외투가 뒤로 젖혀진 것도 의식하지 못할 만큼 그 행동에 완전히 몰두해 버린 사람 같았다. 그때 똑같은 디자인의 회색 점퍼를 입은 남자 두 명이 나타나 건물 입구를 가로막았다. 그들은 경비가 아니라 중간 관리급 직원으로 보였는데, 하나 어머니가 휴대 전화에서 얼굴을 떼고는 뚫어지게 쳐다보자 얼른 고개를 외로 틀었다. 순식간에 이성을 잃은 그녀가 그들의 점퍼를 잡고 늘어지며 팀장 불러내, 하나네 팀장을 나는 꼭 만나야겠어, 악을 쓸 때도 그들은 끝내 하나 어머니를 바로 보지 않았다.

보았을 텐데.

제품을 설계하고 사출기로 제작하는 과정을 실습해 보는 대신 창고 안 낡은 작업대에 앉아 부품을 분류하거나 완성된 제품을 포장하던, 선배들의 잔심부름이 유독 몰리는 날이면 우체국과 은행, 때로는 약국이나 편의점까지 다녀오느라 퇴근 무렵에야 공장에 다시 나타나곤 하던 하나를 그들도 그때 보았을 텐데. 공장 바닥에 축 늘어져 있던 하나의 몸을, 요란하게 나타났다가 다시 요란하게 떠나가던 구급차를, 청소를 해도 완벽하게 지워지지 않았을 피 얼룩을, 분명 다 보았을 텐데…….

하나 어머니가 강현호 직원에게서 들은 말은 또 있었다. 사고 바로 전날 하나가 사직 의사를 밝히자, 팀장은 회사 허락 없이 일을 그만두는 건 계약 위반이라고, 회사에서 나가고 싶으면 회사의 연말 세액 공제금을 대신 내야 할 거라고, 회사가 그런 혜택도 없이 여고생을 왜 뽑았겠느냐고 대꾸했다. 다시는 너네 학교에서 학생들 데려오지 말라고 상부에 보고하겠다고도 했고 공장에서 일할 거면 운동해서 힘

좀 길러 놓지 않고 지금까지 뭘 했느냐고 따지듯이 묻기도 했다. 그 살이 다 근육이면 내가 왜 일을 안 주겠느냐고, 어? 내세울 게 없으면 진작 자기 관리라도 했어야지, 악착같이, 안 그래? 그때 그의 목소리는 근처에 있는 직원들이 모두 들을 수 있을 만큼은 컸다. 하나가 어떤 자세로 팀장의 말을 듣고 있었는지에 대해선 전해 들은 바가 없지만, 그때 하나의 세계를 구성하던 모욕감은 눈송이 같은 입자의 형태를 띠었을 거라고 나는 생각했다. 그러니까, 모욕감의 입자가 분분히 날리는 투명한 구(球) 안에 우두커니 서 있는 하나가 내 눈에는 보이는 듯했다. 다음 날, 하나는 공장이 문을 닫는 밤 시간에 다시 공장으로 들어갔고 3층에서 추락했다. 혼자서라도 사출기의 구조를 분석하고 파악한 뒤 운용해 보려 했다가 사고가 난 걸까. 혹은, 그저 분풀이로 사출기 한 대를 망가뜨리려다가 순간적으로 균형을 잃고 발이 미끄러진 건 아닐까. 그날 공장의 CCTV를 끈 사람은 경찰의 추정대로 정말 하나였을까.

어제, 하나가 2학년 때 담임을 맡았던 교사는 말했다.

"하긴, 스스로 뛰어내린 거면, 그걸 밝혀낸다고 해서 뭐가 좋아지겠어. 누구 마음이 편해지겠느냐고. 그러니 다들 쉬쉬하는 거겠지."

나는 그녀의 말에 긍정도 부정도 할 수 없었다. 명백한 건 없으니까, 목격자도 없고 증거 영상도 없으니까, 해변의 그림자로 존재했던 시간을 인스타그램에 올린 그 밤의 하나를 알 수 없는 것처럼 나는 아무것도 모르며 간절하게 모르고 싶으니까. 그러니 지금은 모든 추정이 기각되어야 한다고 믿는 것, 내가 할 수 있는 건 그뿐인 것이다.

"최 선생, 오늘 왜 보자고 했는지 나 알아."

잠시 뒤, 그녀가 내 눈치를 살피며 다시 말했다. 그제야 나는 그녀에게 종례 후에 컴퓨터 실습실에서 잠시 볼 수 있느냐고 제안했던 이유를 상기했다. 앞으로 학교 차원에서 노무사와 함께 하나를 도울 일이 생긴다면 교사 경력이 20년이 넘는 데다 정교사인 그녀가 그 일의 적임자라고 나는 생각했던 것이다.

"알아, 다 아는데, 나는 그냥 내가 할 수 있는 것만 할게요. 성금 또 내야 되면 낼게. 열 번 스무 번 낼게. 근데, 그 이상은 자신 없어. 어설프게 나섰다가 나중에 감당 못 하면, 그게 더 못 할 짓이야. 살아 보니 내가 그건 알겠더라고요."

그녀는 평소와 달리 존댓말을 섞어가며 그렇게 말을 이었고, 나는 이상하게도 그녀의 쉬운 단념에 사나워졌던 마음이 풀리는 걸 느꼈다. 그녀의 말은 모두가 공평하게 비정하다면 한 사람의 비정은 모두의 비정으로 희석된다고, 세상 어디에도 더 비정한 비정은 없다고, 그렇게 번역되어 들렸다. 천천히 고개를 들었다. 그녀의 뒤편엔 유리창이 있었고 유리창 너머로는 초겨울의 운동장을 가로질러 하교하는 학생들이 보였다. 학교를 빠져나간 학생들이 어디로 갈지, 아니 갈 곳이 분명하게 정해져 있는 건지 문득 궁금해졌다.

길은 멀었다.

하나 어머니와 나는 결국 공장 안으로 들어가 보지도 못한 채 왔던 길을 다시 걸어가는 중이었다. 어떤 꿈속의 길처럼 그녀와 나란히 걷는 이 길도 영원히 이어질 것만 같다고 생각할 무렵, 빈 택시 한 대가 지나갔다. 나는 맹목적으로 손을 흔들어 택시를 잡은 뒤 하나 어머니와 나란히 뒷좌석에 앉았다.

퇴근 시간이 가까워져서인지 길이 막혔다. 가다 서다를 반복하는 택시 안에서 그녀는 원래는 서울에서 마트 직원으로 일했는데 지금은 그만두고 병원 근처에 있는 모텔에 방을 얻어 장기 투숙을 하고 있다고 알려 줬다. 하나에게 아빠는 없다고, 이혼이나 사별 때문이 아니라 그냥 처음부터 없었다고, 그래서 가족은 하나와 나 단둘이라고, 그녀의 이야기는 그렇게 사적인 영역으로까지 확대되어 갔다.

"얼마 전에 무슨 시민 단체에서 일한다는 분이 병원에 찾아와서 그러데요, 이 사회가 하나를 그렇게 만든 거라고요. 그런가요, 선생님?"

"……."

"근데요, 그거 잘 몰라서 하는 말이에요. 내가 못나서 하나가 저렇게 된 거예요. 고등학교 중퇴에 미혼모에, 나 좀 못난 거 맞잖아요."

"하나 어머님, 약한 생각은 하지 마시고……."

"약한 게 아니고요, 내 현실이 그렇다는 거예요. 나 솔직히 하나가 인문계 대신 취업 잘되는 고등학교에 가겠다고 했을 때 고마웠어요. 미안한 건 잠깐이고 오래오래 고맙더라고요. 하긴, 선생님 같은 분은 그때 제가 느낀 고마움을 이해 못 할지도 모르겠네요. 선생님한테 잘못이 있다는 게 아니라요, 그것도 현실이니까요."

"……."

왜였을까. 그 순간, 오랫동안 물속에서 거친 숨을 참고 있다가 그제야 물 위로 떠오른 듯 갑자기 정신이 맑아지는 걸 느꼈다. 불가해할 만큼 맑아져서 당혹감마저 밀려왔다. 하지만 더 당혹스러운 건, 그때껏 그녀가 내 처지를 모를 수도 있다는 생각을 아예 해 보지도 않았다는 사실이었다.

"근데요 어머님, 혹시 제가 기간제 교사인 건 아세요?"

"…… 네?"

"그러니까, 저는 비정규직 교사라고요. 2주 뒤면 저는 하나의 담임 교사가 아니에요. 선생도 아니고요."

이어서 설명하자, 그제야 그녀가 커진 눈으로 내 쪽을 보며 다급한 목소리로 물었다.

"그럼, 내년에는 선생님이 학교에 안 계신다는 그런 말인가요?"

"네, 저는 올해까지만 계약이 되어 있습니다."

그녀의 얼굴에선 순식간에 슬픔이 지워지고 새롭게 실망감이 차올랐는데, 나는 그 변화가 당연하다고 생각했다. 그녀에게는 하나가 깨어날 때까지 서류를 정리해 주고 팀장을 고소하는 일에 동참해 주고 어려운 자리에 선뜻 동행해 주는 교사가 필요할 테니까. 어쩌면 그녀는 배신감마저 느꼈을지 모른다. 택시 안에는 어색하고도 견고한 침묵이 흘렀는데, 나는 그 침묵을 깰 수 없었고 깨고 싶지도 않았다. 침묵 속에서 나는, 내 쪽 차창에 얼비치는 그녀의 옆얼굴이 지금 하나의 꿈속을 채우는 이미지라면 좋겠다는 생각에만 골몰했다.

택시는 곧 병원 앞에 도착했다.

그녀는 내가 버스 터미널에서 내릴 때 합산해서 내면 되는 택시비를 극구 미리 계산하고는, 내년에 혹시 다른 학교로 가게 된다면 연락

달라는 말로 인사를 대신했다.

"어머님도 하나 소식 전해 주세요."

나는 하나에 관한 한 그 어떤 전망도 없는 무해한 말을 선택해서 고작 그렇게만 대답했고, 그녀는 그런 나를 물끄러미 한번 보더니 헐겁게 안아 준 뒤 택시에서 내렸다. 택시가 다시 움직이기 직전까지, 사람들 사이로 사라져 가는 작고 마르고 동그랗게 말린 그녀를 나는 최대한 오래오래 지켜보았다.

그날 나는 밤이 되어서야 집에 도착할 수 있었다. 발의 통증 때문에 구두를 벗을 땐 얕은 신음 소리가 새어 나왔다. 하나 회사 사람들에게 얕보이지 않으려고 오랜만에 신발장에서 꺼내 신은 구두였다. 가죽에 잦게 닿으면서 상처가 생긴 뒤꿈치에 연고를 바르며 나는 인정하지 않을 수 없었다, 구두를 벗은 순간부터 조금은 가벼워진 내 마음을. 동시에, 내가 하나의 사고를 막을 수 있었던 사람들 중에 한 명임을 밝힐 기회가 이제 다시는 오지 않으리란 걸 강렬하게 예감하고 있다는 것도……. 그제야, 나는 그 어떤 강박 없이 울 수 있었다.

그날 이후 하나 어머니는 내게 전화하지 않았다.

시간은 부지런히 흘러갔고 2주 뒤, 예정된 대로 나는 학교에서 계약 해지되었다.

기현 씨와는 헤어졌다.

결정적인 다툼은 없었다. 고통이든 아련함이든 나선 모양의 궤적을 남기게 마련인 이별의 절차도 없었다. 기현 씨의 어머니와 식사한 날 이후로는 간간이 통화를 해도 어색한 분위기가 형성되더니 그 상태로 두 달 정도가 지나자 통화하는 일 자체가 중단되었고, 어느 날 문득 서로에게 전화하지 않은 날들이 이렇게나 많이 쌓였다면 헤어진 걸로 봐도 무방하다는 생각을 하게 된 것뿐이다. 헤어지는 과정에서 기현 씨에게 내 상황을 밝히고 설명하지 않아도 되었다는 것, 나는 그 생략만큼은 마음에 들었다.

나는 지금 판촉물 회사에 다닌다. 봄부터 다니기 시작했으니 강사나 교사가 아닌 회사원으로 산 지 한 계절이 지난 셈이다. 내가 회사에서 맡은 업무는 컵과 우산, 다이어리와 파우치와 에코백 등에 들어가는 영어 문구를 작성하는 일인데 상품 포장과 발송, 회의록 정리와 서류 복사도 내 몫이 될 때가 많긴 하다. 나보다 일곱 살 어린 사람이 상사라는 것이나 근무 기간 1년을 채우면 재계약 심사가 있으리란 것, 그런 건 크게 두렵지 않았다. 내가 두려워하는 건 하나의 숨과 관련된 것, 오직 그뿐이었다. 처음엔 하나의 숨이 멈추었다는 하나 어머니의 전화를 받게 될까 봐 두려웠는데, 그런 전화가 오지 않는 기간이 길어지자 다른 두려움이 생겼다. 길을 걷다가 퓨전 식당이나 교복 차림의 여고생들을 발견하게 되면, 마트나 병원 앞을 지나갈 때도, 심지어 플라스틱 재질의 물건이 눈에 들어오는 순간에도 하나는 어김없이 내 삶으로 빠르게 침투해 들어왔는데, 그럴 때마다 하나의 숨이 내가 들이켜는 숨과 섞이고 있다는 생각이 들면 두려웠다. 인공호흡기를 통과한 하나의 가느다란 숨이 물결처럼 움직이는 공기를 타고 내가 생활하는 곳에까지 유입되고 있으며 내가 그 숨을 들이켜면서 하나 대신 일하고 돈 벌며 살아 움직이는 것이라는 비참한 생각…….

어느 금요일 저녁, 회사에서 집으로 돌아가는 지하철 안에서도 나는 하나의 숨을 생각했다. 그때 지하철은 당산 철교를 통과하고 있었는데, 한강 위를 비행하는 갈매기 한 마리가 스스럼없이 내 눈에 들어왔다. 바다가 아닌 강에 나타난 갈매기는 꿈과 현실 사이의 통로에서 길을 잃은 천사의 은유 같다고 나는 생각했다. 갈매기는 곧 시야에서 사라졌다. 마침 지하철은 당산역에 정차했고, 나는 현실의 출구를 빠져나간 갈매기가 이번엔 내 숨을 싣고 하나의 꿈속으로 들어가길 바라면서도 그 궤적을 확인하겠다는 듯 충동적으로 지하철에서 내렸다. 그동안 지나쳐가기만 했을 뿐, 한번도 내린 적 없는 역이었다. 역 밖으로 나가 택시를 잡아탔을 때만 해도 명확하지 않았던 목적지는 기사에게 설명하면서 또렷해졌다.

평택으로 향하는 택시 안에서 휴대 전화를 꺼내 하나 어머니의 번호를 찾는 동안, 택시 차창에는 그 여름의 망상 해변 풍경이 흘러갔을지도 모르겠다.

그 여름, 하나는 비슷한 시기에 취업에 성공한 학교 친구 몇 명과 함께 망상 해변에 놀러 갔다. 그 무리에 있었던 주희는 하나가 여행 내내 이상할 만큼 겉돌았다고 일러주기도 했다. 그림자 사진을 찍을 때도 하나는 혼자였다. 그날은 여행 마지막 날이었고, 다 같이 해변 근처에 있는 호프집에서 대학생이라고 속이고는 떠들썩하게 맥주와 소주를 마시고 있었다. 좀처럼 술을 마시지 않던 하나는 어느 순간 술집에서 나가더니 해변 쪽으로 걸어갔고 주희는 그런 하나를 멀리서 지켜보았다.

하나가 걸어간다.

하나의 눈에만 보이는 갈매기가 하나를 유인하고 있다. 밤이긴 했지만 야간 조명 덕분에 멀리 있는 파도도 뚜렷하게 보인다. 파도가 발끝에 닿을 듯 말 듯한 곳에서 하나는 걸음을 멈춘다. 조명을 받아 길어진 그림자 안에는 발자국들이 빼곡하다. 아무렇게나 모래를 밟은 사람들의 발자국─물결과 물방울과 삼각형 같은 신발 바닥의 무늬를 내려다보며 하나는 그 그림자가 실체 같다고 생각한다. 진짜는 그림자고 자신은 허상이라고……. 하나는 나쁘지 않다고 생각한다. 나쁘지 않다고, 어차피 이곳엔 진짜가 없으니, 왜냐하면 지금은 언제 끝날지 모르는 아주 긴 꿈을 꾸고 있으므로. 꿈 바깥에 두고 온, 차창에 얼비치는 도시 같은 곳에서 살아가고 있을 사람들이 그리울 때도 있지만 깨어난다 해도 그곳 역시 꿈일 거라고, 그러니까 꿈 바깥의 꿈일 뿐이라고 믿으면서. 다만 행복한 얼굴을 보고 싶다는 마음만은 꿈이 아닐지도 모른다. 하나는 계속해서 그렇게 생각을 이어 간다. 그래서, 오직 그 얼굴을 지키기 위해서, 행복은 가짜가 아니라고 느끼는 그들의 그 한순간을 위해서, 가까스로, 자꾸만 꺼지려 하는 심장을 바닥에서부터 부풀리며, 하나는 또 한번……

하나의 숨을 쉰다.

강화길

2012년 『경향신문』 신춘문예에 단편 소설 「방」이 당선되며 작품 활동을 시작했다. 소설집 『괜찮은 사람』, 『화이트 호스』, 장편 소설 『다른 사람』 등을 썼다. 한겨레문학상, 구상문학상 젊은작가상, 문학동네 젊은작가상 등을 수상했다.

06 방

우리는 이 도시에 함께 도착했다.

오늘, 나는 혼자 복숭아 통조림을 먹었다. 멀리서 들려오던 사이렌 소리가 창 밑으로 가까워진다. 이 소리는 늘 빛과 함께 나타난다. 어두운 옥탑방에 붉은빛이 안개처럼 가라앉는다. 바닥이 붉게 흔들린다. 나는 무릎을 세우고 앉는다. 등이 차가운 벽에 닿는 순간, 깊고 날카로운 통증이 오른손 중지를 관통한다. 양손으로 얼굴을 감싼다. 입김이 손을 데운다. 나는 손에 담긴 복숭아 향을 맡는다. 통증이 더 심해진다. 손목이 아릴 때마다 나는 수연에게 팔을 내밀곤 했었다. 싫은 내색 한 번 없이 그녀는 내 손목을 정성스럽게 어루만져 주었다. 우리는 늘 손을 맞잡은 채 잠들었다. 사이렌 소리가 덜컹대는 차바퀴 소리와 함께 창 밑을 지나간다. 쇳소리가 귀를 긁자 손가락의 아픔이 사그라진다. 한 달째, 나는 방을 떠나지 않았다.

─이 방이라 두 달이나 살 수 있었던 거예요.

방의 전 주인이었던 여자가 말했었다. 나는 고개를 숙이고 수연의
등 뒤로 숨었다. 여자는 왼쪽 목선이 오른쪽보다 길었다. 꼭 한쪽만
늘어진 고무 밴드 같았다. 그녀는 도시를 떠나면 바로 병원부터 갈 거
라며 목을 쓰다듬었다. 여자는 내게 시선을 주지 않았다. 그녀는 수
연과 대화했다.

─반지하는 질식해 죽어요. 여기는 여자 둘 살기 딱 좋죠.

물이 번진 듯, 검은 얼룩이 방구석에 남아 있었다. 나는 그걸 보며
속으로 중얼거렸다. 옳는 거 아닐까. 수연이 내 손목을 끌어당겼다.

─옆으로 와, 왜 그래?

그녀는 작게 말하는 법이 없었다. 나는 얼굴을 조금 붉혔다. 수연
의 곁에 다가서며 여자의 목덜미를 힐끔거렸다. 나는 생각했다. 정말
괜찮을까. 그때 수연의 목소리가 들렸다.

─얼마 만에 그렇게 된 거예요?

수연도 여자의 목을 바라보고 있었다. 나는 그녀의 소매를 잡아당
겼다. 수연은 아랑곳하지 않고 손으로 자신의 목덜미를 툭, 쳤다.

─그거요.

여자가 입을 다물었다. 나는 소매를 더 세게 잡아당겼다. 여자가
이마를 찌푸리더니 헛웃음을 터뜨렸다. 한 달 전부터 이상했다고, 그
녀는 대답해 주었다. 고개가 바로 서지 않으니 몸 전체가 뒤틀리고 있

174

는 것 같다고도 했다. 강의 듣는 학생처럼 수연은 심각하게 고개를 끄덕였다. 그러니까 조심해서 살라고, 많이 벌어 일찍 떠나라고 여자는 덧붙였다. 나는 여자에게서 시선을 돌려 창 너머를 보았다. 검은 연기가 구름처럼 하늘을 덮고 있었다. 오후 세 시였지만, 도시는 한밤중 같았다. 다시 목소리가 들렸다. 이번에는 수연이 아니었다.

　―저거 쓸 만한데 살래요?

　여자는 냉장고를 가리키며 웃었다. 문을 열어 본 수연은 새것도 아니고, 냄새도 난다고 시큰둥하게 대답했다. 여자의 목이 오른쪽으로 조금 더 기울어졌다.

　―그냥 두고 가요. 싫으면 가져가든지.

　여자가 눈썹을 찡그렸다. 여기 와서 큰맘 먹고 장만한 건데 그럴 수는 없다고 했다. 수연이 대답했다.

　―그럼 가져가셔야겠네.

　우리는 냉장고가 있는 방에서 도시의 삶을 시작했다. 수연은 멀쩡한 냉장고를 공짜로 얻었다고 좋아했다. 일곱 시간이 넘게 버스를 타야 한다는 여자는 냉장고를 가지고 갈 수 없었다. 여자는 방을 나가며 수연의 뒤통수를 노려보았다. 기울어진 목 때문에 장난을 거는 것처럼 보였다. 훔쳐보고 있다는 걸 눈치챘는지 여자의 성난 눈이 나에게 향했다. 모른 척 나는 창밖을 보았다. 밖은 여전히 어두웠다. 구름이 지상에 가까워졌다는 생각이 들었다. 손으로 만져 볼 수 있을 것 같았다. 각오하고 들어서긴 했지만, 빛이 사라지는 건 생각지 못한 일이었다. 어둡다는 소문을 들었을 때 나는 저녁이나 안개 낀 새벽을 상상했다. 도시로 들어서는 경계선을 넘는 순간, 낮보다 조금 어둡다는 말이 아니라는 것을 알았다. 빛은 갑자기 사라졌다. 긴 터널에 들어온 듯, 버스는 헤드라이트를 켠 채 오랜 시간을 달렸다. 눈이 어둠에 익숙해지며 형체들이 어렴풋이 보였지만 정확히 알 수 없었다. 버스에는 수연과 나 이외에도 다섯 명의 지원자가 타고 있었다.

나는 창에서 천천히 고개를 돌렸다. 수연이 나를 부르고 있었다. 그 여자가 신경 쓰이느냐고 했다. 나는 대답했다.

—네가 그러는 건 이유가 있겠지.

사실이었다. 나였다면 엉겁결에 돈을 더 얹어 줬을지도 모를 일이었다. 오히려 수연이 신경 쓰였다. 수연은 계속 그 여자에 대해 말했다. 긴 목과 얼굴 옆의 점. 신경질적인 목소리와 지저분한 방. 수연은 특히 화장실이 끔찍하다고 했다. 왜, 라는 내 질문에 수연은 고개만 흔들었다. 나는 화장실 문을 열었다. 불을 켜자 검은 곰팡이로 가득한 천장이 한눈에 들어왔다. 작고 둥근 곰팡이들이 천장을 별자리처럼 채우고 있었다. 나는 입을 벌렸다. 수연이 웃기 시작했다. 나는 이마를 찌푸리고 자리에 앉았다. 수연은 이런 방이니 냉장고를 받는 건 당연하다고 말했다. 그녀는 웃음을 멈추고 고개를 오른쪽으로 기울였다.

—그 목, 별로 나아질 것 같지 않던데.

우리 사이에 침묵이 흘렀다. 수연이 일어나 수도꼭지를 비틀었다. 물이 흐르며 싱크대를 두드렸다. 수연은 그 물을 컵에 담아 천천히 다

마셨다. 나는 다시 이마를 찌푸렸다. 수연은 수돗물에 대한 경계심이 없었다. 나는 박스를 뒤져 주전자를 찾아냈다.

—우린 괜찮아.

수연이 말했다. 도시에 오는 걸 무서워한 나를 설득한 건 그녀였다. 전염과 부패, 부식과 오염 같은 단어들이 도시를 설명했다. '위험하지 않다.' 증명은 거듭되고 매일 새로운 발표가 나왔지만 믿는 사람은 적었다. 도시가 폭발하는 영상을 모두가 지켜본 후였다.

풍선이 터지는 것처럼 도시는 폭발했다. 굉음은 땅 깊은 곳에서부터 들려왔다. 건물이 무너지고 공장이 찌그러졌다. 다리가 무너지고 하천이 넘쳐흘렀다. 가라앉은 땅 위로 검은 액체가 흘렀다. 액체에서 빠져나온 증기가 하늘에 구름을 만들었다. 그 구름은 조금씩 바닥으로 내려앉고 있다고 했다. 도시는 망가졌다.

수연과 나는 그걸 길거리에서 보았다. 전자 상가 안의 텔레비전은 폭발 장면을 반복하는 뉴스 채널에 고정되어 있었다. 쓰러지는 블록처럼 건물이 망가지고, 땅이 종잇장처럼 구겨지는 걸 보며 우리는 손을 잡았다. 땅이 검은 진액을 토사물처럼 뱉어 내는 걸 보고 나는 수연의 어깨에 얼굴을 묻었다. 그녀가 손바닥으로 내 머리를 토닥였다. 고개를 들었을 때, 도시는 온통 까맣게 색칠되어 있었다.

그날 밤 나는 머릿속에 떠오르는 영상들을 지우려 애썼다. 고시원 반지하에는 창이 없었다. 눅눅한 냄새가 가득한 방 안에서 나는 이불을 뒤집어썼다. 아비규환, 지저분한 거리, 부러진 전봇대와 가라앉은 건물들. 죽음. 시체. 어둠. 누군가의 살 내음을 맡고 싶었다. 수연을 껴안고, 그녀의 어깨에 코를 묻은 채 바닥을 구르고 싶었다. 나는 수연에게 전화를 걸었다.

'재인아.'

수연의 목소리는 너무 작았다. 내 숨소리를 낮추고서야 그녀의 목소리를 들을 수 있었다. 수연은 공장 직원 세 명과 한방에서 지냈다. 다른 방 사람들 때문에 복도에서도 큰 소리를 내지 못했다. 우리는 속삭였다. 무서워, 내일, 주말 같은 단어들을. 옆방에서 벽을 똑똑 두드렸다. 나는 말을 멈췄다.

넉 달 전 도시의 인력을 모집하는 공고가 났다. 수연은 가자,라고 말했다. 나는 가면? 이라고 답했다. 그녀는 뭔가를 빽빽하게 적은 A4 용지를 건네며 말했다.

―돈이 생기잖아. 같이 살자.

정부가 제시한 금액은 내가 한 달 동안 버는 돈의 다섯 배였다. 주거지가 피해 지역에서 멀어 안전하다고 했다. 종이는 수연의 생활 계획서였다. 글을 읽고 있는 내게 수연이 사진 한 장을 내밀었다. 목표액을 다 모으면 우리가 살게 될 방이라고 했다. '방'을 발음할 때 그녀는 목소리에 힘을 주었다. 지금의 저축으로는 생각도 못 할, 큰 창이 여러 개 있는 전셋집이었다. 나는 도시락 가게에서 일하고 있었다. 주문을 받고 판매하는 일이었지만, 일손이 모자라면 도시락을 만들고 때로는 배달도 했다. 항상 밤 열 시를 훌쩍 넘겨 퇴근하곤 했다. 수연은 일이 고되기는 어차피 마찬가지라며 나를 설득했다.

같이 살자. 수연의 그 말이 입안에서 계속 맴돌았다. 이곳에서 창이 있는 방으로 가려면 이 년은 넘게 걸릴 것 같았다. 전화비 때문에 통화도 하루에 오 분 이상을 하지 못했고, 여관에 가면 두 시간 안에 나와야 했다. 동거할 생각을 처음 한 건 아니었다. 늘 저축이 문제였다. 조건이 좋지 않은 반지하 정도는 구할 수 있었다. 그건 수연이 싫다고 했다. 그녀는 좋은 곳에서 시작하고 싶어 했다.

그날 수연은 얇은 폴라 티에 오래된 파카를 입고 있었다. 돈을 다 써서 극장에도 여관에도 가지 못했다. 우리는 거리를 두 시간 정도 쏘다니다 포장마차에서 어묵을 하나씩 먹었다. 고시원 앞에서 수연이 내 손을 한 번 잡았다 놓았다. 파카 때문에 그녀는 눈사람처럼 보였다. 나는 수연이 걸어가는 모습을 지켜보았다. 그녀는 뒤를 몇 번 돌아보며 내게 들어가라고 손짓했다. 그녀의 등은 점점 멀어져 작은 점이 되었다. 나는 두세 걸음 앞으로 걸었다. 하얀 파카가 다시 나타났다. 그녀의 등은 다시 점이 되었고, 멀어졌다. 나는 수연이 눈앞에서 사라져 가는 걸 보고 있었다. 멀어졌다 싶을 때마다 나는 몇 걸음을 더 걸었다. 수연은 건널목을 지나 어두운 골목으로 들어갔다. 추웠다. 주변을 둘러보았다. 자동차 불빛과 가로등이 없다면 이곳 역시 어두울 것이다. 고시원에 돌아간 나는 전셋집 사진을 한참 동안 들여다보았다. 방은 따뜻해 보였다. 다음 날 나는 수연에게 가겠다고, 도시로 가자고 말했다.

도시의 열기는 사십 도를 웃돌았다. 나는 건물의 잔해를 옮기고 부수는 일을 했다. 일을 시작하고 반 시간이 지나면 마스크와 모자가 땀에 젖어 축축해졌다. 녹아내린 신발 밑창 때문에 걷기가 고역스러웠다. 거북함은 일주일 만에 익숙해졌다. 그래야 했다. 삼 일이 더 지나자, 일에도 익숙해졌다. 치우고 담고 묶고 버릴 것. 동작이 빨라지고 눈치가 늘었다.

　한 달이 되던 날, 나는 수연보다 일찍 일어났다. 수연은 얼굴을 베개에 묻고 있었다. 나는 조용히 일어나 화장실로 들어갔다. 수도꼭지를 반만 틀어 물소리가 크게 들리지 않도록 했다. 세숫대야에 손바닥을 대고 물이 손목까지 차오르기를 기다렸다. 석회 때문에 물이 희부연했다. 나는 쭈그리고 앉은 채 대야의 물을 몸에 뿌렸다. 몸에 희끗한 무늬가 생겼다.

　수연은 여전히 누워 있었다. 나는 수연의 얼굴로 다가갔다. 숨소리가 가느다랗게 들려왔다. 나는 수연의 어깨를 가볍게 흔들었다.

　―일어나야지.

　수연이 끙, 하는 신음을 내며 몸을 돌렸다. 몸이 무거워. 그녀는 그 말을 하고 웃음을 터뜨렸다. 나보다 늦게 일어났다며, 창피하다고 했다. 목소리에는 기운이 없었다. 놀란 나는 전등을 켰다. 몸을 반쯤 일으킨 수연이 불빛에 눈을 찌푸렸다. 나는 그녀의 이마를 손으로 짚었다. 열은 없었다. 수연이 내 손을 부드럽게 밀었다. 그녀는 기지개를 켜며 말했다.

　―괜찮아.

수연의 입술을 나는 물끄러미 바라보았다. 이상했다. 수연이 내 어깨를 슬며시 밀었다. 또 농담을 하려는 것 같았다. 나는 말했다.

　—너 진짜 피곤해 보여. 입술색 너무 어둡다.

수연이 고개를 한 바퀴 돌렸다. 목뼈에서 우두둑, 소리가 났다. 나는 수연의 어깨에 손을 올렸다. 그녀가 다시 입을 열었다. 나는 그 괜찮다는 말 좀 그만하라고 쏘아붙이고 그녀의 어깨를 주무르기 시작했다. 근육이 뭉친 수연의 어깨는 납덩이처럼 딱딱했다. 나는 손가락 끝에 힘을 잔뜩 주고 그녀의 어깨를 짓누르듯 문질렀다. 단단한 어깨는 쉽게 풀어질 것 같지 않았다. 수연은 아프다는 소리조차 하지 않았다. 텅 빈 벽면을 바라보며 '주무르고 있는 거 맞아?'라든지 '약간 시원하다'라는 말을 낮게 내뱉을 뿐이었다. 그녀의 몸이 이렇게 굳는 동안 아무것도 몰랐다는 사실이 무안했다. 나는 등뼈를 따라 손가락을 아래로 움직였다. 그녀가 등을 곧게 펴도록 누르고 주물렀다. 손가락이 내려갈 때마다 그녀는 나지막하게 신음했다. 열기가 천천히 몸에 퍼지고 살결이 조금 부드러워졌다. 나는 그녀를 엎드리게 했다.

　—왜?

　—다리도 해 줄게.

수연은 시계를 보고 잠시 고민하더니 뛰어가지 뭐,라고 말하고는 바닥에 엎드렸다. 나는 그녀의 허리와 다리를 덮고 있는 이불을 걷어냈다. 나는 그녀의 종아리를 보았다.

　—어.

그녀가 바닥에 대고 있던 얼굴을 들며 무슨 일인지 물어 왔다. 나는 대답하지 않았다.

　─안마 안 해 줘?

　나는 고개를 끄덕이며 양손을 수연의 종아리에 올렸다. 수연의 종아리는 평소보다 부어 있었다. 정체 모를 이물질이 단단히 뭉쳐 있는 듯한 촉감이 느껴졌다. 나는 수연의 종아리를 주무르기 시작했다. 제법 힘을 줬는데도 수연은 아프다는 소리를 하지 않았다. 오히려 그녀는 제대로 주무르고 있느냐고 물어 왔다. 나는 웃으며 그렇다고, 정성을 다하고 있다고 말하며 그녀의 종아리를 힘껏 문질렀다. 피부 아래 팽팽히 부푼 검푸른 혈관이 만져졌다. 혹여 터져 버리는 건 아닌지, 나는 손에서 힘을 뺐다. 조심스레 주무르는 사이 끔찍한 상상은 곧 사라졌다. 단단한 어깨 근육이 풀렸던 것처럼 그녀의 다리도 조금씩 부드러워졌다. 매일 밤 해 주겠다는 말이 입안에서 맴돌다 사라졌다. 부끄러워서였다. 베개에 얼굴을 묻은 수연이 간지럽다며 웃었다. 문득, 수연이 말했다.

　─아, 목마르다.

　수연이 일어나 냉장고를 열었다. 끓인 물이 떨어졌는지 수연은 컵에 수돗물을 따랐다. 수돗물을 삼키는 수연의 목울대가 큰 소리를 냈다. 나는 다가가 컵을 빼앗았다.

　─끓여 먹기로 했잖아.

　수연은 대답 대신 시계를 가리켰다. 출근 시간이 거의 가까워져 있었다. 우리는 옷을 챙겨 입고 장갑과 마스크를 찾았다. 장화를 신자 움직임은 더욱 빨라졌다. 수연이 계단을 두 칸씩 뛰어 내려갔다. 나는 수연의 뒤를 좇아 밤길 같은 골목을 달렸다. 뜨거운 바람이 이마에 달라붙었다. 우리는 바람이 불어오는 쪽을 향해 나아갔다. 조금 떨어진 앞에서 희미한 빛이 어른거렸다. 골목이 끝나는 곳이었다. 우리는 더 속도를 냈다. 골목이 사라지고 사거리가 나타났다. 발을 디딘 바닥에서 아지랑이 같은 김이 올라오고 있었다. 폐허나 다름없는 도시의 몸 일부가 눈앞에 드러났다. 트럭 세 대가 도로를 지나갔다. 몇 대는 길가에 서 있었다. 건너편에서 트럭 한 대가 길게 경적을 울렸다. 수연이 그 트럭을 향해 뛰었다. 나는 주변을 두리번거리며 내가 탈 트럭을 찾았다. 오른편에서 익숙한 트럭이 덜덜거리며 달려왔다. 나는 수연 쪽으로 고개를 돌렸다. 어느새 트럭에 올라탄 수연이 나를 향해 손을 흔들고 있었다.

기계가 건물을 무너뜨리는 동안, 나는 팀장의 손을 바라보고 있었다. 임시 가로등 불빛에 흙먼지가 비쳤다. 콘크리트와 벽돌, 나뭇조각이 뒤섞여 흩어졌다. 건물은 고철이 되어 바닥에 주저앉았다. 기계가 마무리 작업을 끝내자 팀장이 손을 들었다. 나는 건물의 잔해로 다가갔다. 불결한 것들의 무덤. 일꾼들은 이곳을 그렇게 불렀다. 나무와 콘크리트, 벽돌, 철근과 녹슨 못들이 검은 진액에 엉겨 있었다. 나는 약품으로 타르를 닦아 내고 고철을 분리했다. 수작업이 아니면 처리할 수 없는 과정들이라고 했다. 땀이 흐르는 걸 막을 수 없는 것처럼 약 냄새도 막을 수 없었다. 일하다 보면 타르의 냄새와 약품의 냄새가 구분되지 않았다.

얼룩으로 덮인 자재들을 치우고 나자 타르로 덮인 바닥이 보였다. 타르는 열기에 녹아 끈적했고, 용암처럼 끓고 있었다. 타르는 내가 붙인 이름이었다. 아무도 그게 무엇인지 정확히 알지 못했다. 그것은 크고 작은 기포를 터뜨리며 일렁였다. 가까이 다가가자 눈꺼풀 사이로 뜨거운 가스가 스며들었다. 나는 실눈을 떴다. 모두가 바닥에 약품을 뿌리기 시작했다. 타르가 조금씩 굳었다. 몇 시간 동안 계속 손을 쓴 탓인지 손목이 저릿하게 아팠다. 나는 일어나 손목을 주물렀다. 일꾼들을 살피던 팀장의 눈이 내게 멈췄다. 그가 내 전신을 훑어보는 게 느껴졌다. 나는 마스크를 눈 아래까지 당겨 쓰고 검은 땅으로 다시 몸을 숙였다.

돌아오며 슈퍼에 들렀다. 도시에 들어온 후 우리는 한 가지 약속을 했다. 버는 만큼 먹자는 거였다. 수연은 도시에서의 삶이 우리가 시작한 새로운 삶의 출발이라고 여기고 있었다. 첫날 우리는 가격이 두 배로 뛴 돼지고기를 사 와서 구워 먹었다. 고기는 질기고 맛이 없었지만, 수연은 좋아했다. 그래도 꽤 느끼했는지 그녀는 주전자의 물을 모두 마셨다. 수연은 곰팡이가 핀 화장실을 밤새 들락거리며 민망한 듯 웃었다. 화장실에서 오줌을 누는 소리가 졸졸 들렸기 때문이었다. 그제야 나는 우리가 함께 있다는 걸 실감했다. 화장실을 마지막으로 다녀온 뒤 수연은 말했다.
─계속 이렇게 먹는 거야.
우리는 한동안 닭고기나 마른오징어 같은 음식들도 사 먹었다. 가끔은 조리된 소고기를 먹기도 했고, 슬라이스 치즈와 빵을 사와 샌드위치를 만들기도 했다. 대부분 밀폐된 용기에 개별 포장된 비싸고 평범한 품질의 음식들이었지만 수연은 기뻐했다. 나도 좋았다. 수연의 말대로 뭔가 달라지고 있다는 생각이 들었다.

　나는 장조림과 햄을 고른 후 슈퍼를 천천히 한 바퀴 돌았다. 한쪽에는 도시 밖에서 들여온 비싼 식재료 코너가 있었다. 밖에서 들여오는 데다가 유통 기한까지 짧은 야채는 너무 비쌌다. 거의 들어오지 않는 과일은 살 엄두가 나지 않을 정도였다. 수연과 나는 아주 가끔 야채를 샀다. 지난주에 먹은 야채를 또 사도 되는지, 나는 매장을 세 바퀴나 돌며 계속 생각했다. 잡지를 보고 있던 주인이 내 장바구니를 흘겼다. 나는 한 바퀴 더 슈퍼를 돌았다. 잔뜩 부어 있던 수연의 다리가 계속 생각났다. 나는 야채 코너 앞에서 서성였다. 버는 만큼 먹기로 했으니까. 그래도 나는 계속 망설였고, 매장을 한 바퀴 더 돌았다. 주인이 신경질적으로 책장을 넘기는 소리가 들려왔다. 그때 한 남자가 슈퍼로 들어왔다. 그는 비듬이 심했다. 걸을 때마다 눈이 날리는 것처럼 하얀 비듬이 떨어져 내렸다. 그는 슈퍼 안을 둘러보지 않았다. 라면한 박스를 찾더니 계산을 마치고 곧장 나갔다. 그 남자가 걸어간 자리에 비늘처럼 희끗희끗한 조각들이 남아 반짝였다. 나는 야채 코너에서 오이와 상추를 집어 들었다.

　방에 들어서자마자 수돗물을 컵에 따라 마시는 수연이 보였다. 나는 한숨을 쉬었다. 수연은 입가의 물을 닦고 다가와 봉지를 여는 걸

거들어 주었다. 수연은 오이와 상추를 보고 좋아했다.

―그래, 야채를 먹어야 잘 사는 거지.

수연은 배가 고픈지 오래 기다리지 못했다. 나는 햄을 굽고 오이와 상추를 씻어 상을 차렸다. 수연은 햄과 야채를 조금 집어 먹고는 계속 물을 마셨다. 물을 끓여 주겠다고 말해 봤지만 뜨거운 건 싫다고 했다. 수연은 아침마다 물 이 리터를 냉장고에 넣어 두고 갔다. 한동안은 밤에 물을 끓이기도 했는데, 방안을 데우는 열기를 참기 힘들었다. 결국, 조금씩 물을 사 마시거나 수돗물을 마시는 수밖에 없었다. 갈증이 심해지면서 수연은 점점 물을 많이 마셨다.

밥을 다 먹은 수연이 벽에 등을 기댔다. 여전히 몸이 불편한 듯했지만 물컵을 내려놓지 않았다. 나는 상을 치우기 시작했다. 수연이 도우려는 듯 몸을 일으켰다.

―어?

수연의 중얼거림에 나는 고개를 들었다. 수연은 일어나지 못하고 있었다. 내 시선과 마주친 수연이 민망한 듯 웃었다.

―너무 많이 먹었나 봐.

수연은 다시 몸을 일으키려 했지만, 다리가 꿈쩍하지 않았다. 나는 그녀가 일어나지 못하도록 했다.

―내가 치울게. 좀 누워.

설거지를 끝낸 후 나는 수연의 곁에 가 누웠다. 물이 가득 찬 수연의 배가 부드럽게 출렁였다. 나는 그녀의 배를 눌렀다. 뱃속에서 물이 찰랑대는 소리가 들렸다. 수연이 몸을 기울일 때마다 그 소리가 났고, 나는 웃음이 나서 잠들 수 없었다. 문득, 그녀가 중얼거렸다.

  ㅡ복숭아 먹고 싶다.

  나는 돌아가면 황도 한 박스를 사 주겠다고 말했다. 그녀가 회색 입
술을 벌려 웃었다. 그녀는 종일 복숭아만 먹자고 대꾸했다. 방에서
안 나갈 거야. 이어 그녀는 손을 들더니 복숭아를 쥔 자세를 취했다.
입을 벌리고 복숭아를 베어 무는 시늉을 했다.

  ㅡ이때 즙이 흐르는 거야.

  수연이 내 손을 잡았다. 수연은 내 손목을 주무르며 계속 복숭아에
대해 떠들었다. 우리는 곧 잠들었다.

  새벽녘, 수연이 싱크대 수도꼭지에 입을 대고 물을 마시는 모습이
잠결에 흐릿하게 보였다. 수연의 다리는 마치 코끼리 다리처럼 크고
단단하고, 무거워 보였다. 꿈인가. 나는 곧 다시 잠이 들었다.

  ㅡ입맛이 없네.

  밥을 먹다 말고 수연이 말했다. 수연은 고개를 갸웃거렸다. 계속
갈증만 나. 그렇게 중얼거리더니 연이어 물 두 컵을 마시고 누웠다.

  ㅡ우리 얼마나 모았지?

  그녀가 물었다. 나는 젓가락을 내려놓고 방구석에 놓인 상자로 다
가갔다. 상자 맨 밑에 통장 두 개가 있었다. 나는 수연이 모은 돈과 내
가 모은 돈의 액수를 차례로 불렀다. 지하나 옥탑이 아닌 방을 구할
만큼의 액수였다. 일주일 뒤면 우리가 점찍어 둔 전셋집을 구할 돈이
마련될 거였다. 수연이 웃었다. 이런 날이 오긴 하는구나. 수연은 기

쁜 듯 말했지만, 목소리에 힘이 없었다. 나는 가방에서 통조림 하나를 꺼내며 말했다. 자, 기념이야. 수연이 피식 웃으며 일어났다. 통조림이었지만, 황도의 진한 향은 남아 있었다. 탁자로 다가온 수연이 손으로 복숭아 조각을 집었다. 나는 그녀가 복숭아를 먹는 모습을 지켜보았다. 기대에 차 있던 표정은 기묘하게 일그러졌고, 뭔가 알 수 없다는 얼굴이 되었다. 나는 통조림의 유통 기한을 확인해 보았다. 기한은 한참 남아 있었다. 다시 수연을 보았을 때 그녀는 탁자에 놓인 음식들과 복숭아를 굳은 얼굴로 보고 있었다.

　―이상해. 맛이 없어.

　나는 복숭아 조각을 입에 넣었다. 달큼하고 부드러운 과육이 입안에서 으깨졌다. 복숭아 향이 입안을 휘젓고 과육과 함께 목구멍으로 넘어갔다. 어리둥절해하는 나를 보고 수연이 말했다.

　―물컹하기만 해. 맛을 모르겠어.

　나는 수연이 피곤해서 그렇다고 위로했다. 사실이었다. 보름 동안 세 번이나 일을 쉴 정도로 수연은 피곤해했다. 그리고 이건 싸구려니까. 나는 통조림을 옆으로 치우며 말했다. 수연이 통조림을 물끄러미 보다가 말했다.

　―우리 한 달만 더 일할까?

　나는 대답하지 않았다. 수연의 얼굴은 조각상처럼 하얗고 단단해 보였다. 수연은 또 물을 마셨다. 갈증이 멈추지 않는 모양이었다. 나는 고개를 흔들었다.

　―싫어?

—아니, 모르겠어.

나는 선택을 잘하지 못했다. 뭔가를 선택하고, 삶을 유지하는 일이 나는 어려웠다. 내가 택한 일들은 상황을 더 악화시킬 것 같았다. 반면에 수연은 늘 그런 선택들을 단숨에 해 버리곤 했다. 수연의 곁에 있으면 특별히 어렵게 느껴지는 일이 없었다. 나는 고개를 끄덕였다. 그러지 뭐. 괜찮아. 수연이 말했다. 돌아가서 작은 카페를 차리자. 수연이 또 물을 마셨다. 전세금보다 더 많은 돈이 필요했다. 우리는 도시에 석 달을 더 머물렀다.

수연의 두 다리가 건물 기둥처럼 크고 단단하게 부풀어 있었다. 오랜만에 도시 밖에 나가 외식을 하기로 한 날이었다. 수연은 나갈 수 있다고 고집을 부렸다. 겨우 날짜를 맞춰 받은 휴일이라 나도 아까웠다. 수연은 발목까지 오는 긴 치마를 입고 옥탑방 계단을 내려갔다. 그녀는 열 걸음도 걷지 못하고 심하게 지쳤다.

—못 가겠어, 목이 너무 말라.

수연의 허벅지는 바위처럼 단단해져 있었다. 나는 수연을 부축했다. 방에 들어오자마자 나는 수연의 치마를 걷었다. 그녀의 다리는 아침보다 더 부풀어 있었다. 손바닥으로 종아리를 쓸어 보자 하얀 가루가 묻어 나왔다.

—못 움직이겠어. 무거워.

그녀는 새파랗게 질려 있었다. 나는 수연의 다리를 손바닥으로 때려 보았다. 수연의 얼굴이 더욱 굳었다. 아프지 않다고 했다.

―더 세게 때려 봐.

　그녀의 종아리를 주먹으로 두드렸다. 그녀는 계속 말했다. 더 세게. 조금 더 세게 때려 봐. 나는 주먹을 공중에 높이 들었다. 기계가 건물을 무너뜨릴 때처럼, 손에 무게를 실었다. 주먹이 수연의 다리와 부딪치며 진동했다. 손목이 부러질 듯한 아픔이 팔 전체를 흔들었다. 나는 무릎을 꿇은 채 엎드렸다. 수연이 내게 손을 뻗는 게 느껴졌다. 그녀의 손은 내게 닿지 못했다. 나는 고개를 들었다. 그녀는 허리까지 딱딱하게 굳어 몸을 굽히지 못하고 있었다. 그녀가 중얼거렸다.

　―왜 난 안 아파?

　나는 그녀의 허리를 끌어안았다. 그때야 수연은 내 머리를 쓰다듬을 수 있었다. 내 품 안에서 수연은 조금씩 더 부풀고 있었다. 나는 팔에 힘을 주었다. 깍지 낀 손이 서서히 풀리며 손가락 끝이 겨우 맞닿았다. 바닥에 나무껍질 같은 하얀 조각들이 떨어져 있었다. 나는 눈을 감았다.

　돌아가자는 나를 수연이 설득했다.

　―조금만 버티면 정말 카페를 할 수 있어.

　병원에 가면 된다고 말하는 수연은 완강했다. 그녀는 뿌리를 내린 나무처럼 방 위에 서 있었다. 그녀는 내 손을 주무르며 괜찮다고 말했다. 나으면 되지. 나을 수 있어. 수연이 내 손을 꼭 쥐었다. 수연의 낮고 차분한 목소리는 항상 설득력이 있었다. 그녀의 목소리는 말하는 대로 뭐든지 할 수 있고 될 것 같은 이상한 착각을 불러오곤 했다. 나는 우리가 살게 될 따뜻하고 넓은 방을 생각했다. 돌아가면 우리는 그 방에서 함께 살게 될 것이다. 같이 아침을 먹고 같이 잠들 것이다. 이곳보다 밝고 따뜻한 그 방에서. 울음이 고인 가슴이 조용히 가라앉았다. 함께 노력하면 정말로 카페나 작은 옷 가게를 할 수 있을지도 모른다. 나는 알았다고 대답했다. 내 어깨를 어루만지는 수연의 손이 점점 딱딱해지는 기분이 들었다.

건물의 무덤들이 늘어났다. 폐허 위를 비둘기 몇 마리가 돌아다녔다. 도시의 비둘기는 더는 새라고 할 수 없었다. 몸은 강아지만 하고 다리는 비정상적으로 길었다. 발가락 끝에는 야생 짐승처럼 날카로운 발톱이 자랐다. 그들은 그것으로 타르 속을 파헤치고 쓰레기 더미를 뒤졌다. 무엇보다 그들은 날지 못했다. 타르와 먼지로 엉겨 붙은 날개가 배에 달라붙어 있었다. 만일 그들이 날 수 있었다면 진작 이 도시를 떠났을 것이다. 거리 한가운데서 비닐봉지를 든 채로 나는 그렇게 생각했다. 나는 봉지를 가슴에 끌어안고 걸었다. 팀장에게 신청해 받은 구급약과 소화제, 위장약 같은 것들이 들어 있었다. 팀장은 무슨 약을 이렇게 많이 신청하느냐며 눈을 가늘게 떴다.

  ─재인 씨, 어디 아파?

  그냥 준비해 두려 한다고, 나는 말을 얼버무렸다. 막연히 수연에게 도움이 될 법한 소염제 같은 것들을 얻고 싶었지만, 차마 말하지 못했다. 전염병이 돈다는 소문이 일꾼들 사이에 퍼져 있었다. 일꾼들은 눈을 흘기며 주변 사람을 살폈다. 몇 명은 일을 그만두고 도시를 떠났다. 소염제라도 말을 해 볼까. 눈치를 보던 내게 팀장이 말했다.

─재인 씨, 일 하나 더 할래?

그는 손을 비비며 내게 눈을 찡긋했다. 세 배는 더 벌 수 있어. 그의 턱에 검은 반점이 점점이 박혀 있었다. 나는 눈길을 돌리며 생각해 보겠다고 말했다. 그는 좋은 기회라며 말을 흐렸다.

세 배. 봉지를 끌어안고 나는 중얼거렸다. 열흘은 단축될 것 같았다. 수연은 얼굴을 제외한 몸 전체가 암석처럼 단단해져 있었다. 그녀는 오직 물만을 마셨다. 나는 돌아가자는 말을 몇 번이나 했지만 수연은 조금만 더, 라는 말을 되풀이했다.

─이렇게까지 했는데 억울하잖아.

그녀 말대로 저축이 모자랐다. 아무런 대비 없이 돌아가서 애써 모은 돈을 생활비로 다 쓰게 될지도 몰랐다. 좋은 집이라 유지비도 많이 들 거야. 그 말을 할 때 수연의 목이 그늘의 진흙처럼 굳어 갔다. 나는 매일 아침 대야에 물을 가득 받았다. 가느다란 호스를 그녀의 입술에 물려 주고 집을 나섰다. 그녀는 그렇게 선 채 나를 배웅했다. 일터로 가는 트럭 안에서 나는 줄어드는 날짜를 세었다. 하루는 길었고 숫자는 느리게 줄어들었다. 초조함은 불안을 불렀다. 목이 늘어난 여자가 떠오를 때가 있었다. 나는 다리를 떨었다.

생각을 그만두고 앞으로 걸었다. 길바닥은 끈끈해서 걸을 때마다 신발 밑창이 붙었다 떨어졌다. 마스크와 모자를 쓴 사람들이 몸을 웅크리고 걸었다. 나도 똑같은 자세였다. 옆에서 쓰레기통이 요란한 소리를 내며 들썩였다. 비둘기다. 직감한 나는 옆으로 자리를 피했다.

타르가 묻은 비둘기가 쓰레기통에서 푸드덕 튀어나왔다. 비둘기의 붉은 눈이 나를 응시했다. 나는 모른 척 고개를 숙였다. 비둘기가 날개를 펼치고 입을 벌렸다. 날개 틈에서 붉은 핏물이 타르와 함께 바닥으로 떨어졌다. 발톱이 타르를 할퀴듯 파고들었다. 봉지를 든 내 손에 땀이 찼다. 비둘기가 한 걸음 더 다가오고 나는 뒷걸음질쳤다. 비둘기 발밑에 검은 덩어리가 실뭉치처럼 엉켜 있었다. 나는 걸음을 서둘렀다. 따라오던 비둘기가 균형을 잃고 넘어졌다. 머리에 타르를 뒤집어쓴 비둘기는 눈을 뜨지 못했다. 나는 힐끔 뒤를 돌아보았다. 비둘기가 부리 속 새카만 혀를 떨며 울고 있었다.

방에 돌아오니 수연이 눈을 감고 잠들어 있었다. 대야의 물은 모두 말라 있었다. 나는 그녀의 입술에서 호스를 빼냈다.

─목말라…….

나는 수연의 얼굴을 감쌌다. 그녀는 목까지 돌처럼 굳어 있었다. 대야에 물을 담았다. 흐르는 물에 손을 가져가자, 손등이 지느러미처럼 흔들렸다. 등 뒤에서 수연의 마른 목소리가 들려왔다. 나는 호스를 들고 일어났다.

─조금만, 조금만 참으면 돼.

수연이 입술을 겨우 움직였다. 두 배로 부푼 몸은 바위처럼 단단하고 무거웠다. 따뜻했던 살결은 차가웠다. 나는 고개를 천천히 끄덕였다. 수연이 물을 삼키는 소리만이 방안에 가득 찼다. 벽에 등을 기대고 그 소리를 들었다. 소리는 멈추지 않고 계속되었다. 이후 대야의 물을 한 번 더 채웠다. 넘칠 듯한 수면을 본 후, 나는 팀장에게 연락했다.

―왜 이렇게 늦었어?

팀장이 눈을 흘겼다. 그가 내민 손을 잡고 트럭에 올라탔다. 그가
자신의 몸을 내 몸에 붙여 왔다. 나는 가만히 앉아 있었다. 그때 트럭
이 돌을 밟으며 덜컹대는 바람에 팀장은 옆으로 밀려났다. 트럭에 탄
사람들이 욕설을 내뱉었다. 다시 평지를 달리는지 승차감이 편해졌
다. 팀장은 조금 전보다 몸을 더 붙여 왔다. 나는 손을 허공으로 올렸
다. 아무것도 없었다. 빈 어둠뿐이었다.

트럭이 멈추고 얼굴에 빛이 쏟아졌다. 나는 갑작스러운 빛을 손으
로 가리며 트럭에서 내렸다. 누군가 인원을 세는 소리가 들렸다. 그
뒤로 내가 타고 온 트럭보다 세 배는 큰 화물 트럭이 보였다.

인원을 다 센 남자가 명령하자 화물 트럭도 움직였다. 일꾼들은 줄
을 지어 트럭의 뒤를 따랐다. 마지막 사람 뒤로 손전등을 든 남자가
따라붙었다. 산기슭을 걷는 것 같았다. 누구도 질문하지 않았다. 도
시에서보다 더 매캐하고 독한 냄새가 마스크를 통과해 들어왔다. 뒷
사람이 숨을 거칠게 내쉬었다. 냄새는 점점 더 지독해졌다. 귓가와
눈두덩에 물기가 느껴졌다. 안갯속을 헤엄치듯 나는 천천히 걸었다.
몇 분 뒤 움직임을 멈추라는 신호가 왔다. 나는 숨을 낮게 뱉었다.

나는 손전등을 쥔 남자의 명령에 따라 움직였다. 나는 할 일을 금
방 눈치챘다. 트럭 안에 있는 물건을 꺼내 어딘가에 묻는 것이다. 흐
린 불빛을 따라 다른 인부들을 찾았다. 그들은 사람 키보다 훨씬 깊은

구덩이에 들어가 있었다. 갑자기 손목이 저려왔다. 손전등을 든 남자가 시작하라고 소리쳤다. 트럭에서 물건이 빠르게 내려왔다. 나는 자루에 담긴 그것을 움켜잡았다. 따뜻했다. 그것은 떨어지면서 공기가 빠지는 풍선 같은 소리를 냈다. 나는 자루를 계속 받았다. 소리는 똑같지 않았다. 둔탁하게 부딪치는 것들도 있었고, 가벼워서 아무 소리가 나지 않는 것들도 있었다. 일이 빠르게 진행되면서 손목 저림이 심해졌다. 칼날로 찍는 듯한 통증이 손가락 한가운데를 지나고 있었다. 손이 조금씩 떨리기 시작했다. 그때, 마지막 물건이 넘어왔다. 나는 서둘러 자루 끝을 잡았지만 바들거리는 바람에 놓치고 말았다. 허둥대며 나는 다시 자루를 끌어안았다. 내 품속에서 그것은 살아 있는 것처럼 가볍고 부드럽게 진동했다. 손전등이 당황한 내 얼굴을 비췄다.

 ─빨리 안 던져?

 나는 머리 위로 자루를 힘껏 던졌다. 공중에서 자루가 꿈틀, 움직이는가 싶더니 구덩이 바깥으로 날아갔다. 내게 욕설이 날아왔고 트럭의 불빛들이 구덩이 근처를 훑었다. 빛이 내게 가까이 오며 발아래를 비추었다. 그 순간 나는 많은 것을 보았다. 셀 수 없이 많은 뼈마디. 다리가 길거나 짧은 기형적인 몸들. 코가 없는 사람과 입이 없는 사람의 얼굴이 있었다. 나는 빠르게 움직이던 눈동자를 바닥 한 곳에 고정했다. 한데 엉킨 두 형체가 바닥에 누워 있었다. 사람의 형태였는데 아이처럼 작았다. 끌어안고 있는 두 사람. 나는 눈을 감았다.

 일이 끝난 후, 팀장이 내게 봉투를 주었다. 돈은 제법 많았지만, 팀장이 말한 액수보다는 적었다.

　ー남은 돈은요?

　그가 봉투를 쥔 내 손을 잡았다. 나는 그대로 있었다. 그의 표정이 점점 노골적으로 변하고 있었다. 그는 손가락을 세워 내 팔꿈치를 따라 올라갔다. 그의 손이 귓불을 만지작거렸다. 그때 그의 눈가로 검은 반점들이 자잘하게 번졌다. 그의 턱에서 시작된 반점들은 곰팡이처럼 그의 얼굴 전체에 피어올라 있었다. 나는 귓불을 만지는 그의 손을 부드럽게 밀쳐 냈다. 그의 얼굴에 의아함이 떠올랐다. 나는 그에게 화가 나지 않았다. 그를 지나쳐 앞으로 걸었다. 그가 내 이름을 몇 번 부르더니 소리를 질렀다.

　ー야! 너 남은 돈은?

　나는 뒤돌아보지 않았다. 수연이 보고 싶었다.

　문을 열었다. 어스름한 형광등 불빛이 방안을 밝혔다. 오래된 전구 속에 쌓인 먼지 때문에 빛 사이에 그늘이 졌다. 수연이 방 안에 우뚝 서 있었다. 나는 수연을 끌어안았다. 그녀의 얼굴과 머리카락은 아직 매끄러웠다. 그녀가 아주 작은 목소리로, 숨을 멈추지 않으면 들리지 않을 크기의 목소리로 물었다.

　ー괜찮아?

　나는 그렇다고 대답했다. 그리고 그렇지 않다고 말했다.

　ー돌아가자.

　대답 대신 그녀의 입김이 목덜미에 와 닿았다. 나는 다시 말했다.

—가자.

—안 돼, 조금만 더 참자.

칼로 저민 듯, 다시 손가락이 아팠다. 중지 한가운데에 검은 선이
나 있었다. 가늘고 긴 벌레가 움직이듯 검은 선이 천천히 움직였다.
수연의 볼이 파르르, 떨리는 게 느껴졌다. 나는 그녀를 끌어안은 팔을
풀었다. 하얀 석회가 나무껍질처럼 그녀의 얼굴을 천천히 덮어 가고
있었다. 석회는 그녀의 입술을 덮고 코를 덮었다. 그녀의 눈에 곧 쏟
아질 것 같은 눈물이 고였다. 나는 그녀의 얼굴을 어루만졌다. 그녀
가 눈을 깜빡였다. 순간, 석회가 그녀의 얼굴을 모두 덮었다. 머리카
락이 끊어지며 바닥으로 떨어졌다. 나는 그녀의 가슴에 귀를 기울였
다. 딱딱한 바위 안에 그녀의 심장이 아직 뛰고 있었다. 나는 손바닥
으로 그녀의 심장을 짚었다. 벌레처럼 움직이던 손가락이 반으로 쩍,
갈라졌다. 수연의 몸 안에서 울음 같은 소리가 길게 들려왔다.

다음 날, 도시에 봉쇄령이 내렸다. 아침저녁으로 트럭들이 돌아다
니며 도시 밖으로 나가려는 사람을 잡아 태웠다. 전염병 때문이라고
했다. 트럭의 사이렌 소리가 도시를 끊임없이 울렸다.

창문을 조금 연다. 밖의 차갑고 매캐한 공기가 콧속으로 빨려 들어
온다. 문을 더 열자 양쪽의 어둠이 순식간에 섞인다. 나는 손으로 벽

을 더듬어 전등 스위치를 찾는다. 낡은 백열등이 비추는 방안은 새벽녘처럼 흐릿하다. 이 불빛 아래서 수연과 끌어안고 있으면 꼭 안개를 덮고 있는 기분이었다. 수연은 그 자리에 여전히 서 있다. 나는 그 옆에 앉아 있기로 했다. 큰 컵에 수돗물을 한가득 따른다. 그녀의 다리에 몸을 기대고 앉는다. 차가운 촉감이 볼을 문지른다. 그녀의 숨소리가 들린다. 불안한 듯 급하고 거칠다. 나는 손으로 그녀의 다리를 토닥인다. 괜찮아. 그리고 나는 물을 천천히 모두 마신다. 씁쓸한 맛이 혀끝에 남는다. 나는 다시 그녀의 다리에 머리를 기댄다. 전구가 마지막 빛을 발하는 모양이다. 소음을 내며 깜빡인다. 전구 옆까지 검은 곰팡이가 번졌다. 다리가 무겁다. 갈라진 손가락이 뱀처럼 똬리를 튼다. 전구가 끊긴다. 어두워진다.

박민규

2003년 『지구영웅전설』로 문학동네신인작가상을 받으며 작품 활동을 시작했다. 소설집 『카스테라』, 『더블』, 장편 소설 『핑퐁』, 『죽은 왕녀를 위한 파반느』 등을 썼다. 오영수문학상, 이상문학상, 황순원문학상, 이효석문학상, 신동엽문학상, 문학동네 작가상, 한겨레문학상 등을 수상했다.

07

* 이 작품은 BC 17000년, 현재의 함경남도 이원 철산 지역을 배경으로 쓰인 것입니다.

우는 며칠째 돌을 갈고 있다.

동이 트기도 전이어서 동굴 안은 캄캄했다. 달조차 뜨지 않은 밤이었으나 무릎이 잠기도록 눈이 쌓인 날이었다. 희미한 눈빛에 의지해 우는 묵묵히 돌을 갈고 또 갈았다. 우는 초조했다. 언제 또 폭설이 쏟아질지 알 수 없는 일이었다. 굴의 안쪽에선 누와 새끼가 자고 있었다. 누는 간간이 코를 골았는데 어쩌면 그것은 누의 배에서 나는 소리일 수도 있었다. 좀처럼 돌은 갈리지 않았다. 우가 아끼는 가장 단단한 돌이었다.

으.

손등을 타고 미끄러진 돌이 우의 손가락을 강하게 짓이겼다. 우의 입에서 신음이 새 나왔으나 굴을 지나는 바람 소리가 워낙 세고 큰 것이었다. 다친 손가락을 입에 물고 우는 재빨리 자신의 피를 거둬들였다. 뭔가 여문 것이 혀에 걸리기도 했다. 바스러진 작은 손톱이었다. 아끼고 아껴 그것을 씹는데 왠지 그동안은 허기가 가시는 기분이었다. 물렁해진 손톱을 삼키려다 말고 우는 일어나 누의 곁으로 다가간다. 곤히 잠든 새끼와 누를 확인하기엔 굴속이 너무 깊고노 어두웠다. 우는 하마터면 새끼를 밟을 뻔했다. 새끼는 누보다도 부드럽고 따스했는데 아직, 살아 있기 때문이었다.

우는 새끼의 입을 들추었다. 몇 개의 작은 이빨…… 그러나 아직 어금니가 돋지 않았다. 돌가루가 묻은 우의 손가락을 타고 가날픈 숨이 전해져 왔다. 우는 돌처럼 굳어 몇 번이고 그 숨을 음미하고 음미했다. 새끼에겐 젖이 필요했고 누의 젖은 며칠째 말라 있었다. 우는 누를 더듬었다. 누의 입술은 거칠고 침조차 말라 있었다. 입에 머금은 손톱을 꺼내 우는 조심스레 누의 혀 위에 올려놓았다. 누는 잠시 꿈틀했으나 잠을 깬 것은 아니었다. 곤하디곤한 잠에 빠져서도 누는 스르르 그것을 씹기 시작했다. 우는 한동안 그 곁을 떠나지 않았다. 물러서는 짐승처럼 서서히 어둠이 굴을 빠져나가고 있었다.

우는 다시 돌을 갈기 시작했다. 칼을 원했다면 일은 쉬웠을 것이다. 돌을 찧어 깨뜨리고 날이 잘 선 덩어리를 취하면 그만이었다. 잠시 손을 멈추고 우는 자신이 갈던 돌의 표면을 확인해 본다. 우에게 필요한 건 홈이 있는 창이었다. 기다란 홈이 파인 날카로운 창. 커다란 동물의 배에 박혀 쉼 없이 피를 흘리게 만들 돌창이었다. 더없이 단단한 돌이었으나 야트막한 홈이 생긴 것도 사실이었다. 마련해 둔 말린 넝쿨을 만져 보기도 했다. 도끼로 쓰던 자루도 곁에서 뒹굴었으나 우는 다시금 자신의 돌을 집어 들었다. 서걱대고 삐걱대며 바람이 바삐 계곡을 빠져나갔다. 아무리 바람이 바삐 불어도 한결 더 바쁜 것은 우가 돌을 가는 소리였다.

누가 눈을 떴을 때는 이미 해가 굴의 절반을 스며 있었다. 이 사이에 낀 이상한 찌꺼기를 뱉으려다 누는 무작정 그것을 삼켜 버렸다. 그것이 흙이거나 혹은 벌레라도 상관없는 일이었다. 누는 오랫동안 아무것도 먹지 못했다. 녹아내리는 듯 몸이 아팠으나 보다 절실한 것은 젖을 만드는 일이었다. 칭얼대는 새끼를 안아 들고 누는 말라비틀어진 자신의 젖을 물린다. 아무리 빨아도 배부를 리 없는 젖이었다. 누는 힘없이 새끼의 얼굴을 바라본다. 깨물고 보채던 몸부림도 이제는 지나간 일이었다. 더는 그럴 만한 힘이 새끼에겐 남아 있지 않았다.

우는 묵묵히 자루에 창을 묶고 있었다. 제대로 파인 홈은 아니지만 더는 사냥을 미룰 수 없는 상황이었다. 몇 번이고 매듭을 확인하고는 여러 개의 돌칼도 자루에 챙겨 넣었다. 우는 일어나 단단히 창을 거머쥐었다. 어깨에 멘 자루도 여느 때보다 무겁게 느껴졌다. 누와 눈이 마주쳤으나 우는 별다른 말을 하지 않았다. 말은 먹을 수 있는 것이

아니었고 우와 누에게 필요한 건 먹을 것이 전부였다. 우는 대신 누의
눈을 읽었다. 그런 우의 눈을, 누도 읽을 수 있었다. 서로의 눈 속엔 많
은 이야기가 담겨 있었다.

　우는 곧바로 굴을 나섰다. 눈을 머금은 하늘은 아니었으나 자비롭
다는 느낌도 들지 않는 하늘이었다. 매서운 바람이 우의 코를 꼬집고
지나갔다. 몇 번이고 뒤를 돌아보고 싶었으나 우는 고개를 돌리지 않
았다. 돌아보지 않아도 굴의 입구에 기대선 누의 시선을 느낄 수 있었
다. 그보다 당장 바위와 바위 사이에 쌓인 눈을 조심해야 했다. 혹시
나 귀를 기울여도 보았으나 짐승의 기척은 느껴지지 않았다. 사슴뿔
에 찍혔던 옆구리가 시려 오기 시작했다. 까마득한 옛날의 일인데도
사냥을 나설 때마다 그 자리가 지끈거렸다. 잠시 걸음을 멈추고 우는
허리에 찬 검치호랑이의 이빨을 꺼내 이마를 문질렀다. 역시나 오랜,
우만의 의식(儀式)이었다. 의식을 끝내고서 우는 자신도 모르게 뒤
를 돌아보았다. 누의 모습은 보이지 않았다.

　우는 평지에 다다랐다. 계곡에 비해 눈이 얕았으나 역시나 자비로
운 풍경은 아니었다. 세계는 희고, 희고, 희고, 희었다. 그리고 우는 혼
자였다. 창을 거머쥔 손에서 스르르 힘이 빠져나가는 걸 우는 느꼈다.
어깨에 멘 자루가 갑절은 무거워진 것도 사실이었다. 희고, 희고, 희

고, 흰 세계에서 혼자는 곧 죽음을 의미했다. 자신이 아닌 다른 것을 먹어야만 우는 살아갈 수 있는 존재였다. 누도, 그의 새끼도 마찬가지가 아닐 수 없었다.

근처의 작은 바위에 올라 우는 찬찬히 사방을 둘러보았다. 움직이는 것이 없었으므로 발자국으로 보이는 그늘이라도 있나 샅샅이 지면을 눈으로 더듬었다. 바람에 실린 작은 소리를, 그 속에 섞인 냄새를 낚는 일도 소홀히 하지 않았다. 바람은 투명했다. 그리고 우는 여전히 혼자였다. 호랑이의 이빨로 다시 이마를 문지르며 우는 자신이 혼자가 아니기를 빌고 또 빌었다. 아니, 혼자여도 좋다고 우는 생각했다. 어딘가 죽은 짐승의 시체가 얼어 있다면 그보다 좋은 일은 없을 거란 생각이었다. 여느 때보다 뜨거운 입김이 우의 입에서 피어올랐다.

우는 혼자였다.

죽은 짐승의 시체조차도 우와 함께하지 않는 세상이었다. 바위에서 내려온 우는 그나마 희미한 몇 군데의 그늘을 둘러보기 시작했다. 그도 꽤 긴 거리였으나 우에겐 애초부터 포기의 자유가 주어져 있지 않았다. 허기진 배를 부여잡고 우는 걷고 또 걸었다. 발목이나 무릎이 빠질 때마다 짙고 깊은 발자국이 새겨지고 이어졌다. 하늘에 있는 누군가가 보았을 때 그것은 길게 베인 두 줄의 상처와도 같은 것이었다. 마지막 그늘에 이르러서야 우는 걸음을 멈추었다. 그늘은 아무것도 아니었고 먹을 수 있는 것도 아니었다. 거친 숨을 뱉으며 우는 사방을 둘러보았다. 행여 자신을 노리는 짐승이 있다면 그나마도 다행한 일이 아닐 수 없었다.

눈이 내리기 시작했다.

우는 잠시 절망했으나 실은 절망할 아무런 이유가 없었다. 덮여도 그만 쌓여도 그만인 설원을 훑어 우의 시선이 머문 곳은 불 뿜는 산이었다. 우가 아는 '모두'는 저곳을 향해 떠나갔다. 저긴 먹을 것이 있다, 여긴 없어. 모두를 이끄는 추는 그렇게 말했었다. 적어도 '여기'에 관한 한 추의 말은 사실이었다. 묵묵히 눈을 맞으며 우는 모두를 떠올렸다. 모두는 먹을 것을 구했을까? 알 수 없는 일이었다. 모두가 돌아올지도, 돌아올 수 있을지도 알 수 없는 일이었다. 혹은 모두가 돌아온다 해도 다시 '모두'가 될 수 있을지 알 수 없었다. 우와 누에게는 이제 먹을 것이 남아 있지 않았다.

혹한이 시작된 것은 오래전이었다. 더 오래전에 '모두'는 계곡에 정착했고 우는 개중에서도 손꼽히는 사냥꾼이었다. 부족함이 없는 생활이었다. 큰 사슴을 쫓아 계곡을 누볐으며 사슴의 살은 한없이 기름지고 부드러웠다. 털코끼리를 잡은 적도 많았다. 수컷들은 내내 홈이 진 창을 만들었고 암컷들은 한번도 굴속의 불을 꺼뜨리지 아니했다. 많은 새끼를 낳아 길렀다. 눈보라가 오기까지는, 계곡이 잠길 만큼이나 눈이 내리고 쌓이기 전까지는.

한 줌의 눈을 떠서 우는 허기를 달래었다. 다시 한 줌, 또 한 줌. 벌써 며칠째 우와 누는 눈으로 허기를 달래어 왔다. 갈증과 허기가 다른 것임을, 목마름과 배고픔이 다른 것임을 우는 이미 잘 알고 있었다. 이제 모든 것이 한계에 이르렀음도 알 수 있었다. 우에게는 고기가 필요했다. 갈증과 허기의 차이만큼이나 삶과 죽음도 다른 것이기 때문이었다.

눈보라는 많은 것을 사라지게 만들었다. 코끼리들이 줄고 사슴도 자취를 감추었다. 먹이가 줄면 줄수록 호랑이의 습격이 잦아만 갔다. 우가 서 있는 평지까지 사냥을 나서는 일도 잦아졌다. 그나마 빈손으로 돌아오는 일이 날이 갈수록 허다해졌다. 사슴들은 강을 건넜어. 발 빠른 루가 돌아와 얘기했다. 코끼리 떼를 쫓아간 쿠는 돌아오지 않았다. 저곳으로 가야 한다고 늙고 현명한 추는 불 뿜는 산을 가리켰다. 모두가 이곳을 떠나야 했지만 '모두'가 이곳을 떠난 것은 아니었다. 누는 매우 열이 심했고 새끼를 밴 누의 배는 작은 산처럼 솟아 있었다. 우의 새끼였다. 누를 뺀 '모두'를 추는 이끌어야 했는데 우는 누의 곁을 떠날 수 없었다.

나는 남겠다고, 우는 말했다.

추는 별다른 말을 하지 않았다.

다만 우를 가리켜

너는 죽는다고, 짧게 말했다.

나는 죽는다고, 눈을 씹으며 우는 중얼거렸다. 추의 말은 틀린 적이 없었으나 우는 아직까지 살아 있었다. 풀이 돋으면 다시 계곡으로 돌아올 거라 추는 약속했다. 만약 풀이 돋지 않으면 누와 새끼를 데리고 모두를 찾아오라고도 했다. 모두는 떠나가며 우와 누를 위해 사슴의 뒷다리 두 짝을 남겨 주었다. 모두가 돌아올 때까지, 혹은 모두를 찾아갈 때까지 우는 누와 새끼를 책임져야 했다. 또 한 줌의 눈을 씹으며 나는 산다고, 우는 중얼거렸다. 우는 미친 듯이 호랑이의 이빨을 꺼내 이마를 문질렀다. 이마는 곧 부어올랐고 우의 입김은 더욱 거칠어졌다.

우는 걸었다.

무작정 걸은 것은 아니었으나 작정을 하고 걷는 것도 아니었다. 주변엔 몇 개의 산이 있었는데 우가 고른 것은 계곡과 평지 사이에 선 가파른 야산이었다. 바위가 많아 가기를 꺼리던 곳이었고 강이 시작되는 곳이어서 살얼음이 많은 곳이었다. 마침 그편에서 바람이 오긴 했으나 딱히 어떤 냄새가 실린 것은 아니었다. 그것은 본능이었다. 허기에 지친 우의 무릎이 벌써 여러 번 꺾이고 꺾이었다. 그렇게 걷는 길이었고 앞만 보고 걷는 길이었다. 눈이 내리는 길이었고 눈이 쌓이는 길이었다. 곧지도, 그렇다고 휘지도 않은 작정과 무작정 사이의 길이었다.

낯선 길은 위험했다. 몇 번이고 발을 헛디뎠고 틈새의 눈들이 무너져 아찔한 벼랑이 제 모습을 드러내기도 했다. 눈에 젖은 가죽옷이 우의 어깨를 짓누르기 시작했다. 건질 것 없는 바람의 체취에 귀와 코가 지친 지도 오래였다. 찬바람을 맞으며 그래도 우는 걷고 또 걸었다. 한 발 한 발, 눈 속에 박힌 발을 뽑아 들 때마다 뜨거운 입김이 쏟아져 나왔다. 우의 입김이 뜨거우면 뜨거울수록 바람의 입김은 차고, 싸늘했다.

얼마를 걸었을까. 폭이 좁은 협곡을 지나 우는 검게, 죽어 있는 숲을 발견했다. 처음 와 보는 숲이었다. 탄성이나 탄식이 나올 법한 풍경이었으나 우에겐 그럴 만한 힘이 남아 있지 않았다. 꼭대기가 보이지 않을 만큼 나무들은 키가 컸고 땅에 붙박인 밑동들은 바위처럼 웅장했다. 살아 있다면 더없이 울창했을 숲이었다. 그리고 그것은 울창한 죽음으로 변해 있었다.

무표정한 얼굴로 우는 근처의 나무를 살피기 시작했다. 코끼리들이 이빨을 갈던 곳인지 파이고 뭉개진 흔적을 곳곳에서 볼 수 있었다. 날카로운 흔적은 사슴의 것이었다. 고스란히 흔적들은 남아 있었으나 그것은 다들 오래전의 것이었다. 몇 그루의 나무를 더 짚어 본 후 우는 천천히 숲속을 걷기 시작했다. 숨이 가빠 왔다. 오르막이 없는 순탄한 길인데도 산을 오를 때보다 걸음이 무거웠다. 움직이는 어떤 것도 보이지 않았다. 먹을 것의 소리도 먹을 것의 냄새도 채집되지 않았다. 우는 오로지 죽음의 냄새만을 맡을 수 있었다. 죽음의 소리는 고요했고 죽음은 결코 움직이지 않는 것이었다. 울창한 죽음 속에서 우는 홀로이 움직이고 있었다. 우는 그 사실을 간과하고 지났는데, 우를 둘러싼 죽음은 더없이 평화롭고

편안한 것이었다.

배가 아프기 시작했다. 참고, 참고, 참고, 참았던 배고픔이 밀려온 것이었다. 잊으려 이를 악물었으나 소용없는 일이었다. 우는 어지러웠다. 잠시 하늘을 올려보았는데 우가 여지껏 봐 온 하늘은 아니었다. 간신히 몇 발짝을 더 내어 딛다 우는 풀썩 주저앉았다. 뿔을 들이밀어 배를 찢고 들어온 사슴 한 마리가 뚜벅뚜벅 내장을 짓밟고는 빠져나가는 느낌이었다. 우의 입에서 비명이 터져 나왔다. 어떤 맹수의 습격에도 비명을 지르지 않던 우였다. 그리고 곧, 누와 새끼의 입에서도 터져 나올 비명이었다. 눈 위에 드러누워 우는 비 오듯 땀을 흘렸다. 추위에, 또 두려움에 온몸이 떨리기 시작했다. 우는 울고 있었다. 가

장 포악한 짐승은 우의 배 속에서 살고 있었다. 잡을 수도, 먹을 수도 없는 짐승이었다.

혼미해진 우의 눈앞에
오래전 잡았던 사슴의 눈이 떠올랐다.
죽기 전의 눈이었고
티 없이 맑고 허망한 눈이었다.

왜?

라고 사슴은 물었다.
여태 한번도 듣지 못한, 뜻을 알 수 없는 말이었다.
왜?
라고 사슴이 다시 물었다.
우는 말없이
사슴의 눈을 바라볼 뿐이었다.

그것은 차차 누의 눈으로 변해 갔고 아직 이름도 짓지 않은 새끼의 눈으로 변해 갔다. 우는 세차게 머리를 저었으나 눈앞의 신기루는 우를 놓아 주지 않았다. 자꾸만 잠이 몰려왔다. 죽어 가는 사슴처럼 우는 우두커니 두 눈을 껌벅였다. 누! 하고 우는 울부짖었다. 새끼의 눈이 누의 눈으로, 그리고 다시 사슴의 눈으로 돌아갔다. 누! 우는 다시 부르짖었다. 우는 누를 걱정했고 누의 품에 안겨 있을 새끼를 걱정했다. 아무 소용도 없는 걱정이었으나 우가 우인 이상 피할 도리가 없는 걱정이었다. 자꾸만 눈이 감겨 왔다. 배 속의, 짐승의, 배 속에 들어온 듯 우의 시야가 어두워졌다. 우는 한결

편안해졌다.

우를 깨운 것은 냄새였다.

먹을 것의 냄새였다. 먹을 것과 관련된, 희미한 냄새였다. 굳어 있던 우의 몸이 벼락을 맞은 듯 꿈틀거렸다. 우는 일어섰다. 추위에 굳은 몸이 꿈쩍도 안 했으나, 일어섰다. 얼어붙은 손가락이 말을 듣지 않는데도 우는 끝끝내 창을 찾아 거머쥐었다. 배 속의 고통은 어디로 갔는가. 우를 괴롭히던 짐승은 이미 우를 뛰쳐나가 냄새가 나는 곳을 향해 달려가고 있었다. 머리를 세차게 흔들고 난 후 우도 그 뒤를 따라 뛰기 시작했다. 갑자기 숲이 술렁이는 느낌이었다.

우는 달리고 또 달렸다.

눈 녹은 땅 위를 달릴 때처럼 우의 발은 가벼웠다. 죽은 나무들이,

울창한 죽음의 울타리들이 우를 에워싸고 있었으나 우는 모든 것을 간과하고 간과했다. 냄새가 조금씩 가까워지고 있었다. 부릅뜬 우의 두 눈에 핏기가 서리기 시작했다. 멎을 뻔했던 우의 심장은 동굴을 밝히는 횃불처럼 뜨겁게 불타올랐다. 우는 이미 울창한 '삶'이었다.

우가 멈춰 선 곳은 숲이 거의 끝나가는 비탈진 언덕이었다. 거대한 바위 몇 개가 장벽처럼 둘러진 오목한 지형이었다. 발자국이 있는 것은 아니었으나 희미한 냄새의 정체를 우는 확인할 수 있었다. 그것은 똥이었다. 거대한 짐승이 누고 간 한 무더기의 똥이었다. 그리고 아직, 얼지 않은 똥이었다. 두 눈을 반짝이며 우는 그 앞으로 다가섰다. 희미해진 눈발이 마저 그치어 마치 그 순간 우를 둘러싼 세계가 멈춰 선 듯하였다.

코끼리의 똥이라기엔 작은 느낌, 사슴의 것이라기엔 큰 느낌의 똥이었다. 노련한 우의 눈에도 짐승의 정체를 한눈에 파악하기 힘들었다. 살짝 덮인 눈을 걷어 내고 우는 손가락을 찔러 보았다. 딱딱해진 표면을 어느 정도 지나자 채 굳지 않은 똥의 내부가 손끝으로 전해져 왔다. 차지 않았다. 우를 에워싼 공기에 비해 미지근한 편이었고, 딛고 선 땅에 비하면 따뜻한 느낌이었다. 손가락을 빼낸 우는 살짝 그것을 맛보았다. 가늠하기가 쉽지 않았으나 우는 직감으로 짐승의 윤곽을 그려 낼 수 있었다. 이것은 굶주린 늙은 코끼리의 똥이라고, 우는 생각했다. 뜯어낸 똥을 자루에 담고 우는 주의 깊게 사방을 둘러보았

다. 이제 우는

혼자가 아니었다.

가까운 바위에 올라 우는 지형을 파악했다. 코끼리에겐 코끼리들의 길이 있고 우에겐 그 길을 짚어 내는 경험과 지혜가 있었다. 복잡한 지형은 아니었다. 협곡과 낮은 구릉이 전부였는데 협곡으로 난 길은 가파르고 얼어 있었다. 숲에서 뻗어 나간 완만한 능선으로 우의 시선이 고정되었다. 신맛이 없는 똥이었다. 놈은 결코 젊지 않으며 자취로 보아 무리가 있는 것도 아니었다. 놈은 병들었거나 홀로 죽음을 기다리는 중이라고 우는 생각했다. 우는 이미

능선을 오르고 있었다. 눈 아래가 단단한 돌이어서 오히려 걷기가 수월했다. 흥분을 가라앉히고 우는 침착하게 자신의 눈과 귀를 열어 놓았다. 늙은 코끼리라면 그리 멀리 이곳을 벗어나지 못했을 터였다. 병든 코끼리라면 더더욱 그럴 것이고 운이 좋다면 거의 죽어 가는 노쇠한 몸에 손쉽게 창을 꽂을 수도 있을 터였다. 능선은 곧 위아래로 나뉘었는데 우는 코끼리가 갔을 아래쪽을 피해 가파른 바윗길을 타기 시작했다. 바위는 낮은 절벽을 이루며 아래쪽의 골짜기와 평행을 유지하고 있었다. 놈을 찾는다 하더라도 우에겐 우선 관찰이 필요했다. 놈에 비해 우는 터무니없이 작고 약한 짐승이었다.

우는 이동을 시작했다. 몸은 절벽 위를 걸었으나 절벽과 골짜기를 함께 걸었다고도 말할 수 있다. 잘 단련된 발이 눈과 빙판을 가려 가며 숨죽인 걸음을 이어 갔다. 그리고 두 눈은 아래의 골짜기를 걷고 있었다. 놈의 발자국은 보이지 않았다. 눈만 내리지 않았다면, 하고 우는 하늘을 탓하지도 않았다. 우의 머릿속은 눈처럼 깨끗했다. 우의 코는 바람과 하나였고 예민한 두 발은 절벽에 스며 있었다. 돌을 갈 때와 같은 표정으로 우는 한 걸음 한 걸음 앞을 향해 나아갔다. 늘 그래 왔듯 우의 사냥은 치밀하고 조심스러웠다. 다시 눈이 내리기 시작했으나

우는 동요하지 않았다. 얼마를 걸었을까. 완만히 낮아진 절벽은 멀리서 골짜기와 만나 다시 하나의 길이 되었다. 우가 숨을 죽인 것은 시야에 잡힌 지형의 변화를 확인한 즈음이었다. 우는 걸음을 멈추었다. 그리고 조심스레 근처의 바위에 몸을 숨겼다. 가죽옷에 쌓인 눈을 털고 창의 매듭을 단단히 고쳐 묶었다. 냄새를 맡은 것은 아니었다. 그러나 우는 분명한 소리를 들을 수 있었다. 먹을 것의 소리······ 놈의 소리였다. 하필 등 뒤에서 바람이 불었으나 교활한 대기를 탓하지도 않았다. 노련한 사냥꾼답게 우는 소리만으로 거리를 가늠했다. 놈은 결코 멀리 있지 않았다. 눈을 파서 얻은 흙과 자루 속의 똥을 뭉쳐 우는 자신의 몸에 바르기 시작했다. 얼굴과 손등, 그리고 가죽옷에도 남은 것을 발라 주었다. 냄새를 최대한 숨기고 우는 다시 전진하기 시작했다. 놈의 소리가 또 들려왔다. 놈은 굼, 하고 울었다.

굼

하고, 우도 속으로 중얼거렸다. 소리가 나는 바로 위까지 우는 기다시피 느리게 걸어갔다. 공기의 움직임을, 놈의 체취를 느낄 수 있었다. 절벽 가장자리에 몸을 걸치고 우는 조심스레 얼굴을 내밀었다. 내리는 눈과 흐린 하늘, 골짜기 아래의 경사진 땅을 볼 수 있었다. 죽은 나무와 부러진 가지들, 뒤엉킨 바위와 얼어붙은 강을 볼 수 있었다. 그리고 우는 놈을 볼 수 있었다. 거대한 놈이었다. 우가 보았던 어떤 코끼리보다도 놈은 크고, 웅장했다.

기력을 다한 듯 놈은 다리를 꿇고 앉아 있었다. 큰 각도로 휘어진 너덜너덜한 상아가 놈의 나이를 말해 주고 있었다. 적갈색의 털은 윤기를 잃었고 정수리와 어깨 근처엔 군데군데 털이 빠져 있었다. 굼, 하고 놈이 울었다. 힘없이 축 늘어진 놈의 코에서 허덕이듯 허연 콧김이 피어올랐다. 어쩐지 그것은 엄숙하고 처연한 광경이었다.

한때 놈은 젊었을 것이다.
그리고 한동안
무리의 우두머리였을 거라고 우는 생각했다.
물론 그것은 우의 시각일 뿐이었다.
하늘에 있는 누군가가 보았을 때

둘은 그저
아주 잠시 살아 있는 것들이었다.

이빨을 끌며 놈이 괴로운 듯 머리를 흔들었다. 눈두덩의 털에 엉긴 누런 눈곱을 우는 볼 수 있었다. 호랑이의 이빨을 꺼내 우는 마지막으로 자신의 이마를 긋고 또 그었다. 의식이 주는 용기에 비해 우의 체력은 턱없이 고갈되어 있었다. 빠르고 쉽게 이 싸움을 끝내야 한다고, 우는 생각했다. 움직일 만한 작은 바위를 골라 우는 자신의 창을 깔아 넣었다. 납작한 돌 하나를 그 아래에 괴며 우는 누를 떠올렸다. 몇 개의 작은 돌을 주변에 더 받쳐 주었다. 모난 돌 하나하나가 굶주린 새끼를 떠올리게 했다. 우는 다시 창을 거머쥐었다. 이제 모든 힘을 짜내야 할 순간이 온 것이었다. 아래를 한 번 확인한 후 우는 창을 누르기 시작했다. 내버려 둬도 살날이 얼마 남지 않은 놈이었으나

우에겐 지금 당장
고기가 필요했다.

우는 달렸다.

계곡과 골짜기가 만나는 곳을 돌아, 헐떡이며 놈이 있는 곳까지 달

려갔다. 여전히 같은 자세로 놈은 꿈쩍도 않고 그 자리에 앉아 있었다. 창을 겨누고 우는 한 발 한 발 놈을 향해 다가섰다. 작은 바위긴 해도 놈의 머리 위로 떨어지는 걸 분명 눈으로 확인한 터였다. 부르튼 우의 입에서도, 늘어진 놈의 주둥이에서도 거친 입김이 피어올랐다. 살았는지 죽었는지 놈은 눈을 절반쯤 뜨고 있었다. 당장 달려가 배를 찌르고 싶었으나 우는 섣불리 움직이지 않았다. 코끼리의 꾐에 빠져 죽은 용맹한 투가 떠올랐다. 늙은 코끼리만큼 교활한 건 없다던 추의 말도 잊지 않았다. 놈의 눈이 껌벅였다. 놈은 살아 있었다.

굼! 하고 우가 외쳤으나 놈은 우를 바라만 볼 뿐이었다. 인간을 겪어 본 눈이었고 인간을 잘 아는 눈이었다. 다가갈 듯 다가설 듯 주변을 맴돌면서 우는 놈의 심중을 떠보려 애를 썼다. 놈은 여전히 꿈쩍도 하지 않았다. 우는 돌을 주워 던지기 시작했다. 정말이지 죽어 가는 듯 놈은 피할 생각도 하지 않았다. 그래도 우는 놈을 의심했다. 여지껏 놈이 덫을 놓은 거라면 이제 우의 차례였다. 우는 돌아서서 경사가 심한 비탈을 향해 걷기 시작했다. 창을 축 늘어뜨리고 최대한 느리게 걷고 또 걸었다. 놈이 일어서는 소리도 달려오는 소리도 들리지 않았다. 비탈길에 거의 이른 후에야 우는 뒤돌아 놈을 쳐다보았다. 커다란 놈의 머리가 두 다리 사이에 완전히 묻혀 있었다. 어쩐지 우는 쓸쓸한 기분이 들었다. 터벅터벅 우는 놈을 향해 걸어갔다.

놈은 거의 죽어 가고 있었다. 가끔 어깨를 들썩이긴 했으나 어떤 위

험도 위협도 느껴지지 않았다. 정말 큰 코끼리였다. 휘어져 나온 상아의 키가 우와 거의 맞먹을 정도였다. 늙고 굶주리지 않았다면 '모두'가 왔다 해도 어찌할 상대가 아니었다. 윤기를 잃은 거뭇한 털 위로 눈발이 나리고 있었다. 긴장이 풀린 우의 머리칼에도 어느새 소복이 눈이 쌓여 있었다. 이제 창을 꽂아야 할 시간이었다. 창끝의 날을 잘 살핀 후 우는 어깨 위로 창을 들어 올렸다. 축 늘어진 가죽 덕분에 뼈와 뼈 사이를 눈으로도 쉽게 분간할 수 있었다. 우는 실수를 하지 않았으나 순간 단 한 번 눈을 깜박인 것도 사실이었다.

지극히 짧은 순간이었다. 갑자기 일어선 거대한 몸집이 우를 삼키고도 남을 웅장한 어둠을 이루었다. 굼! 하고 놈이 울부짖었다. 커다란 상아가 우의 다리를 스친 것도, 넘어진 우의 몸 위로 휘감긴 코가 닥쳐든 것도 한순간의 일이었다. 잽싸게 몸을 굴리지 않았다면 죽은 투의 배처럼 우의 배에서도 창자가 터져 나왔을 터였다. 상아와 코를 피해 우는 몇 번이고 눈 위를 굴러야 했다. 놈은 함부로 힘을 낭비하지 않았다. 놈의 공격은 조용했고, 그래서 더

무섭게 느껴졌다.

가까스로 우는 놈을 빠져나왔다. 다리를 긁히긴 했으나 큰 상처는 아니었다. 허기와 공포가 한꺼번에 몰려왔지만 우는 그 순간까지도 자신의 창을 놓지 않았다. 놈은 이때를 노려 마지막 힘을 아껴 둔 듯

했다. 둘은 잠시 서로를 노려보았다. 놈은 우뚝 선 채였고 우는 주저앉아 무릎을 꿇은 채였다. 끝내 창을 쥐고는 있었으나 우에겐 마지막 힘이란 것조차 남아 있지 않았다. 쿰, 하고 놈이 울었다. 우는 아무 말도 하지 않았다. 할 수, 없었다.

놈이 앞발을 구르기 시작했다. 살길은 어디인가. 우는 주변을 둘러보았다. 잠시 살길이야 있겠으나 그것이 살길이란 생각도 들지 않았다. 도망을 친다 한들 다시 희고, 희고, 희고, 흰 세계가 전부일 뿐이었다. 우는 누를 떠올렸다. 그리고 새끼를 떠올렸다. 사냥을 해야 했다. 살아만 돌아가서는 될 일이 아니었다. 살아, 남아, 모두가 돌아오기를 기다려야 했다. 혹은 모두를 찾아가야 했다. 아무리 벅찬 상대라 할지라도 우는 놈을 잡아야만 했다. 놈은 큰 짐승이고 우는 작은 짐승이었다. 바위가 많은 장소가 유리했다. 절벽 가까이엔 바위가 많았으나 놈이 버티고 서 있었다. 그곳으로 가야 했다. 우는 움직여야 했는데 일어설 수가 없었다. 다리에 힘이 들어가지 않았다. 호랑이의 이빨을 만져도 보았으나 우는 당장 자신의 발로 자신의 살길을 찾아야 했다. 살길은 어디인가. 어디로, 어떻게 가야 하는가. 우는 그 순간 많은 생각을 했다.

놈의 돌진에 눈보라가 일었다. 빠르고 힘찬 걸음은 아니었으나 폭이 크고 육중한 걸음이었다. 우는 굴러 놈의 상아를 피했고 다시 몇바퀴를 더 구른 후 절벽을 향해 뛰기 시작했다. 힘이 없는데도, 대체 어떤 힘이 자신을 잠시 살게 하는지 알 수 없었다. 쿵! 뒤따라오며 놈이 울부짖었다. 가까이, 더 가까이 그 소리가 우를 따라붙었다. 바위엔 눈이 쌓여 있었다. 작은 돌들을 딛고 올라 우는 눈 덮인 바위를 오르기 시작했다. 따라붙은 놈의 울음이 바위 앞에서 잠시 멈칫, 했다. 놈의 코가 닿지 않는 곳까지 우는 바위를 올라야 했다. 그것만이 또 잠시, 우가 살 수 있는 길이었다. 우는 그 순간 아무런 생각도 할 수 없었다.

판판한 곳에 올라 우는 잠시 숨을 골랐다. 하지만 잠시였다. 우는 곧바로 놈의 코와 싸워야 했다. 창을 휘둘러 우는 맞섰다. 뒤는 절벽이었다. 놈이 가까이 올 수 없는 오른쪽 바위를 올라야 했다. 그럴 새가 없었다. 두세 번 놈의 코끝을 베기도 했으나 소용없는 일이었다. 드러누워 몸을 감춰도 놈은 냄새로 우의 위치를 알 수 있었다. 창을 뻗는 팔의 움직임이 점점 무뎌지기 시작했다. 우는 더 힘을 짜 보았으나 자꾸만 자신의 창이 줄어드는 느낌을 받아야 했다. 줄어든 것은 우의 창뿐이 아니었다. 점차 줄어들기는 놈의 코도 마찬가지였다.

우는 숨을 토했다. 부풀어 오른 가슴이 불 뿜는 산처럼 숨을 토하고 또 토했다. 몇 발짝 물러선 놈도 거친 숨을 뿜어내고 있었다. 창을 쥔 손이 심하게 떨려 왔다. 팔도 다리도 지금은 잠시 우의 것이 아닌 듯했다. 그만두고 싶다고 우는 생각했으나 우에겐 그런 자유가 주어져 있지 않았다. 우는 '계속'해야만 했다. 겨우 몸을 일으켜 우는 바위에 등을 기댔다. 창을 짚고 일어서는 일이 하늘을 지고 일어서는 일 같았다. 놈은 여전히 바위 주변을 맴돌았다.

놈이 다가서는 걸 확인하고 우는 오른쪽 바위를 향해 발을 뻗었다. 코가 닿지 않는 곳에서 잘하면 놈의 옆구리에 창을 꽂을 수도 있을 것 같았다. 눈을 깜박인 것은 아니었다. 놈에게서 눈을 뗀 것도 아니었다. 분명 바위를 밟았을 뿐인데 갑자기 시야가 격하게 일그러졌다. 몸이 붕 뜨는 걸 느꼈고 하늘과 땅이 뒤집히는 걸 보았다. 다만 창을 놓지 않은 채 우는 바위를 타고 아래로 미끄러졌다. 우는 울부짖었다. 다리가 찢어진 듯 격렬한 고통이 온몸을 관통했다. 바위 틈새의 눈을 밟았음을, 떨어진 후에야 우는 알 수 있었다. 우의 비명처럼 길고

가느다란 틈이었다.

쿵. 눈을 짓이기며 놈이 다가오고 있었다. 도망을 치려 했으나 몸이 움직이지 않았다. 날카롭고 좁다란 틈 안에 우의 발목이 끼어 있었다. 힘을 주었다. 빠지지 않았다. 힘을 주면 줄수록 부어오른 발목이 터질 듯 아파 왔다. 쿵. 자유로운 다리로 다시 놈이 한 발짝 더 다가왔다. 미친 듯 다리를 당겨 대다 우는 창을 휘두르기 시작했다. 창이 닿지도 않는 거리에서 놈은 물끄러미 우를 내려다보고 있었다. 놈을 향해 우는 고함을 질렀다. 나리는 눈의 무게조차, 공기의 무게조차 이기지 못하는 고함이었다. 그렇게 한동안

둘은 서로를 바라보았다. 놈은 더 다가서지 않았고 울부짖지도 않았다. 내뿜는 콧김을 우의 창끝이 휘저을 수 있을 만큼 가까운 거리였다. 우는 계속 으르렁거렸으나 먼 길을 달려온 바람만큼은 아니었다. 제풀에 지친 창을 우는 서서히 아래로 떨어뜨렸다. 거칠던 놈의 숨소리도 어느새 차분히 가라앉아 있었다. 시간이 멎은 듯한 풍경이있다. 절벽 저편에서 이편을 바라보듯 놈은 미동도 않고 우를 바라만 보았다. 온몸이 떨려 왔다. 이제 우는 자신의 죽음을 기다릴 뿐이었다. 너는 죽는다. 현명한 추의 말이 작은 눈사태처럼 우의 영혼을 덮쳐 오기 시작했다. 여전히 눈이 쏟아지고 있었다. 죽은 것들은 묻히고

산 것들은 눈을 털며
자리를 떠야 할 시간이었다.

우는 혼자 남아 있었다.

바위의 틈에 발목을 붙들린 채 눈을 맞으며 떨고 있었다. 우를 짓이기거나 밟지 않고, 놈은 등을 돌려 자신의 길을 걸어갔다. 지친 걸음이었고 무거운 걸음이었다. 스스로의 눈을 의심했지만 멀어지는 놈의 뒷모습을 바라보며 우는 자신의 '삶'을 확인할 수 있었다. 잠시의

삶이었다. 서서히 멀어지는 놈을 보며 우는 울고 또 울었다. 그것은 매우 복잡한 울음이었다. 우는 감사한 마음이었고 또 그만큼 놈의 고기가 절실히 필요했다.

발목은 더욱 부어올라 있었다. 힘을 주면 줄수록 바위는 더 강한 힘으로 우의 발목을 잡아끌었다. 창을 끼워 틈을 벌리려고도 했으나 허사였다. 서서히 어둠이 밀려들고 있었다. 우의 어깨와 머리칼에도 이미 눈이 수북이 쌓인 지 오래였다. 지쳐 숨을 내쉬고 들이켤 때마다 배고픔보다 강한 추위가 우의 내장을 얼리려 들었다. '잠시'의 삶이 서서히 끝나 가고 있음을 우는 직감했다. 어둠에 스미는 눈발을 바라보며 우는 멍한 표정으로 누와 새끼를 떠올렸다. 너는 죽는다던 추의 목소리가 어둠 속 어딘가에서 또다시 들려오기 시작했다. 점점 의식이 희미해지고 있었다. 우는 많은 것들을 떠올렸는데 그중 가장 생생한 것은 우를 바라보던 놈의 눈빛이었다. 혼미해진 의식 때문일까. 그것은 낮의, 환영 속의, 사슴의 눈과 매우도 닮아 있었다. 다만 살아 있는 눈이었고, 늙고 허망한 눈이었다.

왜?

라고 놈은 물었다.
여전히 뜻을 알 수 없는 말이었다.
왜?

라고 놈이 다시 물었다.

우는 말없이

어둠 속의 눈을 바라볼 뿐이었다.

그리고 검고

검고

검푸른 시간이

흐르고

또 흘렀다.

끄악.

　우는 울부짖었다. 행여 맹수가 올 수도 있었으나 우는 또다시 더 큰
비명을 질렀다. 돌칼을 내려찍을 때마다 피가 튀고 또 튀었다. 아악.
어금니를 깨문 채 우는 경련을 일으켰다. 충혈된 두 눈이 튀어나올 것
만 같았다. 우는 지금 자신의 다리를 자르고 있다. 단단했던 종아리
의 근육이 이미 반쯤 잘려 나가 뼈가 드러난 상태였다. 자신의 뼈를
본 것은 처음이었다. 뼈는 어둠 속에서도 희미한 빛을 발했고, 곧 피
에 덮여 그 빛이 바래었다. 언제 혀를 깨물었는지 우의 입안에도 피가
가득 고여 있었다. 이제 끝이라고, 뼈만 자르면 된다고 우는 자신을
달래었다. 우의 손이 돌칼을 다시 치켜들었다. 끄아아아악. 날이 선
비명이 어둠을 잘랐으나 뼈는 잘리지 않았다. 우는 잠시 정신을 잃었

고, 또 잠시 후

　뼈를 후벼 파는 냉기가 우를 깨웠다. 피를 머금은 턱이 요동을 치기
시작했다. 다시 정신을 잃지 않기 위해 우는 누를 떠올리고 새끼를 떠
올렸다. 그리고 호랑이의 이빨을 떠올렸다. 허리춤의 그것을 찾아 쥐
고 우는 맹렬히 자신의 이마를 문질렀다. 어둠 속에서 내려본 종아리
는 이미 '우'가 아닌 부분이 더 많은 편이었다.

　바닥을 더듬어 찾은 돌칼은 이미 반으로 쪼개져 있었다. 땀과 눈물,
피와 침을 삼켜 가며 우는 생각을 거듭했다. 코끼리를, 또 사슴을 자
를 때를 떠올리기 시작했다. 어떤 돌칼로도 짐승의 다리뼈를 자를 순
없었다. 애당초 시작이 잘못되었음을 우는 비로소 깨닫기 시작했다.
숨을 헐떡이며 우는 창을 집어 들었다. 그리고 다른 손으로 자신의 뼈
와 뼈 사이를…… 무릎을 만져 보았다. 그것은 따뜻했고, 아직은 '우'
의 일부였다. 우는 힘차게
　창을 치켜들었다.

　우는 눈 속을 걷고 있다.

　희고, 희고, 희고, 흰 세계였다. 동이 트기엔 시간이 일렀으나 그래

도 드러난 흐릿한 계곡의 윤곽을 볼 수 있었다. 이윽고 우는 혼자가 아닌 기분이 들었다. 어둠 속에서 그는 내내 혼자였고 졸음을 쫓기 위해 쉬지 않고 혼잣말을 중얼거렸다. 그 속엔 누의 이름이 있었고 새끼의 이름이 있었다. 우가 아는 모두의 이름도 있었다. 그리고 대부분은 의미를 알 수 없는 말들이었다. 새끼에겐 '굼'이란 이름을 붙여야겠다고 우는 생각했다. 새끼가 '크'고

고기를 많이 얻는 사내가 되기를 우는 바랐다. 걸음은 느리고 상처는 아물지 않았다. 피는 말라붙은 것이 아니라 얼어붙어 있었다. 그래도 우는 잠시 살아 있다. 그리고 한동안 살아갈 생각을 한다. 피 묻은 창이 깊이, 또 깊이 우의 한쪽 다리가 되어 눈 속에 박히었다. 발을 뽑듯 창을 뽑는 우의 옆구리엔 고기가 끼여 있었다. 희고, 희고, 희고, 흰 세계에서

우가 구할 수 있는 마지막 고기였다. 다행히 자루는 가벼웠다. 무거운 돌칼을 모두 버리고 우는 빈 자루에 잘리어 나간 살점들을 담아두었다. 이제 다시는 사냥을 못 하리란 걸 우는 잘 알고 있었다. 굼과 누가 살아 있기를 우는 바랐다. 모두가 돌아오기를 우는 바라고 또 바랐다. 그리고 계속 의미 없는 혼잣말을 이어 가고 이어 갔다. 왜? 라고도 우는 중얼거렸다.

춥고 어두운

눈 속이었다.

최진영

2006년 『실천문학』 신인상을 받으며 작품 활동을 시작했다. 소설집 『팽이』, 『겨울방학』, 장편 소설 『당신 옆을 스쳐간 그 소녀의 이름은』, 『구의 증명』, 『해가 지는 곳으로』, 『이제야 언니에게』, 『내가 되는 꿈』 등을 썼다. 만해문학상, 백신애문학상, 신동엽문학상, 한겨레문학상 등을 수상했다.

어느 날(feat. 돌멩이)

08

영어와 숫자의 조합으로 이름 붙여진 돌덩어리가 지구를 향해 날아오고 있다는 헤드라인이 처음 인터넷 포털 뉴스에 올라왔을 때 나는 비씨 카드 고객 센터의 상담원 김고순 님과 통화 중이었다. 나는 김고순 님께 사흘 전 강원도 정선의 식당에서 일시불로 결제한 25만 3,000원을 5개월 할부로 바꿔 달라고 요청하면서 해당 기사를 클릭했다. 김고순 님은 본인 확인을 위해 주소와 주민 번호를 불러 달라고 했다. 내가 그것들을 천천히 말하는 동안에도 페이지는 해당 기사로 넘어가지 않았다. 김고순 님이 카드 사용 내역을 확인하겠다고 말하자 페이지를 찾을 수 없다는 화면이 떴다. 새로 고침 버튼을 여러 차례 눌러도 마찬가지였다. 김고순 님이 너무 오래 조용한 것 같아 휴대폰 액정을 들여다봤다. 통화가 종료되어 있었다. 재발신 버튼을 눌렀다. 통화 대기자가 많다는 안내음이 들렸고 대기 음악이 이어졌다. 휴대폰을 든 채로 인터넷 창을 닫았다가 다시 열었다. 실시간 검색어에 운석과 행성과 충돌과 멸망 같은 단어가 등장했다. 아까 본 헤드라인을 찾아 클릭했지만 계속 페이지를 찾을 수 없다는 화면이 떴다. 대기 음악이 멈췄고 이번에는 서나운 님이 무엇을 도와드릴까요? 하고 물었다. 나는 먼저 주소와 주민 번호를 말하고 사흘 전 강원도 정선에서 결제한…… 까지 말하다가 휴대폰 액정을 들여다봤다. 이번에도 통화가 종료되어 있었다.

아버지 환갑을 맞아 강원도로 1박 2일 가족 여행을 떠났던 날 저녁, 부모님과 오빠와 새언니와 두 명의 어린 조카와 나는 정선의 커다란 식당에 둘러앉아 한우를 구워 먹었다. 여행 비용 대부분—점심값, 리조트 숙박비와 조식 이용권, 케이블카 탑승 티켓 등—을 오빠네 부부가 부담했기에 저녁 식사 정도는 내가 사려고 했다. 한우를 적당히 먹은 다음에는 된장찌개와 냉면을 시켜 먹었고 맥주와 소주와 사이다를 마셨다. 식사를 마친 뒤 가족들은 모두 밖으로 나갔고 나는 카운터를 찾아가 신용 카드를 내밀었다. 몇 개월 할부로 결제하면 좋을까 생각하고 있는데 사장은 내게 묻지도 않고 일시불로 계산해 버렸다. 나는 깜짝 놀라서 방금 계산을 취소하고 5개월 할부로 다시 결제해 달라고 요구했다. 사장은 단말기에 카드를 연신 긁어 대며 기계가 이상하네요, 취소 버튼이 먹질 않아요, 이게 왜 안 되지 이상하네, 전에는 이런 적이 없는데, 하고 줄줄 말을 쏟아 냈다. 시간이 지체되자 식당 밖에서 나를 기다리던 엄마가 들어와서 뭐가 잘 안 되느냐고 물었고 바로 오빠가 따라 들어왔다. 그런 상황을 오빠에게 보여 주기 싫어서 사장에게 그만 됐다고, 카드를 돌려 달라고 말한 뒤 서둘러 식당을 나왔다.

리조트로 돌아가는 길에 엄마는 뭐가 잘못됐던 거냐고 다시 물었다. 대답을 하려고 입을 열다가 얼마 전 엄마 생일에 있었던 일이 떠올라서 별일 아니라고 얼버무렸다. 생일 선물로 운동화를 사 주려고 엄마와 같이 나이키 매장에 갔었는데, 그때도 10만 원 조금 넘는 운동화를 사면서 3개월 할부로 결제해 달라고 요구했었다. 옆에서 그 소리를 들은 엄마는 돈 10만 원이 없어서 그걸 할부로 긁느냐고 농담처럼 한마디 했었다. 나는 부쩍 그런 말과 상황에 자존심을 다쳤고, 그런 일에 자존심을 다칠 만큼 곤궁한 처지가 지속되는 데 약간 질려 있었다. 스무 살 때도 한 번에 5만 원 이상을 써 본 적이 없었고 서른 살이 되어서도 마찬가지인 현실이 창피했다. 일을 하건 하지 않건 돈은 늘 없었고 가까운 사람에게 아쉬운 소리를 하기도 부족한 사정을 보이기도 싫었다. 내 욕망의 크기를 줄이며 살 수는 있었지만 가족이나 연인의 욕망까지 내 사이즈에 맞출 수는 없었다. 생일이나 기념일이나 명절이 오면 빚을 내서 나의 사랑을 통째로 선물하고 그 사랑의 값을 다달이 쪼개어 갚아 나가는 삶이 지속됐다. 최근에는 충치와 위통이 심해져 늘 고통을 느꼈지만 병원에 갈 엄두를 내지 못했다. 돈이 없었다.

겨우 연결된 인터넷 기사의 대략적인 내용은 다음과 같았다. 4년 전에 최초로 발견해서 꾸준히 추적해 온 돌덩이의 크기는 미 대륙과

비슷하다. 토성 궤도에 진입하여 소멸하리라고 예상했지만 돌덩이는 살아남았고 일정한 속도로 지구와 가까워지고 있다. 그것이 지구에 떨어진다면 인류는 그동안 한 번도 겪어 보지 못한 충격과 공포의 대재앙을 겪게 될 것이다. 핵미사일로 그것을 폭파하는 작전을 곧 실행할 것이라는 뉴스와 제대로 폭파하지 못하고 덩어리 몇 개로 쪼개지기만 한다면 지구는 더 큰 위험에 처하고 말 것이라는 주장이 동시에 보도되었다. 블록버스터 영화의 예고편을 보는 것만 같았다.

비씨 카드 고객 센터에 다시 전화를 걸었다. 이번에는 민영화 님과 연결되었다. 주소와 주민 번호와 용건을 말하자 민영화 님이 잠시만 기다려 달라고 하더니 이미 접수 처리된 내용이라고 알려 줬다. 그렇다면 휴대폰으로 승인 취소 내역과 할부 승인 내역을 알리는 문자가 와야 하는 것 아니냐고 묻자 민영화 님은 문자 발송이 되지 않았습니까? 하고 물었다. 민영화 님은 죄송하지만 잠시만 기다려 달라고 했다. 민영화 님의 대답을 기다리며 연달아 업데이트되는 대재앙 기사를 하나하나 클릭해서 유심히 보다가 이상한 느낌이 들어 휴대폰 액정을 봤다. 통화가 종료되어 있었다.

엄마는 뉴스 내용을 이해하지 못했다. 초등학교를 졸업하고 열네 살부터 공장에서 일을 하며 돈을 벌어 온 엄마는 지구나 행성이나 우주 같은 것을 생각해 본 적이 없을 것이다. 지구가 태양 주위를 돌고 달이 지구 주위를 돈다는 것 정도는 알겠지만 그건 마치 '태초에 말씀

이 있어 빛이 있으라 하니 빛이 생겼다'는 것을 아는 것과 비슷했다. 글자로만 알 뿐 그것을 현실이라고 생각해 본 적은 없을 거란 뜻이다. 엄마는 내게 전화를 걸어 지금 사람들이 말하는 난리가 무슨 난리냐고 물었다. 어디서부터 어떻게 설명해야 하는지 막막했다. 음, 그게 다 무슨 소리냐면, 그러니까 그게, 큰일이 벌어질 거란 뜻인데……. 나는 본격적인 설명을 미루고 적당한 단어를 골랐다. 하지만 아무리 말을 골라도 내 입에서 나올 수 있는 말이란 아주 뻔했다.

엄청나게 큰 돌덩이가 지구에 떨어질 거래.

그러게, 대포도 아니고 미사일도 아니고 돌이라며. 그럼 그 돌이 떨어지는 곳만 피하면 되는 거잖아.

우리나라보다도 큰 돌이라잖아. 그게 떨어지면 지진도 나고 화산도 터지고 바다도 넘치고 하늘은 까매지고 다 흔들린대. 공룡도 그래서 멸종했다는 얘기가 있어.

공룡.

엄마는 한동안 말이 없었다. 공룡을 생각하는 듯했다. 엄마는 공룡이란 단어와도 아주 먼 삶을 살았다.

근데 그런 돌이 왜 갑자기 떨어진대?

아주 멀리서부터 날아오고 있었대. 아주 오래전부터.

그렇게 큰 돌이 어떻게 날아오나. 돌은 무거운데.

그게…… 날아온다기보다는 돌은 그냥 자기 방향과 속도로 움직이는 건데. 우주는 무중력이고 아래위가 없으니까.

우주.

엄마는 다시 침묵했다. 우주를 생각하는 것 같았다. 나도 우주를 생각했다. 엄마가 머뭇거리며 말했다.

돌이 하늘에서 떨어진다는 거지.

응.

그건 우주에서 오는 거고.

응.

우주가 어디 있는데.

나는 다 우주라고 대답했다. 지구도 하늘도 별도 엄마도 다 우주라고. 엄마는 다시 침묵했다. 엄마는 당신이 경상북도 영주시 풍기읍에 산다고만 생각했을 것이다. 때로 한국에 산다고도 생각했을 것이다. 지구에 산다고 생각한 적은 한 번도 없을 것이다. 침묵이 길어지자 걱정이 깊어졌다. 괜찮을 거야 엄마 하고 입을 떼었는데 먹먹한 기분이 들었다. 휴대폰 액정을 보니 전원이 꺼져 있었다.

카드 결제일은 지구가 파괴되기 전에 온다. 25만 원을 일시불로 남겨 둔다면 나는 연체자가 될 것이다. 이러나저러나 일시불 결제를 어서 할부로 바꿔야만 했다. 비씨 카드 고객 센터에 전화를 걸었다. 상담원 배지우 님과 가까스로 연결되었다. 나는 주소와 주민 번호를 말하고 용건을 간략하게 전했다. 배지우 님이 잠시만 기다려 달라고 했다. 나는 또 전화가 끊길까 봐, 끊겼는데 끊긴 것도 모르고 계속 기다리게 될까 봐 배지우 님이 상담 내역과 결제 내역을 알아보는 동안 말을 걸었다.

그런데 출근을 하셨네요.

네. 고객님. 출근했습니다.

다 버리고 대피하는 사람들도 많다던데요.

네. 고객님. 저도 그런 얘기를 들었습니다.

실례지만…… 계속 출근하실 생각인가요?

네. 고객님. 저는 계속 출근을 합니다.

무섭지 않으세요?

네. 고객님. 무섭습니다. 그런데 고객님의.

말이 끊겼다. 휴대폰 액정을 보니 깜깜했다. 전원 버튼을 눌러 휴대폰을 켜자마자 엄마에게 전화가 왔다. 어디냐, 밥은 먹었느냐, 뉴스를 봤느냐, 물어보며 뜸을 들이던 엄마가 진짜 용건을 말했다.

네가 설명을 해 주면 좋겠다.

뭘를?

그 돌멩이. 우주도. 네가 전에 한 말들 있잖아.

그건 내가 설명할 수 없어. 나도 잘 몰라. 우주는 되게 어려운 거고 박사들이나 아는 건데.

네가 아는 것만 말해 주면 되잖아. 조금이라도 아는 게 있을 거 아니냐.

엄마. 성경 있잖아. 차라리 그걸 봐. 이제 와서 과학 같은 건 엄마한테 도움이 안 될 거야.

그래도 그건…… 그건 아닌 거 같다.

응?

그리 공들여서 사랑으로 만든 이 세상을 돌멩이 하나로 망친다는 건 말이 안 되는 거 같다고. 하느님이 그런 걸 몰랐을 리가 없잖아. 근데 알았어도 문제고 몰랐어도 문제고…… 나로서는 이해가 안 된다. 또 내가 못 찾은 건지도 모르지만 아무리 찾아봐도 성경에는 우주라는 단어가 안 나오는데. 근데 그 돌은 우주에서 날아온다며.

엄마. 그냥 기도를 해.

기도야 매일 하지. 그건 그거고. 성경을 읽으면 더 이해가 안 되니까 나는 다른 게 필요한 거지.

다른 거 뭐?

알아듣게 설명을 해 주면 좋겠어. 내가 죽으면 왜 죽는지는 알고 죽어야 할 거 아니냐.

치통과 위통이 심해졌고 약을 먹으면 토했다. 인터넷도 전기도 수도도 끊기지 않았다. 충돌 가능성에 대한 사람들의 언쟁과 토론은 계속되었다. 나는 공모전에 낼 글을 다듬으며 하루 한 번씩 비씨 카드 고객 센터에 전화를 걸었다. 어느 날은 통화가 되고 어느 날은 되지 않았다. 통화가 되는 날이면 매번 다른 이름의 상담원과 연결되었고 요청이 접수되어 처리되었다는 말을 들었지만 내겐 아무 문자도 전송되지 않았다. 나는 매일 비슷한 시간에 고객 센터에 전화를 걸고 같은 요청을 했다. 전화를 끊은 뒤에는 글을 어떻게 마무리 지을까 고민했다. 썼다가 지우고 다시 쓰길 반복했다.

그리고 엄마를 생각했다.

엄마는 알고 싶다고 했다. 우주를. 돌덩이가 왜 만들어졌는지를. 지구는 왜 여기 있어서 그것과 부딪혀야 하는지를. 우리가 죽는다면 왜 죽는지 그 이유를. 내가 무슨 말을 할 수 있겠는가. 모른다는 말은 정직한 말이지만 최선은 아니다. 거짓말쟁이가 되더라도 엄마에게 최선을 다하고 싶다. 하지만 우주에 대해 내가 아는 만큼만 말을 한다면 엄마는 내가 말한 것의 열 배 스무 배가 넘는 의문을 쏟아 낼 것이다. 아주 모를 때보다 아주 조금 알고 있을 때 답답함은 증폭된다. 엄마는 더 괴로워질지도 모른다.

상담원 김고순 님과 다시 연결되었다. 김고순 님은 그동안 불편을 드려 죄송하다며 당장 처리해 주겠다고 했다. 전화를 끊은 뒤 카드 사용 내역을 조회했더니 역시나 달라진 건 없었다. 나는 다시 고객 센터에 전화를 했고 이번에도 김고순 님과 연결되었다. 주소와 주민 번호를 말하려고 하자 김고순 님이 다그치듯 말했다.

이제는 저희도 방법이 없습니다, 고객님.

네?

저희 쪽에서는 분명 처리를 했는데요. 아무리 처리를 해도 승인 내역에 표시가 안 되는 건 전산 오류라고 볼 수밖에 없는데 그건 기계가 잘못된 거니까요. 저는 제 일을 했고요. 정말 분명히 했고요. 제가 기계 속에 들어가서 기계가 되어서 그걸 바꿔 놓을 수는 없는 거잖아요? 그리고 고객님께서 결제하지 않은 것이 결제되었다고 나온다면 그건 정말 큰 문제가 되는 거지만 고객님이 분명히 일시불로 결제하신 것을 뒤늦게 할부로 바꿔 달라고 하시는 거면 어차피 나갈 돈은 똑같은데 그걸 굳이 이런 시국에 매일 전화를 거셔서 요청을 하시면서 고객님은 마치 죽지 않을 사람처럼 그러시는데요. 이 순간 저는 정말 견디기가 힘들고요. 다음 결제일이란 게 오지 않을 수도 있는데 그렇게 뻔뻔하게 계속 혼자 살아 있을 사람처럼 태연하게 요구를 하시는 게 저는 이해가 안 되고요. 기록을 보니까 정말 매일 전화를 하셨는데 이게 과연 승인 변경을 요청하시려고 그러시는 건지 다른 의도가 있으신 건지 의심하지 않을 수가 없고요. 아무튼 저는 더 이상 고객님을 위해 할 수 있는 일이 없습니다. 사실 오늘 세 명이 출근했는데 고객님이 내일 또 전화를 하신다면 내일은 몇 명이나 출근해 있을지 저는 정말 모르겠고요. 내일이 있을지도 잘 모르겠고 저는 오늘이 끝입니다. 고객님이 끝입니다.

전화가 끊겼다. 휴대폰 액정을 보지 않아도 알 수 있었다. 먹먹한 기분으로 한동안 휴대폰을 귀에서 떼지 못했다. 마지막 말을 하며 김고순 님은 울먹였는데, 화가 나서인지 겁이 나서인지 억울하고 분해서인지, 어떤 감정이 가장 크고 무거워 울먹였는지, 알 것도 같았지만 제대로 안다고 말할 수는 없어서, 우리가 같이 울먹인 이유를 생각하고 또 생각했다. 위가 아파 토하고 수돗물로 입 안을 헹궜다.

고객 센터에 전화 거는 일을 그만두고 나는 매일 글을 썼다. 결말이 마음에 들지 않았다. 결말을 바꾸려면 중반부터 다시 써야 했다. 공모전 마감이 일주일도 남지 않았는데 이제 와서 중반부터 고칠 자신이 없었다. 흐름을 그대로 유지하면서 결말만 더 그럴듯하게 바꿀 수는 없을까. 노트북 앞에 앉아 내가 쓴 글을 읽고 또 읽었다. 그러면서 엄마와 매일 통화했다.

남들 다 집으로 내려온다는데 너는 왜 안 내려오느냐고 엄마가 물었다. 나는 표를 구할 수 없다고 대답했다. 이대로 정말 큰 난리가 난다면 너랑 나는 얼굴 한 번 못 보고 죽는 거냐고 엄마가 물었다. 나는 엄마에게 정말 다 죽을 것 같으냐고 물었다. 엄마는 모르겠다고, 남들 죽을 때 같이 안 죽고 지옥 같은 세상에 혼자 살아 있는 것도 좋을 것 같지는 않다고 말했다. 나는 엄마에게 기도를 열심히 하라고 했다. 엄마는 그거야 늘 하는 거라고, 하던 만큼 하고 있다고 대답했다. 그리고 엄마는 잠깐 목소리를 가다듬고서 정리를 해 보자, 하고 말을 시작했다.

네가 말하길, 아주 조그마한 게 펑 터져서 점점 커져서 우주가 됐다고 했잖아. 지금도 우주는 점점 커지고 있다고. 최대한 커졌다가 다시 한 점만큼 줄어들 거라고.

응.

줄어들었다가 터지고 또 줄어들고 또 터지고, 그게 계속 반복된다고.

응.

지구는 돌에 가깝고. 해 같은 게 진짜 별이고. 진짜 별에서는 아무도 살 수가 없고.

응.

밤에 보는 별도 내가 그 별을 보고는 있지만 그 별은 이미 폭발하고 없을 수도 있다고. 왜냐면 엄청 멀리 있으니까. 빛의 속도로도 몇백 광년이 걸릴 만큼 멀리 있으니까.

응. 엄마. 다 기억하네.

다 적어 놨다. 적어 놓고 보고 또 봤어. 빛의 속도가 뭔지 모르겠어서 너무 답답해. 빛에 무슨 속도가 있다는 건지 모르겠다.

빛이 우리에게 다가오기까지 걸리는 시간 같은 거야.

빛이 다가온다고.

응. 소리에도 속도가 있고.

…… 아무튼, 네가 말하길 우주에 비하면 지구는 먼지보다도 작고 인간은 미세 먼지만큼도 아니라고. 너무 작아서 없는 거랑 똑같다고. 인간이 우주에 머무는 순간은 몇백억만 년의 1초만큼도 안 되고 우주는 인간이나 생명 같은 거에 관심도 없다고. 인간이 우주에서 사라진다고 달라질 것도 슬플 것도 아쉬울 것도 없다고.

응.

네가 말을 해 줘서 우주에 위아래가 없고 공기도 없고 아주 춥고 또 얼마나 무서운 건지는 내가 영화처럼 이해를 했어. 근데 이해를 하면 또 이해가 안 되는 게 생긴다. 우선 우주한테는 네가 미세 먼지인지 몰라도 나한테는 네가 미세 먼지가 아니야. 나도 미세 먼지가 아니다. 그리고 너나 나나 없는 거나 마찬가지가 아니고 분명히 있어. 또 네 말처럼 우리가 아무리 미세 먼지 같은 그런 존재라고 해도 나는 우리가 사라지는 게 아쉽고 슬프다.

…….

그리고 또 너는 우주가 점점 팽창하고 그 속도도 점점 빨라진다고 했잖아. 별과 별이 멀어지는 것도 공간이 멀어지는 거라고.

…… 응.

그럼 우주도 팽창하고 속도도 점점 빨라진다는데 비록 별은 아닐지라도 돌멩이랑 지구도 멀어져야 되는 거잖아. 가까워지는 게 아니라.

그냥 기도를 해, 엄마. 우주고 뭐고 알아 봤자 우린 할 수 있는 게 아무것도 없어. 돌멩이가 날아오면 우린 그냥 사라지는 거야.

참아 오던 감정이 있어 눈물이 쏟아졌다.

인간은 참 이상하다. 엄청나게 커다랗다는 우주에 대해서는 그렇게 잘 알고, 또 신이 뭔지, 뭘 했고 뭘 할 수 있는지 그런 건 다 알면서 왜 돌멩이 하나 어쩌질 못해서 이 지경을 만드는 건지.

인간이 만든 게 아니잖아. 돌멩이는.

그래도 이 난리는 인간이 만든 거다.

어째서?

아주 옛날 같으면 그런 게 날아오고 있어도 몰랐을 거잖아. 그럼 이런 난리 없이 다들 사는 날까지는 덤덤하게 살았을 거잖아. 먹을 거 먹고 잘 거 자고 할 일 하면서. 적어도 세상 끝장난다고 나쁜 짓 하고 그러진 않았을 거잖아.

…….

나는 이참에 우주가 뭔지도 조금 알았고…… 네 말대로 그런 게 내 인생에 별 도움은 안 되겠지만 그런 걸 모르고 기도하는 것보다는 알고 기도하는 게 낫다고 생각했어.

엄마는 아주 오래전부터 아침에 일어나서 묵주 기도 5단을 하고 밤에 자기 전에 또 5단을 했다. 하던 기도를 하던 만큼 계속한다고 했으니 엄마는 오늘 아침에도 묵주 기도 5단을 했을 것이다. 오늘은 화요일이니까 '고통의 신비'를 했을 것이다. 내가 기도를 한다면…… 어색하지만 그런 걸 하게 된다면 무엇을 기원할 수 있을까. 일단 치통과 위통 때문에 글을 쓸 수가 없다고 불평할 것이다. 또 이번 글을 잘 마무리할 수 있게 해 달라고, 이왕이면 공모전에 당선되어서 상금을 받으면 좋겠다고 기도할 것이다. 다가올 멸망에서 인류를 구원해 달라는 기도는 하지 않을 것이다.

…… 엄마는 요즘 뭘 바라고 기도해?

난 뭘 바라고 기도한 적 없다. 해야 하니까 하는 거지.

…… 왜 해야 해, 기도를?

그건 나한테는 세상에 대한 인사 같은 거지. 잘 잤다는 인사. 잘 자라는 인사.

…… 엄마는 우리가 어떻게 되면 좋겠어?

글쎄. 이제 와서는 사는 건 모르겠고…… 그래도 우리가 가까운 곳에서 죽으면 좋겠다. 네가 오든가 내가 가든가 최대한 가까운 데서.

노트북을 끄고 간단히 짐을 챙겼다.

가까운 곳으로 갈 것이다.

신이나 과학이 아니어도 내 힘으로 그 정도는 할 수 있을 것이다.

다시 엄마와 통화를 하게 된다면, 그때는 우주의 96퍼센트는 인간이 모르는 암흑 물질과 암흑 에너지로 채워져 있고 4퍼센트는 대부분 먼지나 기체이며, 그중에서도 겨우 0.4퍼센트만이 별과 은하라는 점을 말해 줄 것이다. 알 수 없는 암흑 속에서 빛나는 0.4퍼센트, 그것의 일부인 엄마에 대해 꼭 말할 것이다. 통화를 길게 할 수 있다면 별의 탄생과 소멸도 얘기할 것이다. 지구가 사라지면 엄마가 어떻게 되는지, 어떻게 이 우주의 흙이 되고 물이 되고 바람이 되는지……. 내가 엄마 가까운 곳으로 얼마 가지 못하더라도 우주의 관점에서 보면 우린 이미 충분히 가까이 있다고, 우주는 무한하나 시작과 끝이 있기에 언젠가 지구가 없어진다고 해도 우린 어떤 식으로든 같이 있을 수밖에 없다고. 우주가 생기고 없어지고 다시 생기길 반복해도 우린 영영 같이 있을 거라고 꼭 말해 줄 것이다.

엮은이의 말

왜 우리는 무거운 마음을 끌어안으며
상처뿐인 기억을 망각의 구덩이에서
건져 올리려 하는 것일까.

1

2021년. 지금 우리는 코로나19라는 터널 속에 고립되어 있다. 아직까지 터널의 끝은 요원해 보인다. 이런 시기에 우리가 내는 책은 어떤 가치를 담아낼 수 있을까? 우리가 만드는 책이 우울한 일상을 더 우울하게 만들까, 아니면 새로운 질문을 만들까?

이 책을 엮은 우리는 모두 학교 현장의 교사이다. 우리는 교실 안에서 이 책이 어떻게 읽히고 받아들여지면 좋을지 꽤 오랫동안 고민했고, 긴 대화를 나누었다. 이 책은 교실 밖 사람들에게도 생각해 볼 만한 이야깃거리를 던져 줄 수 있으리라 생각한다.

2

김동현: 소설들을 고른 기준과 탐색 과정에서 생각한 점들을 정리해 볼

까요?

김선산: 『땀 흘리는 소설』과 『가슴 뛰는 소설』에 이어서 벌써 세 번째 작업을 하고 있잖아요? 아무래도 모두 교사이다 보니 문학 수업에 어울릴 만한 좋은 소설을 찾고자 했습니다. 또한 여럿이 함께 읽고 이야기를 나눌 만한 소설을 싣고 싶었습니다. 목적이 뚜렷한 소설집이기 때문에 쟁점이 잘 드러나는 소설이 필요했지요.

김형태: 실제로 일어났던 재난을 주로 다루다 보니 소설을 찾으면서 마음이 아프고 무거웠습니다. 이 작품들을 학생들에게 읽히는 것이 교육적으로 타당할까 고민도 되었습니다.

김동현: 교육적으로 타당할까 고민되었다는 것은 이 소설들이 어두운 전망을 주기 때문에 걱정되었다는 건가요?

김형태: 비슷합니다. 독자가 '이 사회가 정말 못 살 사회네? 나 혼자만이라도 살아남아야지.' 하는 식으로 생각할 수도 있다는 거죠. 공동체 복원보다는 각자도생을 추구할 수 있다는 점에서 염려스러웠습니다. 물론 수업의 경우 교사가 어떻게 가르치느냐에 따라 달라지기는 하겠습니다.

이혜연: 소설이 우리 삶의 모습을 드러낸다고 한다면, 우리가 찾은 소설들은 재난 속 일상을 그대로 보여 준다고 할 수 있을 것 같습니다. 재난이 벌어졌을 때, 지금까지 저는 그 재난을 '나의 재난'으로 여기지는 않았어요. 그런데 소설은 재난을 우리 모두의 문제라고 인식하게 해 주었어요.

김동현: 두 분의 생각이 상반되니 흥미롭군요. 책을 통해 각자도생이라는 삶의 방식을 학생들이(독자가) 은연중에 습득할까 걱정하시는 김형태 선생님과 달리 이혜연 선생님은 재난을 우리 삶의 문제로 적극적으로

받아들이면서 공동체를 복원할 수 있다고 보시는 것 같군요. 저희가 그만큼 다양한 논의가 가능한 소설들을 실었다는 생각이 듭니다.

3

김동현: 작품의 순서를 정하는 것에도 여러 고민이 있었습니다. 코로나19 관련해서도 초반에 함께 짚고 넘어갈 부분이 있고요.

김선산: 특히 첫 작품이 어떤 작품이 되어야 하는지에 대해 많은 이야기를 했습니다. 시작부터 너무 무겁지 않았으면 했고요, 첫 작품은 첫인상을 결정할 수 있기 때문에 책을 아우를 수 있는 작품이 좋을 거라 생각했습니다. 「재해지역투어버스」에서 주인공이 버스를 타고 재난 지역을 둘러보듯, 독자들 역시 책을 읽으며 여러 재난 상황을 하나씩 살펴보는 느낌을 받았으면 했습니다.

김형태: 사실은 코로나19를 다룬 작품을 맨 처음에 넣고 싶었습니다. 그렇지만 코로나19 유행이 끝나지 않은 상황에서 관련 주제를 이야기한다는 것이 조금 부담스러웠습니다. 오히려 한 발짝 떨어져서 과거의 재난을 살펴보는 것이 좋을 거란 생각이 들었습니다. 「재해지역투어버스」는 미국 뉴올리언스를 강타한 허리케인 카트리나의 후일담을 다루는데, 자연재해가 사회적 재난으로 확장되는 모습을 보여 줍니다. 이것이 재난의 보편적 모습이 아닐까 하여 첫 작품으로 골랐습니다.

이혜연: 그동안 우리 사회가 많은 재난을 겪어 왔지만, 계속 잊어버리고

지냈던 것 같아요. 기억의 방식은 우리 사회가 세월호를 겪으면서 조금씩 변화하기 시작했다고 생각합니다. 기억하고 행동하는 것의 중요성과 우리가 나아가야 할 방향, 국가의 역할을 총체적으로 정리할 수 있는 계기가 되지 않았을까 생각합니다. 코로나19를 통해서도 분명히 변화되고 있는 부분들이 있습니다.

김형태: 저는 오히려 소수자에 대한 혐오나 차별, 지역 갈등 등의 문제점들이 코로나19를 통해서 더 부각이 됐다고 봅니다. 가라앉아 있던 문제들이 재난을 통해 부각되는 경우가 많죠. 우리가 다루는 「재해지역투어버스」도 그렇고요. 허리케인으로 죽거나 피해를 당한 사람 대부분은 흑인 빈곤층이었죠. 허리케인의 위험성을 알고도 정부는 제대로 된 대처를 하지 않았고, 재난 이후 흑인들을 폭도로 규정하고 강압적으로 진압했어요. 사회적 안전망이 제대로 작동하지 않은 상태에서 살아남은 사람들은 그 시절을 힘겹게 견뎌야 했고요.

김선산: 이번 겨울 저희 아이가 코로나19에 감염됐습니다. 막상 재난의 당사자가 되어 보니 생각이 복잡해졌어요. 정도의 차이는 있겠지만, 코로나19는 재난을 모두의 문제로 만들어 버렸고, 우리 모두에게 질문을 던졌습니다. 이 선집은 그 질문과 답에 대한 책이 될 것 같습니다.

김동현: 관련해서 우리 선집의 핵심은 '재난의 당사자성'이라고 하고 싶어요. 재난을 다룬 소설을 통해서 재난이 바로 우리의 문제라는 걸 부각하는, 혹은 타인을 향한 연민이나 공감을 느낄 수 있도록 하는 소설집이라는 걸 말하고 싶습니다.

이혜연: 「구덩이」는 동물 전염병을 다루지만 자연재해라기보다 인간이 만든 사회적 재난을 다루는 소설이라는 생각이 들었어요. 살아 있는 것들을 땅속에 묻어 버리면서 문제를 덮어 버리죠. 많은 사람들이 모른 척하고 덮으려 하는 주제인 환경 오염, 공장식 축사, 육식 위주의 식탁 문화까지 연결해서 생각할 수 있었어요.

김형태: 「구덩이」의 문제 대응 방식이 임시방편에 가깝다는 점에서 코로나19 상황과 유사하다는 생각도 들어요.

김선산: 동물의 입장에서는 원하지 않는 방식으로 태어나서 원하지 않는 방식으로 살다가 원하지 않는 방식으로 죽음을 맞이하게 되는 거죠. 병 없이 산다는 것이 더 이상할 정도입니다.

김동현: 그럼 「구덩이」에서 제시하는 해결책은 뭐였을까요?

이혜연: 해결책이 없지요. 소설 속에서 손을 쓸 수 없다며 수술하려 한 곳을 그냥 덮는 장면이 나오는데, 이 장면은 돼지를 구덩이에 묻는 것과 같은 느낌을 줍니다. 동물들의 생명을 쉽게 생각하는 우리 인간은 어떤 결말을 마주하게 될까요? 소설의 마지막 장면은 인간이 저지른 일이 다시 돌아오고 말 것이라는 경고처럼 느껴집니다.

김동현: 추가로 관료제의 작동 방식도 인상 깊었어요. 무비판적인 상황 속에서 스스로도 피해자가 되고 만다는 이야기가 흥미롭게 읽혔습니다.

김동현: 이혜연 선생님은 「미카엘라」로 수업을 해 보셨죠?

이혜연: 네, 그런데 아이들이 쉽게 읽어 내진 못했어요. 아마도 서술자가 자주 바뀌기 때문일 거예요. 등장인물 모두가 어디론가 향하다가 광화문에서 만난다는 결말은 아이들과 저를 모두 놀라게 했어요. 사람들이 한곳으로 집결하는 구조와 상처받은 사람들에 대한 공감의 구조가 얽혔다고 봤어요.

김선산: 초반에 사건의 실체가 명확하게 잡히지 않는 것이 조금 어렵게 느껴질 수도 있겠습니다. 하지만 이렇게 복잡하고 어려운 세상을 어떻게 쉬운 방식으로 얘기할 수 있겠어요? 우리가 이렇게 힘들고 괴로운 소설들을 엮은 것은, 「미카엘라」처럼 사람들의 마음을 어루만질 수 있는 예술 작품들을 더 널리 소개하고 싶었던 이유도 컸습니다. 재난에 관한 더 전문적인 서적도 있어요. 하지만 소설을 통해 타인의 아픔을 내 것처럼 여길 수 있도록 감정을 움직이는 것도 의미가 있을 겁니다.

김동현: 감정을 기억하게 만들어야 한다는 얘기죠. 「구덩이」가 날카로운 사회 비판이라면, 「미카엘라」는 우리가 재난의 피해자들을 어떻게 이해할 수 있는가로 귀결된다고 봐요.

이혜연: 말씀하신 기억의 관점에서 「몰:mall:沒」은 세월호를 떠오르게 했어요. 재난을 기억하는 일이 왜 필요한지 말해 주기 때문입니다. 철거의 문제도 짚어 줘서, 용산 참사가 생각나기도 했어요. 누이의 손가락과 건물 잔해 속에서 발견된 이름 모를 피해자의 손가락을 동일시하는 주인공

의 모습은 「미카엘라」와도 접점이 있지요. 내 누이가 아니지만 내 누이처럼 느끼고, 내 딸이 아니지만 내 딸처럼 느끼는, 그런 마음 때문에 우리가 아픔을 함께 느낄 수 있다고 생각합니다.

김동현: 「구덩이」도 그렇고 특히 「몰:mall:沒」은 문제를 묻어 버리기만 합니다. 사실 문제는 파헤쳐야 하는데 말이죠.

김선산: 제목이 조금 어렵지 않나요?

김형태: 세월호를 연상하게 만들죠. 침몰의 몰. 삼풍 백화점 붕괴 참사를 다시 꺼낸 것은 세월호 이야기를 해야 했기 때문일 것입니다. 삼풍 백화점을 망각했고, 이후 세월호 참사가 일어났으니 이제는 잊지 말고 기억해야 한다는 메시지가 담긴 제목이라고 봅니다.

김선산: 과거를 기억하고 앞으로를 염려하는 것도 중요하지만, 미래를 생각하며 현재를 움직여야 하지 않나 하는 생각도 듭니다.

이혜연: 소설이 꼭 대안을 만들 필요는 없지 않나요? 소설의 역할은 여기까지 같아요. 일종의 경고장 같은 것. 인간과 세계에 대한……. 그 다음 어떻게 해야 할지는 소설 밖 우리의 문제라고 생각해요. 소설은 잊을 만하면 잊지 말라고 계속 이야기해 주는 역할을 해야 한다고 생각해요. 「몰:mall:沒」은 그런 의미에서 좋은 소설이고요.

김형태: 유난히 기억의 중요성을 강조하는 작품들이었습니다. 우리는 재난을 너무나 쉽게, 빨리 잊고 있어요. 기억은 세상을 바꾸는 토대가 될 수 있다고 생각합니다.

6

김선산: 「하나의 숨」은 우리 모두가 교사이다 보니 더 특별하게 와닿는 소설이었습니다. 기간제 교사인 담임은 계약 연장 불가 통보를 받고, 현장 실습을 나갔던 학생은 크게 다칩니다. 나라면 어떻게 했을까, 하고 계속 질문을 던지게 만드는 소설이었습니다.

김동현: 이 소설을 재난 소설로 볼 수 있을까요?

김선산: 우리나라에서는 한 해 2,000명 내외의 사람들이 산업 재해로 죽습니다. 이렇게 많은 사람들이 죽어 나가는데 이걸 재난이라고 부르지 않을 이유가 뭘까요?

이혜연: 한꺼번에 수백 명이 죽으면 국가적 재난이라고 말하면서, 한 해 2,000명이 죽는 건 사고라고 말해요. 산발적으로 벌어지는 일이라는 이유로 이 문제를 개인적 사고로 받아들이면 안 된다고 생각해요. 현장 실습생인 '하나'에게 생긴 일은 우리 사회에서 가장 약한 존재에게 벌어진 재난입니다.

김형태: 도대체 왜 '하나'가 크게 다칠 수밖에 없었나? 이런 생각이 자꾸 들어요. 실제로 특성화고 학생들이 현장 실습 중에 다치거나 사망했을 때 우리 사회는 어떤 식으로 대응했나요? 언론에서 며칠 이슈화하다가 흐지부지 지나간 게 아닌가 하는 생각이 들었습니다.

이혜연: 소설의 말미에서 서술자가 그런 얘기를 한단 말이에요. '내가 두려워하는 건 하나의 숨과 관련된 것, 오직 그뿐이었다.' 이 구절을 선생님들은 어떻게 읽으셨는지 궁금해요.

김형태: 저는 '하나'의 생명이라는 의미로 읽었어요. 교사로서의 마지막 책임, 생명에 대한 책임과 사명감 같은 걸로 이해했어요.

김선산: '하나'가 마치 살아 움직이는 것처럼 느끼고, 자신과 연결되어 있다고 이야기하는 것 같았어요. 서로의 숨이 연결되어 '내'가 '하나'의 삶을 대신 살아 주는 것이라 해야 할까요?

7

김선산: 문명이 고도로 발달하면서 인류는 편의를 누리게 되었지만, 그 대가로 관련 사고에서 자유롭지 않게 되었어요. 「방」에 등장하는 폭발은 체르노빌이나 후쿠시마에서 일어난 원자력 발전소 폭발을 연상시키고, 주인공이 '타르'라고 부르는 검은 액체는 낙동강에 유출되었던 페놀이나 태안 바다를 뒤덮었던 원유를 연상시키기도 합니다.

김형태: 그러한 사고가 발생했을 때, 현장을 복구하기 위해 투입되는 사람들은 힘없고 약한 사람들일 거예요. 이들은 그렇지 않아도 재난 상황에서 가장 많은 피해를 보는 사람일 텐데 말이죠.

김동현: 재난을 복구하려면 누군가가 필요한 거고, 이건 그들의 자발적인 선택이란 말이에요. 이 과정에서 발생한 일을 재난으로 인한 비극으로 볼 수 있을까요? 개인의 선택일 뿐 구조의 문제는 아니라고 보는 사람도 있지 않을까요?

김선산: 「방」의 두 사람이 영웅심 때문에 오염된 도시로 간 건 아니잖아

요. 그저 돈을 조금 더 모아 좋은 방에서 함께 살고 싶었을 뿐이죠. 청년들을 비롯한 사회적 약자의 삶을 반영한 것이라고 생각해요.

김동현: 그럼 「방」은 어떤 범주의 소설이라고 할 수 있을까요?

김형태: 「구덩이」와 유사한 범주라고 봅니다. 큰 틀에서 볼 때 재난 복구 과정에서 희생되는 사람들의 이야기니까요.

이혜연: 주인공들은 성 소수자이며, 청년 세대죠. 몸이 굳어 가고, 어떤 일이 일어난 것인지도 명확하지 않은 상황을 보여 주면서, 청년들에게는 이 세상이 재난과도 같다는 것을 말하려는 소설로도 보입니다.

8

김선산: 「슬(膝)」에서는 공동체나 국가의 도움 없이 개인의 힘만으로 재난을 이겨 내야 하는 상황이 드러납니다. 주인공의 외로운 투쟁이 이어지는데요, 이를 통해 공동체의 결속이 뒷받침되어야 재난에 잘 대응할 수 있다는 이야기를 할 수 있을 것 같습니다.

김동현: 오히려 개인의 앞날을 국가나 공동체에 맡기지 않고, 혼자 알아서 대응하겠다는 것처럼 읽히지 않나요? 마지막의 참혹한 선택마저도 말이죠.

김선산: 주인공의 선택이 무조건 지지받아야 한다고 생각하지는 않습니다. 다만 개인이 재난을 쉽게 이겨 낼 수 없다는 점은 분명해 보입니다.

김동현: 주인공과 대치했던 코끼리가 마치 다 쓰러져 가는 공동체나 국가

로 보이기도 합니다. 다 죽어 가는 공동체일지라도 개인은 절대 그걸 이길 수 없다는 메시지를 던지는 것이 아닐까요?

이혜연: 저는 주인공이 '어쩔 수 없이' 남게 되었다고 생각해요. 주인공의 아내가 움직일 수 있었다면 주인공은 분명히 다른 이들과 함께 떠났을 겁니다. 재난 상황에서는 이렇게 어쩔 수 없이 소외되는 사람들이 생기고, 그들에게 닥칠 운명이 「슬(膝)」과 같을 거예요. 그러니 국가와 사회는 재난 상황에서도 소외되는 이들이 없도록 해야겠죠.

9

김형태: 「어느 날(feat. 돌맹이)」은 갑작스러운 운석 충돌로 지구가 멸망할지도 모른다는 급박한 상황을 가정하고, 혼란 속에서도 인간애를 보여 준다는 점에서 마지막 차례로 적절하다고 생각해요. 이 선집의 훈훈한 마침표.

이혜연: 그런데 저는 좀 무섭기도 했어요. 이렇게 갑자기 종말을 맞이한다고? 다 같이, 곧, 몇 년도 아니고 며칠 뒤?

김선산: 우리를 극단으로 몰아넣고 사고 실험을 하는 것처럼 보이기도 하죠. 상상해 봐요. 내일 당장 종말이 온다면 우리 사회는 어떻게 될까요?

김형태: 광기와 혼돈이 지배하는 디스토피아가 될 수도 있고, 내일 지구가 멸망하더라도 오늘은 한 그루의 사과나무를 심는 사회가 될 수도 있겠죠. 그중에서도 우리는 인간다움, 휴머니즘을 믿으니까요. 우주적 관

점에서 보면 인간은 초미세 먼지보다 작은 존재이지만 다시 생각하면 그
만큼 충분히 서로 가까이 살아가는 존재죠. 우주가 탄생과 소멸을 반복
해도 어떤 식으로든 우리가 함께할 사이라는 인식은 따뜻한 위안이 됩니
다. 인간은 재난을 피할 수 없지만 이를 함께 극복하는 것도 인간이라고
할 수 있겠죠.

10

  얼굴을 마주하고 이야기를 나누는 것조차 불가능한 나날이다. 지금
이 순간에도 어딘가에서는 긴급 재난 문자 알람이 울리고 있을 것이다.
그 알람 덕분에 우리는 오늘의 삶이 재난의 삶이라는 사실을 잊지 않을
수 있다. 오늘이 미래의 어느 순간에도 기억되길 바란다. 단순히 고통을
기억하길 바라는 것이 아니라, 오늘을 잊지 않음으로써 더 오래 지속될
내일을 기대하는 것이다. 이 책과 우리의 이야기가 기억의 저장소가 되
어 두고두고 기억의 알람이 되어 준다면 좋겠다.

작품 출처

- 강영숙, 「재해지역투어버스」 『아령 하는 밤』, 창비 2011
- 김숨, 「구덩이」 『국수』, 창비 2014
- 임성순, 「몰:mall:沒」 『회랑을 배회하는 양떼와 그 포식자들』, 은행나무 2019
- 최은영, 「미카엘라」 『쇼코의 미소』, 문학동네 2016
- 조해진, 「하나의 숨」 『환한 숨』, 문학과지성사 2021
- 강화길, 「방」 『괜찮은 사람』, 문학동네 2016
- 박민규, 「슬(膝)」 『더블 side B』, 창비 2010
- 최진영, 「어느 날(feat. 돌멩이)」 『겨울방학』, 민음사 2019